目次

イラスト 浅見なつ　デザイン 坂野公一（welle design）

文渡家家系図
（鈴木晴彦のメモ）

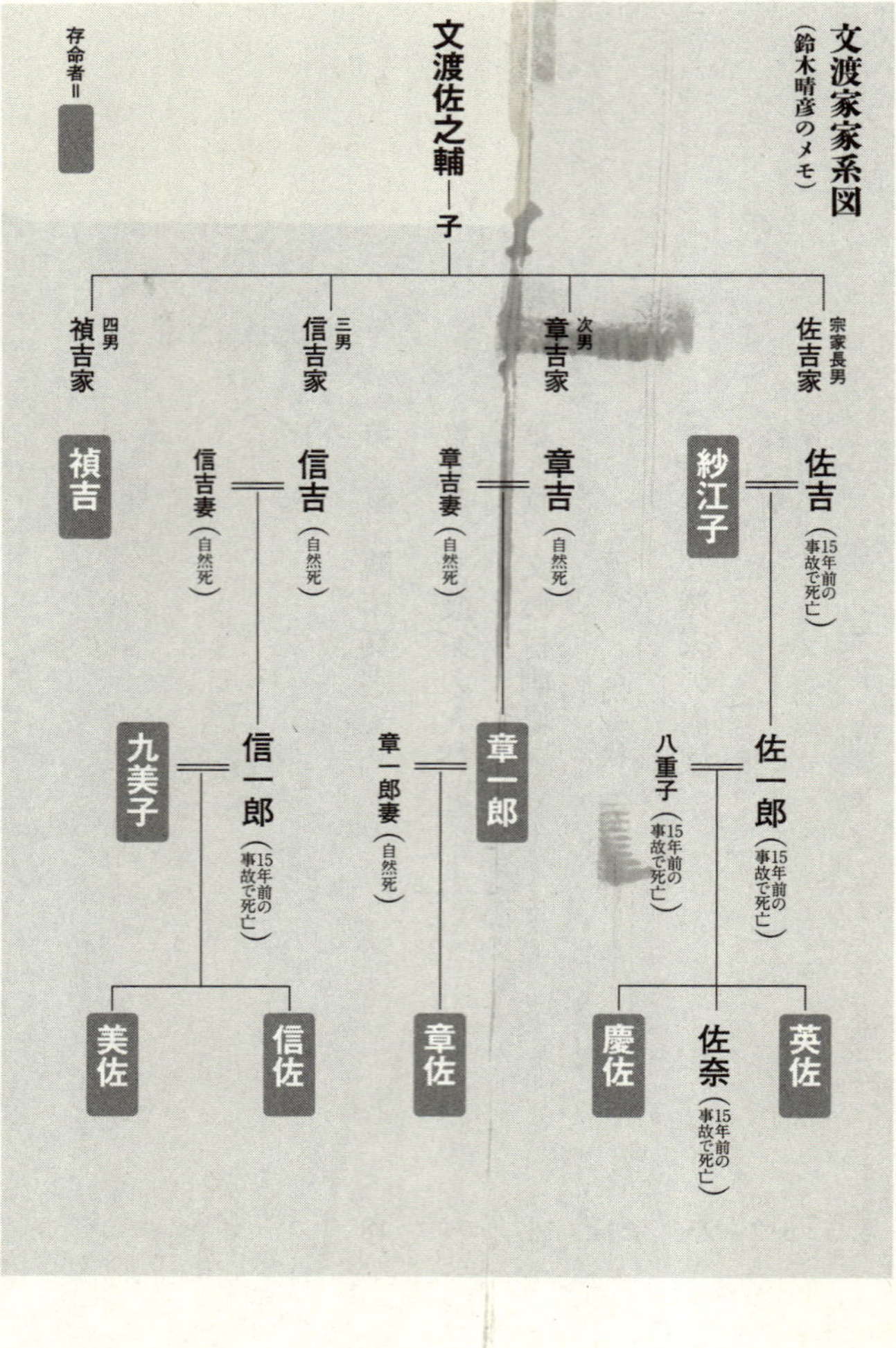

存命者＝
文渡佐之輔
子
宗家長男 佐吉家
次男 章吉家
三男 信吉家
四男 禎吉家
佐吉（15年前の事故で死亡）
紗江子
章吉（自然死）
章吉妻（自然死）
信吉（自然死）
信吉妻（自然死）
禎吉
佐一郎（15年前の事故で死亡）
八重子（15年前の事故で死亡）
章一郎
章一郎妻（自然死）
信一郎（15年前の事故で死亡）
九美子
英佐
佐奈（15年前の事故で死亡）
慶佐
章佐
信佐
美佐

臨床真実士《ヴェリティエ》ユイカの論理

文渡家の一族

序章

——二〇一五年（平成二七年）夏、文渡村《あやわたりむら》。

文渡家の一族が隠れすむ、文渡財閥の中枢《ちゅうすう》である。

今、舞台となっているのは、とある巨館《きょかん》の一室。

病室だ。

それも、ＩＣＵ顔負けの医療設備をそなえた、極めて現代的な病室。『村』のイメージとは、懸《か》け離《はな》れている。

深夜だ。

雷鳴。豪雨。夏の嵐《あらし》。

カッ!!

カミナリの閃光《せんこう》が、病室を劇的に浮かび上がらせる。

病室には、あまりに巨大なベッド。

その四分の一も占めていない病人が、ひとり。

いや、かつての病人だ。既に遺体なのだから。

様々なチューブ、ケーブル、医療器具をとりつけられた病人は、確実に死んでいる。それは、複数のモニタがしめす数値、信号、波形からあきらかだ。

カッ!!

カミナリに浮かぶその死者は、まだ若い少年——

この少年こそ、財閥後継者のひとり、文渡慶佐《けいすけ》だった。享年《きょうねん》一七歳。

カッ!!

巨大なベッドの周りに、九人の人々。

文渡家の人々だ。

——ベッドのいちばん近くに、車椅子《くるまいす》の老婆。

華奢《きゃしゃ》な躯《からだ》だ。だが、枯れ衰えてはいない。それどころか鞭《むち》のような、鋭利な刃のような老婆である。

その彼女の発した声は、支配者のものだ。

「——伊集院《いじゅういん》先生。誤りありませんね?」

「は、はい紗江子《さえこ》様」問われた医師は、震えた。「御臨終《ごりんじゅう》です……慶佐君は既に!!」

「そういうことではないわ」

「と、おっしゃいますと?」

「誰もがもう理解したように」紗江子様、なる老婆は断じた。「これは自然死ではない」

「……せ、生命維持装置に、異変があったことは、確かですが」

「異変があったのではない」

カッ!!

不気味な閃光。そして雷鳴の轟音《ごうおん》。

それが終われば、また豪雨の慟哭《どうこく》が聴こえてくる。

「異変は作り出されたのよ」

「わ、私は医師でございます。医療以外のことは、その……御法川《みのりかわ》先生の御領分《ごりょうぶん》かと」

禿頭《とくとう》の、喜劇的なやわらかさをもつ医師は、あわてて弁護士の方を顧《ふりむ》いた。

大きな丸眼鏡《めがね》に縦長の顔。嫌味にならない蝶《ちょう》ネクタイ。

医師に縋《すが》られたその老人は、ギョロリとギャラリーを見渡し、そしていった。

「私は弁護士であって、警察官じゃないからね……

ただ人工呼吸器にもモニタにも、あきらかに工作の跡《あと》がある。慶佐君本人には、絶対にできない形で。ここにいる誰もが、知っていることだがね」

「そ、そして」医師が恐る恐る発言する。「機器のプログラムすら、正常に作動していません。警告やアラームが、機能しないようになっています」

「それもまた工作だ。極めて巧妙《こうみょう》な、パソコンその他への工作だ……

さて、紗江子様。

慶佐君が自然死でない――となると、麓《ふもと》の警察署に届け出ねばなりません」

「け、警察への通報ですか」医師はまた震えた。「しかし慶佐君の死は、何らかの事故ということも」

「ありえません」老婆は断言した。「あなたのメンテナンスが万全であるのならね」

「そっそれはもちろんです!!　まさに昨晩も私は!!　この十五年ずっと一緒です。そして何の異常も!!」

「と、いうことは」

老婆は車椅子を優美に回頭させた。

すなわち、ベッドの遺体を見詰めるのを諦《あきら》めた。

それは、鞭であり、刃であり、支配者である彼女が、絶対に見せたことのない感慨《かんがい》だったが……

文渡家の他の人々は、それを察知できるほど冷静ではなかった。

そして、老婆の凍《い》てついた声が、続く。

「あなたたちすべてと、じっくりお話をしなければならないわね」

カッ!!

「文渡財閥の、それも宗家《そうけ》の後継者が、殺されてしまったのだもの」

……老婆の視線ひとつで、たちまち血族らは凍《こお》りついた。

それもそうだ。

文渡紗江子は、財閥総帥《そうすい》にして、文渡家の家長《かちょう》。齢《よわい》七五にして、なお文渡王朝に君臨《くんりん》する絶対君主である。その命を聴かない財閥企業はなく、その意に叛《さか》らう家族もない。

しかも、死んだ慶佐《けいすけ》は、文渡紗江子の孫だ——

カッ!!

そのとき。

端整《たんせい》な背広姿が、半歩前へ出た。いかにもなビジネス・エリートだ。この男は、財閥中枢《ちゅうすう》、松山銀行の常務であった。

「よろしいでしょうか、紗江子様?」

「どうぞ、章一郎《しょういちろう》さん」

「我々、文渡家の一族が、まさか慶佐くんに害を為《な》すはずがない——

そのことを最も御存知なのは、紗江子様ではございませんか?」

文渡章一郎は、淡々《たんたん》といった。取締役会《とりしまりやくかい》で議案を述べるように。その隣で、息子の章《しょう》佐《すけ》が大きく頷《うなず》く。

しかし、老婆は疑問文を斬《き》って捨てた。

「それは理論。理論と実際が乖離《かいり》したなら、理論を捨てる。それだけのこと」

「そっそれでは紗江子様!! 紗江子様はまさか、アタクシどもが!!」

突然、女が割って入った。ヒステリックな声が病室を裂く。その女は、銀行常務とは対照的だ。

「アタクシどもが慶佐さんを!? 御冗談《ごじょうだん》を!! お聴きくださいな紗江子様アタクシは」

「ねえ九美子《くみこ》さん。

死んだのは私の慶佐であって、あなたの信佐《しんすけ》ではない。少しお慎《つつし》みなさいな」

「慎み――慎みですって⁉ アタクシはいつもいつも慎んでまいりましたわ紗江子様‼

この十五年、そうこの十五年、ただの一度たりともお言いつけに背《そむ》いたことはございません‼ 飼い犬や奴隷のように‼ 我が家の信佐とてそうですわ‼ この牢獄《ろうごく》のなかで紗江子様に叛《さか》らうことなど――

まして慶佐さんを、アタクシどもが⁉

そんなことをすればどうなるか。そっ、それは、紗江子様こそが、骨《ほね》の髄《ずい》までよく御存知じゃあございませんか‼」

「ヒトが必ず合理的な選択をするとはかぎらないものね。とりわけ特定の人種はね」

「ヒトの人生まで恣《ほしいまま》にして、何を今更《いまさら》なのよ。

それにアタクシはともかく、ウチの信佐にまで恐ろしい言い掛かりを‼」

「……ねえ母さん、まずは落ち着いてよ」

九美子の絶叫芝居を、少年が制した。死んだ慶佐と、年の変わらぬ少年。

だが、ふとした顔と台詞《せりふ》の翳《かげ》りに、財閥家らしい澱《よど》みと僻《ひが》みがあった。隠花植物《いんかしょくぶつ》――

「母さん、紗江子様は僕ら親子を疑っちゃいないよ。これっぽっちも。ですよね紗江子様？」

「だけどね信佐‼」

「母さん、大丈夫ですって……慶佐に何が起ころうと、僕ら親子はまったく利益を受けないんですから……継承権末位《けいしょうけんまつい》なんですから……」

ここで、酒浸《さけびた》りのインチキ仙人を思わせる老人が、話を混ぜっ返し始めた。

「ウッヒッヒッヒ、さあて、さあて、それはどうかのう信佐や、ウッヒッヒッヒ」

「……おっと禎吉大叔父《さだきちおじ》さま。それどういう意味？」

「どういう意味も何も。ウッヒッヒッヒ。

九美子サンはまあ知らんが、信佐、お前はまだ一八歳。

しかもじゃ。この文渡村で純粋培養《じゅんすいばいよう》された、紗江子サマの秘蔵《ひぞう》っ子《こ》ときた。慶佐とおなじ、プリンスともいえるわい。

そう、慶佐とおなじプリンス。慶佐とおなじプリンス。ウッヒッヒッヒ」

「……なるほど僕も慶佐も、純粋培養ですがね。それ、継承権に何の影響もないでしょ？それに――誰もがお気付きでしょうけど――慶佐の次の後継者は、このままゆけば何と、禎吉大叔父さまじゃあないですか。それもまた、すごい事態ですけどね？」

酒浸り仙人は、七八歳の、文渡家の長老格だ。

だが、若い頃からの放蕩三昧《ほうとうざんまい》で、絵に描いたような穀潰《ごくつぶ》しに堕《お》ちている。財閥での役割は、べろんべろんに酔っていることか、血族の諍《いさか》いを混ぜっ返すこと……

「ウッヒッヒッヒ、そうじゃったそうじゃった。慶佐の次は何とまあ、ワシじゃったわい。

さあて、そうすると……

せっかく若い奴が敬老精神で、粋なことをしてくれたんじゃ。禁酒禁煙で長生きして、その若い奴の期待に応えてやらにゃあいかんのう。イヤ、期待に応えたら大誤算かの？」

「ちょっと禎吉サマ、お待ちになって‼」

ヒステリー系の九美子が、鬼の形相《ぎょうそう》になる。

「いくら御自分が後ろ暗いからって、ウチの信佐を人殺し呼ばわりして誤魔化《ごまか》すの⁉」

「九美子従叔母《おば》さま、お静かに」

二七歳の章佐《しょうすけ》が、ピシャリと釘《くぎ》を刺す。あの銀行常務の息子だ。

「紗江子様の御前《ごぜん》ですよ——それに、禎吉大叔父《おじ》様」

「ウヒョ？ なんぞ御叱責《ごしっせき》でもあるんか？ 文渡家の若手エース殿？ 取締役閣下？」

「僕としても、ただいまの大叔父さまの御発言、聴き逃すことはできませんね」

「オヤ、どうしてじゃ？」

「あなたに長生きされたら大誤算の若い奴——ってのには、この僕も、僕の父の章一郎も含まれるからですよ。だって九美子さんはどうでもいいですが」

「どうでもよくないわよ‼ ちょっと章佐サンあなたはいつも——」

「僕と僕の父は、告発されているらしい信佐より、財閥の継承権が強いですからね。

もっとも……

こんな議論に意味はない。ここにいる文渡家の一族、誰もがそれを承知しているはず」

カッ‼

章一郎常務は黙った。

息子の章佐も発言をやめた。

九美子も黙った。

禎吉老も黙った。

ただ九美子の息子、信佐だけが、思春期特有の皮肉を発しようとしたとき——

「九美子さん」

「は、はい紗江子様!!」

「美佐《みさ》の容態は？　美佐だけがここにいないのでね」

「あ、美佐……は、はい、安定しておりますわ」

「けれど自分で動けるほどではない」

「……それは御存知のとおり、ありえません。ですから、こちらの御館《おやかた》になどまさか」

「そ、そうです紗江子様、美佐は、妹は」

信佐が突然、焦燥《しょうそう》した。今度は思春期の皮肉など、カケラもなかった。

「妹はあのとおりです。紗江子様、美佐には……美佐には絶対に無理です!!」

「信佐、私はその様なことを考えてはいませんよ——御法川先生」

「はい、奥様」

「二点、指示をします。

第一、私は孫の慶佐が何故《なぜ》死んだのか、その真実を知りたい。その為《ため》の手配をなさい」

「……警察に通報し介入を求める。これでよろしいですか？」

「断じて否《いな》よ。真実は私が知ればよい。警察など愚《ぐ》の骨頂《こっちょう》——

ここは、文渡村です」

「そ、それは、確かに」

ここは文渡村。紗江子の手になる牢獄だ。ほぼ完璧《かんぺき》に、閉ざされた世界。

もし文渡慶佐が、殺されたというのなら——

犯人は文渡村にいる誰かだ。これは絶対に間違いない。

「しかしですな、紗江子様。

万一、外の世界に露見すれば、真実がどうあれ、スキャンダルにはなりますな」

「露見するはずがない。そして久万高原《くまこうげん》署長なら、どうとでもなる」

警察への盆暮《ぼんく》れの挨拶《あいさつ》は怠《おこた》っていない——ということだ。もっとも文渡家にとっては、警察署長どころか、警察本部長でも国家公安委員でも問題はないのだが。

（紗江子様の御意志は、堅い……）

弁護士は、たちまち紗江子の思考を理解した。彼は紗江子と同じ世代に属する、世馴れた老練な男。しかも、紗江子に十五年を捧《ささ》げてきた忠臣である。

（……紗江子様にとってこれは、純然たる家政《かせい》の問題なのだ。

真実を解明して、しかるべき制裁を下せればよい。そうお考えだ。

官憲《かんけん》の土足で、この壺中《こちゅう》の天地を踏みにじられるなど、まさに愚の骨頂だと……）

だから彼は、黙示《もくじ》の賛意《さんい》をしめしつつ、やんわりと難点をコメントした。

「真実を知るためには、そうですな、客観的な者と、客観的な視点が必要かと。

しかし私も伊集院サンも到底、客観的な者とは――」

「そうですね。文渡村にいる誰もが、被疑者候補なのですから」

「そうしますと、この文渡村には、誰も適任者がおらんことになる」

「そこで指示の第二です、御法川先生。

東京の英佐《えいすけ》を呼び返しなさい。英佐を文渡村へ連れてくるのです」

「え、英佐君を？

それでは紗江子様、英佐君にその捜査、いえ真実の解明をしていただくと？」

「弟が殺されたなら、仇《あだ》を討つべきは兄でしょう？　それは英佐を呼び返す理由になる。

それに英佐ならば、ここにいる誰もが忘れていることを、してくれるかも知れないわ」

「ハテ、紗江子様や」禎吉が道化《どうけ》たように訊《き》いた。「その、誰もが忘れとることとは？」

「別段、難しいことではない」

カッ!!

雷鳴。豪雨。夏の嵐。

それに浮かび上がる老婆の顔……そして死んだ、文渡慶佐の顔。

「慶佐の死を悼《いた》むことよ」

こうして、文渡英佐の里帰りが決まった。

第1章　臨床真実士《ヴェリティエ》

Ⅰ

四限目の債権各論《さいけんかくろん》のコマが、終わった。

すぐに夏休みだからだろう。法学部二五番教室は、どっちかといえば閑散《かんさん》としてる。

だからすぐに分かった。彼女は出席してない。

（まあ、興味あるのは不法行為法《ふほうこういほう》だけだっていってたしなあ）

僕は大教室を出た。法学部エリアを離れる。

じりじりした太陽がまぶしい。

メインストリートの、桜並木も焼かれて苦しそうだ。キレイな盛夏《せいか》。

日陰《ひかげ》を縫《ぬ》いながら、対岸、文学部エリアへ。

といっても、文学部のコマに出るわけじゃない。僕は法学部だから、そもそも文学部のメイン教室を知らない。僕が知っているのは、文学部研究棟だけだ。もっというと、その六〇七ゼミ室しか知らない。

そこが、彼女の居城だ。

――動く耐震偽装《たいしんぎそう》みたいな、年季の入ったエレベータで六階へ。

そこは、文学部でも心理学研究室のエリア。

そう、彼女は、心理学の院生なのだ。

正確にいうと、我が井《い》の頭《かしら》大学の博士課程の院生で、パリ第五大学で修士をとっていて、なおかつ、法学部のヒラ学生でもある（いちばん最後だけ、僕と重なる）。

――六階で下りた。法学部よりコンパクトなゼミ室が、鰻《うなぎ》の寝床《ねどこ》的に続いてる。ちょっと歩いて、六〇七号室の前へ。

ここも、コンパクトな部屋だ。

今は、臨床心理学の教授と彼女と、あと学生がふたりしか使わない。書架とかパソコンを除けば、ワンルームマンションみたいなもの。

ドアは閉じてる。他学部のヒラ学生として、コンコンとノックをした。

予想どおり返事はない。

「晴彦《はるひこ》だよ、入るよ」

予想どおり返事はない。

勝手知ったる、だ。彼女がここにいないわけもない。

自然と気合いを入れながらドアを開けた。

クラシックな黒板の前に、正方形のテーブル。

彼女は、入って左側のイスに座ってた。いつものことだ。そこが彼女のお気に入りだ。

（もっとも、背負った巨大な書架が、お気に入りなんだろうけど）

ここは実質、彼女の研究室だ。

書架は真っ先に魔改造された。学術書、洋書、紙フォルダ、クリアファイル、ドッチファイルがうごめく、魔窟《まくつ》にされてしまってる。備品のパソコンも、外見こそ大人しいけど、おどろおどろしいデータで満たされてる。

そんな彼女を放し飼いにしてる心理学の教授ってのも、寛大というか、よく解《わか》らない人だ。

（まあ、彼女そのものが貴重なサンプルだしなあ。多少のワガママは、御愛嬌《ごあいきょう》だ）

——彼女は文献《ぶんけん》に没頭《ぼっとう》してた。

正確にいうと、巨漢の先客をひとり放置プレイして、英語の論文を読んでる。

このお客さんも、馴染《なじ》み客だ。勝手にイスに座れる。その背もたれを腕で抱きつつ、ザックリ彼女と話せる。それほどの馴染み客、いやもう特権者だ。

「オウ、こんちは鈴木君!!　いやあ、暑いなあ、盛夏だなあ」

「どうもです、友崎《ともさき》警視。お仕事ですか？　吉祥寺《きちじょうじ》まで大変ですね」

「いや全然。何が大変なものか。俺はこの御方《おかた》が、専属カウンセラーだったなら——」

友崎警視はホープを咥《くわ》えた。咥えるだけだ。吸ったら殺される。

「——吉祥寺は当然、北極点《ほっきょくてん》へでも冥王星《めいおうせい》へでも、出張の決裁、もぎとってくるさ」

すると彼女はチラ、と警視を見た。そしていった。

「真《しん》ーホント」
「お姫様、小職《しょうしょく》の熱情、理解いただけて大感謝です。是非《ぜひ》その調子で――」
「そういう意味ではないわ。きっと、文の真理値《しんりち》に関する派手な誤解よ。
けれど引き続き、お仕事の戦果は華々《はなばな》しくないようね？」
「泥沼《どろぬま》の泥船《どろぶね》ですね――なあ、大親友の鈴木君からも口添えしてくれよ。お願いします
よ!!」
オネガイシャスヨッ、は友崎警視の口癖《くちぐせ》だ。
「このとおり、お姫様にあっては、鼓膜《こまく》すら貸してくれないんだわ」
ここで、本多唯花《ほんだゆいか》は愛用の黒鉛筆を置いた。
たかく結《ゆ》ったポニーテイルを、パサリと揺らす。
窓からの濃い太陽が、ノースリーブのワンピースから零《こぼ》れる肌を、あざやかに焼く。
唯花の基調色《きちょうしょく》はいつも黒だ。黒いワンピース、黒いパンツスーツ、黒いデニム――
――そして、瞳《め》を奪う黒髪。
(井の頭大学の魔女っ子として、有名になるわけだ……)
髪型が弓道や薙刀《なぎなた》を連想させなければ。そして小顔が、これほどあどけなくなければ。
確実に、魔女として有名になっていただろう。
(そして実際、彼女は魔女だ――ある意味では)
その唯花は、しぶしぶ論文を裏返すと、まず僕に声を掛けた。

「今日の民法は確か、賃貸借《ちんたいしゃく》契約だったわね？」

「それがまだなんだ。使用貸借《しようたいしゃく》が終わってないから」

「いずれにせよ、しばらくは基本書を読んでおけばすみそうね」

「かもね。唯花が興味もってる、不法行為法はまだまだ先だよ」

「お姫様、そこで是非!!」

友崎警視はホープを指で摘《つ》まみとった。そして熱弁した。

「ものの一時間、いえ三〇分下さい。どうか御出馬を!!」

「と、友崎警視」接客係の僕がいった。「またそんなに、難しい事件なんですか？」

「よくぞ訊いてくれた鈴木君。難しい、難しい。今度は放火なんだわ。もっというと、保険金殺人の放火。おっさんが金蔓《かねづる》の姉一家、焼き殺しちゃってさあ」

「よく解りませんが、そんなに難しいんですか？」

「ああ鈴木君、放火はとても難しい。極論、ホントに火を着けたかどうかのレベルで、捜査が行き詰まっちゃうこともある。まさに、今回がそうなんだけどな」

「あっ、じゃあ、いわゆる自白偏重《へんちょう》の捜査をしないと」

「おっと、物は言い方さ。法学部なら、憶《おぼ》えておくといいかもな——放火事件の立証構《りっしょうこう》造《ぞう》は、自白にベッタリ依存しちまうんだ」

ここで、聴いてないふりをしてた唯花が、駄々《だだ》っ子をあやすように言った。

「それで友崎警視は、いわゆる、自白の信用性を割りたいと」

「さすがはお姫様」

「やったかやってないか？」

「それは当然ですが――放火の手段方法、準備の状況、前足後足《マエアシアトアシ》、犯行現場の認識、保険契約と保険証書の認識、被害者との関係、その他諸々《もろもろ》」

「それぜんぶじゃないの」

――友崎警視は、実は、刑事じゃない。

警視庁の、訟務《しょうむ》担当管理官という役職の人だ。警察における、裁判のプロ。四〇歳ちょっとで、キャリアでもないから、きっとすごいエリートだ。

ここでは借りてきた熊《くま》みたいに大人しいけど、機動隊の中隊長として、大暴《おおあば》れしてた日々もあったとか。喩《たと》えるなら、超武闘派インテリ弁護士だ。

そんな人がどうして、小娘みたいな唯花に仕事の話をするか、といえば……

「あなたは父の愛弟子《まなでし》だったわね、友崎警視？」

「ハイそうであります。生前の本多警視正にあっては、すべて小職の理想であります」

「その父の口癖、憶えてる？」

「客観証拠で語れ――自白は支柱から取り外せ」

「結構。それに鑑《かんが》みて、内心忸怩《じくじ》たるものはない？」

「いや、放火って証拠燃えちゃうんで基本。理論上も実際上も」

「偽《ぎ》－ウソ」

「バレたか」

友崎警視は舌を出した。もちろん演技だ。何故なら警視は知っているから。

「なら言い換えます。放火にあっては犯行態様から、客観証拠が獲得しづらい傾向にある」

「それなら真－ホント」

「よって練馬《ねりま》警察署の捜本《ソウホン》まで、なんとか御足労《ごそくろう》願えませんか？　お願いしますよ!!」

「ポリグラフは？」

「もちろんやります。ですがその、ぶっちゃけた話……」

お姫様ほど完璧ではないんで」

「……これ、結構疲れるのよ？」

唯花はとても物憂《ものう》げな顔をした。顳《こめかみ》をそっと押さえている。

「それに、私が研究しているのは」

「承知しております。放火など、お姫様の研究にとって、さほど重要な症例ではない――

ただですねお姫様。ここんとこ十四回連続で、デートの誘い、断られてますんで私」

「デートの誘いが警察捜査への協力を意味するなら偽－ホント。正確には十七回だわ」

唯花は正直に訂正した。乗り気じゃないのに、だ。

そしてこの訂正の結果、多少は気持ちが動いたらしい。彼女は嘆息《ためいき》をついた。

「……総括報告書、チャートその他の、事案概要が解る書類を届けて頂戴《ちょうだい》」

「かっしこまりましたぁ!!

ああ救《たす》かった。今度ばっかりは、もしお姫様口説《くど》けなかったら、私、捜査一課長に辞表出さないといけなくなっちゃうんで。いやもう首括《くびくく》りですよホント」

「偽－ウソ、偽－ウソ」

「もしお姫様が警察官だったなら、絶対に警視総監になれますよ!!」

「真－ホント」

じゃあお願いしますよ、お願いしますよ、オネガイシャスヨ!!

友崎警視は脱兎《だっと》のように、文学部六〇七ゼミ室から消えた。

唯花の心変わりを恐れたんだろう。

II

夏の日射《ひざ》しが強い。

僕は入口側のイスに座った。唯花とは斜めに話す形になる。

これも、いつものことだ。

「警視総監になれる、かあ。よく解らないけどすごいね。現役警視さんのお墨付《すみつ》きだし」

「そういう意味ではないわ。

それも、文の真理値に関する派手な誤解よ。友崎警視もやらかしてたけど」

「だって君の判定によれば――『文は真』で『主観的にホント』なんだろ？」

――本多唯花。

井の頭大学法学部三年生。博士課程の院生でもあるけど、とにかく二〇歳の女子大生だ。すごい黒髪に黒い服の魔女っ子だし、どうしても目立つ顔形だし、法学部でも文学部でも非公然地下ファンクラブがあるけど……

（唯花の特別さは、そんなところにはない）

彼女は、障害者なのだ。ある意味での障害者だ。

それは精神の障害かも知れないし、脳機能の障害かも知れない。

両親のない彼女が唯一信頼する、担当教授が必死で研究してる障害だ。

（それも、秘密裡《ひみつり》に。とても学会とかに、発表できるものじゃないから……文学的にいえば、本多唯花は、僕らの世界に居場所《いばしょ》をもたない）

その唯花の、障害――

――それは、言葉の真偽《しんぎ》と、言葉のウソホントを判別できてしまう障害だ。

それを知る友崎警視は、彼女のことを『人間ポリグラフ』と呼ぶ。

（けれど、これは正確じゃない。この綽名《あだな》をいえば、唯花は怒らないけど悲しむ……）

そもそも、ポリグラフは嘘《うそ》発見器じゃない。ウソホントの識別なんて、絶対にできやしない。ポリグラフで分かるのは、『ある事実を知っているかどうか』、それだけだ。

ところが。

……唯花には、それができてしまう。

唯花は、ヒトが喋《しゃべ》ったことがウソかホントか、判別できてしまうのだ。

（それだけでも、ヒトにとって脅威的だけど……実は、なんとそれだけじゃない）

すなわち唯花は、ヒトが喋ったことが真か偽かも、判別できてしまうのだ。

……僕自身も最初、よく解らなかった。けど確かにこのふたつの力は、全然違う。

例えば、だ。

〈僕は鈴木晴彦です〉

こう僕が喋ったとする。これは文だ。そして、唯花でなくても識別できる――

第一。この文は真だ。僕は鈴木晴彦だから。

第二。この文はホントだ。僕はウソを喋ってるつもりがないから。

ただこれは、僕自身でなければ、そうカンタンには分からない。分からないはず。

でも唯花の脳は、これを一瞬で処理してしまうのだ。

そして今の例なら、すぐさま『真－ホント』というだろう。それが、彼女の判別結果だ。

なら、次の例はどうだろう？

〈僕はナポレオンです〉

こう僕が喋ったとする。すると、判別結果はどうなるだろうか？

常識的には、『偽－ウソ』だろう。僕は鈴木晴彦だし、自分でもそう思うはずだから。

ところが……

僕が自分のことを、心の底から、嘘偽りなくナポレオンだと確信してたら？

それにはちょっと、まあ、違う問題があるけど、とりあえずそのときどうなるか？

唯花はたちどころに『偽－ホント』と判別するはずだ。

——本多唯花の、障害。

ザクッとまとめると、唯花は、『客観的な真偽』と『主観的なウソホント』を見破れる。

実はそれはもう、友崎警視との会話でも行われてたことだ。だから僕は、不思議に思ったのだ。というのも、

〈唯花が警察官だったなら、絶対に警視総監になれる〉

この友崎警視の文を、唯花は『真－ホント』と判別したから。つまり、『警視の発言は客観的に真』で『警視の発言は主観的なホント』

ということになるから。なら唯花は客観的にも主観的にも、警視総監級の人材のはずだ。

でも唯花は、それを誤解だという。文の真理値に関する、派手な誤解だと——

僕は唯花に訊いた。

「真、であることが派手な誤解なのかい？　ますますよく解らないけど……」

「……この障害はね、晴彦。私が望んだものじゃないけど」

唯花は真実、苦い顔をした。とても苦い顔。キレイな黒髪が、悲しく映《は》える。

「私が真といえばそれは真よ。

ただ、ああいう論理にされてしまうと、真だの偽だのは無意味になる」

「ああいう論理……？」

「仮に、『友崎論理』としましょうか。さっき、友崎警視は文としてこういったわね？

〈私が友崎警視の専属カウンセラーだったなら、吉祥寺にでも北極点にでも冥王星にでも赴《おもむ》く〉」

「そうだね、そういう意味だった。そして君の判別は『真‐ホント』」

「警視総監云々《うんぬん》の話と、まったく一緒よ。すなわち実生活に何の意味ももたらさない」

「御世辞《おせじ》だから？」

「否《いな》、おそろしく否。そもそも私はヒトの感情を処理することができないわ」

「あ、そうだった」

「まず警視総監の話から。これは、〈本多唯花が警察官だったなら、絶対に警視総監になれる〉という文だった。

けれど、そもそも私は警察官じゃないわね？

なら、〈本多唯花が警察官である〉という文は、偽になるわね？

するとこれは、〈偽ならば、警視総監になれる〉という文になる。了解した？」

「ああ、うん、解るよ」

……僕はいつものとおり、ドキドキした。

講義口調で自分の障害を語る唯花。こんな唯花を知ってるのは、三人しかいないから。

僕は、唯花の世界に入ることを許された。それが信頼だったら、嬉《うれ》しいことだ。

「そうすると唯花、冥王星の話もさ、〈偽ならば、吉祥寺にでも北極点にでも冥王星にでも赴く〉ってなるね。そういう言い換えでいい？」

「諾《だく》、すばらしく諾。あとはシンプルよ。〈偽ならば……〉というイントロが流れたなら、後続の文がどうであろうとすべて真」

「えっすべて？　偽ならば真？

……ゴメン、ちょっと展開が解らない、まだ」

「晴彦、私は文の客観的・論理的な真偽を判別できるだけ。

そして論理的には、〈偽ならばX〉という文はすべて真になるということ。了解した？」

「Xがホントでもウソでも……いや違うな、それは違う。ウソホントの話じゃない」

「まさしく。いま議論しているのは主観的な虚実《きょじつ》じゃない。文の客観的な真偽だから」

「そうすると、ええと……

Xが、客観的に真でも偽でも、トータルとして、〈偽ならばX〉の文は真になる」

「諾、すばらしく諾」

「最初にウソっていうかマチガイの前提を置いたなら、あとは何を喋っても真になるの？」

「まさしく。その文についてはね」

「うーん、常識的にはさ、最初にマチガイの前提を置いたなら、あとは何を喋っても『真偽は分からない』ことになる、ような」

例えば、〈僕が女なら、唯花には彼氏がいる〉。これは、唯花によれば真だ。でも常識的には、唯花に彼氏がいるかどうか、分からないんじゃないか？

（いないはずだけどなあ……少なくとも僕は知らない。それが絶対に真ってのは、変だ）

真偽は決められない。決まるのは恐《こわ》いけど。僕はその疑問を、飽くまで論理の問題として唯花に訊いてみた。すると――

「晴彦、それはエジソンの粘土よ。実にエレガントな質問だわ」

「そ、そうかな？」

「とてもよい。とてもよいスポットを突いている」

ど、どう答えればいいのか。それこそ、嬉しがるスポットが違いすぎる……

「だから、まず不誠実に答えるわ」

「よく解らないけど、お願いします先生」

「不誠実に説明すると、後段だけを見ているのが誤りよ。後段の〈唯花には彼氏がいる〉は判別不能だわ。少なくとも晴彦にとってはね。それはあなたのいうとおり。

けれど、そこに〈僕が女なら……〉というイントロを加え、その偽の世界を設定してしまったなら。

偽の世界ではナンデモアリよ。あらゆることが許される。

偽の世界をいったん設定してしまったとき、その世界のなかで何を語っても、文はトータルとして真になる。だってナンデモアリの世界、あらゆることが許される世界を、自分で創ってしまったのだもの。それが〈僕が女なら……〉の魔力ね。

　そこでは偽もヘチマもないわ。

　何を語るのも可能で、自由で、しかも無意味。了解した？」

「うーん、ちょっと誤魔化《ごまか》されている気も」

「そのとおり」

「えっ」

「これは不誠実な説明だといったでしょ？」

「なら誠実に説明すると？」

「これは記号論理学でいう、真理関数の計算規則なのよ。真理関数、すなわち真偽を判別する関数の計算規則で、『偽ならばX』という文は必ず真――と決めたの。率直に言えば、1＋1が2であると決めた、そういうノリね。

　だから、いろいろ煙幕を展《は》ったけれど、要は――

　記号論理学がデジタルに真偽を判別するとき、そのようなルールを決めた。そして私の脳の計算規則もそれに遵《したが》う、そういうことよ。これは記号論理学の一般ルールでもあるし、私の脳のマイルールでもある。そう憶えておいて頂戴。了解した？」

「解った……学問的にも、君が力を使うときも、『偽ならばX』は必ず真。了解したよ」

「それが私たちの定義した『友崎論理』ね。なら応用よ。何か例示できる？

晴彦が友崎論理の文をつくってみて？」

唯花は嬉しそうだ。嬉しそうな唯花をみると、僕も嬉しくなる。

「そうだね、ええと……」

〈宇宙人がファースト・コンタクトに下りてきたら、僕はオバマ大統領だ〉

〈有栖川有栖《ありすがわありす》が女性作家なら、綾辻行人《あやつじゆきと》は麻雀《まあじゃん》をやめる〉

「いいわ、そこまでで充分。友崎論理としては、後者の有栖川文だけが適切よ」

「前者の、宇宙人文は？」

「まず後者について。

有栖川有栖は確定的に男性作家だから、偽《ぎ》のイントロは流せている。ならXは極論、何を喋ってもいい。

この例だと、綾辻行人が麻雀をやめようがやめまいが、喫煙をやめようがやめまいが一切関係ない。すなわち後者の文全体は必ず真よ。解る？」

僕はうなずいた。ここまではよく解る。

「けれど、前者の宇宙人文は不適切な例。友崎論理ではない」

「どうしてさ？　宇宙人なんているわけないだろ？　だから偽のイントロに――」

「決定可能かどうかよ。

有栖川有栖は男性作家。これは決定可能。よって真偽も決まる。

けれど、宇宙人がいるかどうか。地球に来訪するかどうか。これは決定不可能だわ」

「それは、ええと……宇宙人がいるかどうか、下りてくるかどうか、未知数ってこと?」

「そう。絶対に無いとは決定できない――すなわち偽と決定できない。

だから宇宙人文では実は、偽のイントロは流れていない」

よって友崎論理じゃなくって、すなわち真の文でもなくなるのか。なるほど。

「でも『バルタン星人』なら、適切な例になったわ」

「えっ」

「バルタン星人は非存在《ひそんざい》よ。だからイントロが、

〈バルタン星人がファースト・コンタクトに下りてきたら……〉

だとしたら、決定可能で、イントロは偽。よって友崎論理になった。文は真」

「バルタン星人、いるかも知れないよ?」

「地球の日本の映像会社が製作したものと同一の異星人は絶対に存在しないわ。それがバルタン星人という名であることも絶対にない。すなわち非存在よ」

「なるほど……あれ? でもさ、そうすると。

友崎論理のさっきの奴、〈唯花が警察官ならば……〉ってイントロ。これも決定不可能にならない? だってさ、宇宙人が下りてくることがありうるなら、唯花がこれから警察官になることだってありうるだろ?」

「諾、すばらしく諾。けれどそれについては、こう説明できる。

あなたは宇宙人について、時制の縛りを掛けなかった。友崎警視は私について、現在の

縛りを掛けた。もし友崎警視があのとき〈本多唯花が警察官になることがあったら……〉
といっていたなら、決定不可能になるわ。了解した？」
「うん、解ったと思う。まとめると、
〈バルタン星人がファースト・コンタクトに下りてきたら、僕はオバマ大統領だ〉
は真だし（偽ならばX）、
〈本多唯花が警察官になるとしたら、僕はオバマ大統領だ〉
は決定不可能だね？」
「記号論理学的にそう。私もそのように判別する。さっきルールを確認したとおりにね。
そうだ、違う例を学んでみましょう。ちょうどバルタン星人が出現したから、
〈バルタン星人には乳首がない〉
という文。これはどうかしら？　真？　偽？」
ち、乳首か。まあ唯花は『意味』の側面にはこだわらない癖《くせ》があるけど。
「バルタン星人には乳首がない……」
僕は先生から与えられた文を口にした。

III

ここで、もし。

唯花が意識して障害を使ってたら、彼女の視界はスキャン・モードに入ってるはずだ。彼女の言葉を借りれば、彼女の視野はモノクロになる。セピアの映画みたいに。そして僕の言葉、〈バルタン星人には乳首がない〉が、レモン色の字幕として流れるはずだ。右から左へと。モノクロの世界に、レモンの字幕——

——レモンの字幕は流れるうちに、ふたつの文字列を生んでゆく。しっぽの方から、日本語が、数列と記号列に変わってゆく。なめらかに。上段下段に分かれながら。上段が数列。下段は——彼女すら読めない、世界のどこでも使用されてない記号の列だとか。

要するに、〈バルタン星人には乳首がない〉——このレモンのテロップが、やはりレモンの数列と記号列を引っぱって、右から左へ流れてゆくわけだ。

この数列と記号列こそ、唯花に文の『真偽』『ウソホント』を教えるもの。

……僕はふと、あの夜の会話を思い出していた。

〈あなたの文が真ならば、レモンの数列は青に変わる。偽ならば赤になる。

あなたの文がホントなら、レモンの記号列は白に変わる。ウソなら黒になる……

信じる?)

(し、信じるも何も……あれだけ実演されちゃあ。

まるで一般教養《パンキョウ》でならったチューリング・マシンだ)

(否《いな》、おそろしく否。

私はチューリング・マシンではないわ。確かに、論理的に正しいことは導ける。でも、すべての真実を解明することはできない。この世界に万能マシンは、存在しえないから)

(確か……ゲーデルの、不完全性定理だね?)

(だから私には、〈奇数の完全数は存在する〉とか〈4以上の偶数は素数の和だ〉という文の真偽も判別できない)

(判別できないときは、どう映るの? その、数列とか)

(判別できないときは、数列も記号列もレモンのまま流れるわ。それで解る——

私にとって決定不能だと)

(君にとって決定不能……)

(私は、私の長期記憶《LTM》に貯蔵《ちょぞう》されたデータベース、そして私の感覚モダリティで知覚したモノからしか、真偽/ウソホントを判別できないの)

(うーん、ちょっと……よく解らなくなってきた)

(知っていること、感知できたことをベースにしないと、すべて『決定不能』になる——

ということよ。記憶・知覚・経験がないことは判別できない。私は神の眼《め》をもたない)

(でも逆に、君の脳内データから導けるなら、絶対に真偽を割り出せる……ってこと?)

(おそらくね。経験的には、そう)

(ウソホントも割り出せる)

(そう。これもLTMと感覚モダリティに依拠《いきょ》している。特に感覚モダリティが大きい)

(感覚モダリティ……いわゆる五感、だったよね?)

(五感は五つではないけどね。イメージとしてはそう。私の五感はおそらく、眼前のヒトをリアルタイムでスキャンして測定している)

(何を?)

(それこそポリグラフが測定するものを。もちろん仮説の仮説の仮説だけれど。

精神的発汗による皮膚電気活動《EDA》、収縮期血圧《SBP》、血流量《BF》、心拍数《BPM》、呼吸運動《RM》。これらはヒトの末梢神経《まっしょうしんけい》の挙動よ。

もちろん中枢神経《ちゅうすうしんけい》の挙動《きょどう》も重要ね。すなわちP300という事象関連電位《ERP》)

(いきなり解りません先生)

(刺激に対するリアクションとして現れる脳波《EEG》、というイメージでいいわ)

(……嘘を吐《つ》くことに対するリアクション?)

(ものすごく単純化すればね。けれど結論として——ここ二十五年間の一〇研究における、このP300によるウソ検出率は、八八・三%と報告されているわ)

（九〇％弱!!　け、結構すごい数字だね!!）

（そしてまだまだ発展している分野よ。文脈の不一致を反映するＮ４００も有望だし、私もそれを測定しているらしい。

　加えて、脳そのものが心の座。

　ならば、嘘を吐くとき活発になる脳部位を解明できれば。そしてその賦活《ふかつ》状況をモニタできれば。これもウソ検出率を上げるでしょう）

（その活発になる部位って、もう特定されてるの？）

（さすがにそれは……けれど前頭前野《ぜんとうぜんや》はまず確実ね。あと前部帯状回《ぜんぶたいじょうかい》も。前頭葉眼窩皮《ぜんとうようがんかひ》質《しつ》、尾状核《びじょうかく》、視床《ししょう》そしてもちろん扁桃体《へんとうたい》の研究も極めて有望）

（……その脳の部位の異変を、君はスキャンしている。そして感知している）

（らしいわね。私はＰＥＴでもｆＭＲＩでもないから、どうして感知できるのかは、自分でも全然解らないけど。

　いずれにせよ私の感覚モダリティは、末梢神経系の挙動も、中枢神経系の挙動も感受できるらしい。そしてそれらを総合して、主観的なウソ／ホントを判別する）

（これまでの成功率は？　そう、いってみれば『冤罪《えんざい》』はあったの？）

（ない）

（客観的な真／偽については？）

（そっちもないわ。もっとも、圧倒的に出力されるのは『決定不能』だけどね）

（どうしてさ？）

（〈どうしてさ？〉に真偽はないでしょ。〈おはよう〉〈ありがとう〉〈死んでしまいたい〉〈絶対許さないぞ〉〈ヤバくね？〉〈ジワジワくる〉——真偽はない。文でもない。私の障害は、私にとって『整理された文として認識できるフレーズ』にしか使えない。だからよ。だから『決定不能』。ヒトが一日に喋るフレーズのほとんどはノリだもの）

（……超絶的なちからだと思うけど、意外に縛りが多いんだね）

（そう。おまけに視覚優位・聴覚優位の障害だから、眼前で発話してくれないと使えない。

　そしてとても疲れるの。

　真／偽の判別には、ＬＴＭデータベースを酷使《こくし》しているはず。βエンドルフィンにドーパミン神経系を総動員してね。

　ウソ／ホントの判別には、感覚モダリティを酷使しているはず。もちろん感覚受容体・タンパク質群・感覚野《や》を総動員しているでしょう）

（どのくらい疲れるの？　例えば、そうだなあ……一〇分使ってたとして？）

（実は、試してみたことがあるわ。

　行政法第1部の一時間四五分。講義のあいだ、ずっとフルスキャンしようとした。大教室での講義なら、教授は比較的、整った文を喋ってくれるものね。そうしたら）

（そうしたら？）

（……一〇分未満で桜並木に飛び出して嘔吐《おうと》した。嘔吐以外の現象もあったけど、それは容赦《ようしゃ》して頂戴《ちょうだい》）

（…………）

（それ以降、連続スキャンは絶対にしない。ピンポイントで、そうね、三〇秒未満のオン／オフを適宜《てきぎ》使う感じよ。それでも無視できない負荷《ふか》がかかる。だから、できるだけ使わない。使う必要もないし、そもそも使いたくない）

（……唯花、どうして今夜、僕にこの話を？）

（解ったからよ。研究の結果、実証できたの）

（な、何が？）

（あなたは、私がこれまで出会った誰より……）

「どうしたの、晴彦？」

――唯花の声で、我に返った。

「〈バルタン星人には乳首がない〉の真偽よ？」

「あ、うん、ゴメン、ちょっと難しくて」

僕は両頬《りょうほほ》をぱちりと叩《たた》いた。僕はすぐ顔に出るから……

彼女が判別できるのが文だけで、感情じゃないのは本当に救《たす》かる。

「え、ええと……まずバルタン星人は確実に非存在、だよね」

「諾《だく》」

「存在しないバルタン星人に、乳首が存在するわけない——だから真だよ!!」

「否《いな》、おそろしく否」

「えっ」

「よく考えてみて。まずこれは、バルタン星人に乳首があることの」

そのとき、僕のパンツのポケットでスマホがぶるぶる震えた。しまった、忘れてた。

「あっ本当にゴメン。ちょっと外に出るね」

「……べつにここでいいわ」

唯花はちょっと唇《くちびる》を尖《とが》らせた。裏返しにしてた英語の論文を、また読み始める。

カン。カッ、カン。カカン。愛用の黒鉛筆が虐待《ぎゃくたい》され始める。ポニーテイルが跳《は》ねる。

(あちゃー、やっちゃった。唯花、ノッてたからなあ……)

彼女は自分のことを語りたがらない。語れない。だから、いざ語れるときがきたら——

それを中断されたときの、本多唯花らしからぬふて腐れぶりときたら——

(正門前のコンビニ、ちゃんとハーゲンダッツのストロベリー、仕入れてるかな?

唯花は無類《むるい》の、ストロベリーアイス好きだから。三つ、いや四つだな)

そんなことを考えながら、約束をすっかり忘れていた電話に出た。

約束どおり、文渡英佐《あやわたりえいすけ》の声だった。

IV

「誰だったの」

「あっ、ああ、その、英佐《えいすけ》……文渡《あやわたり》英佐。知ってる？」

「知らない」

（だろうなあ）

ただ、井の頭《いのかしら》大学に通ってて、文渡英佐を知らない人ってのも、まあ超少数派だろう。

「結構有名人なんだよ。経済学部だけどね。でも家族法のゼミとかとってるから、きっとすれ違ってはいるはず」

「私、すれ違った人と恋に堕ちる趣味ないから」

「いや恋には堕ちなくていいと思うよ」

「何故有名人なの？」

「おっと……」そこまでか。重症だ。「……文渡家の一族。こういえば解るだろ？」

「解らない」

「うっ……じゃあ、レジュメのレジュメのレジュメで」

僕は彼女に、文渡家の一族を物語り始めた——

四国、愛媛の地方財閥で、同族支配の、巨大コングロマリットであること。

開祖・文渡佐之輔《さのすけ》が明治期に興《おこ》して、平成の今は、その孫世代が支配してること。

孫世代で、兄弟四家に分かれたこと。

その文渡四家のうち、筆頭は、長男筋《ちょうなんすじ》の佐吉《さきち》家であること。

現総帥は、その佐吉翁《おう》の未亡人・紗江子《さえこ》であること。

その紗江子総帥の孫が、井の頭大学の超有名人たる、文渡英佐であること──

「なるほど。財閥の跡とり息子なのね？」

「そうだね。正確に言えば孫になるけど」

「あら、現総帥・紗江子の息子はいないの？　一般論としては、それが跡とりでしょ？」

「それが、もういないんだ」

「もう、とは？」

「これも、結構有名な話なんだけどね……

『文渡家プライベートジェット爆発事故』ってのがあってさ。僕らが幼稚園くらいのときの事故で、そうちょうど十五年前の、ええと、平成一二年──二〇〇〇年の大事故」

「知らない」

「うんだから訊かなかった」

「真－ホント－むかつく」

「なんか機能追加されてますけど!!

ええと、それで、そうだ。文渡家ジェット爆発事故。これで死んじゃったんだ、跡とり息子っていうか、英佐のお父さんが。英佐のお母さんもだけど」

「墜落事故か何か？」

「着陸失敗。あの、着陸するときの車輪みたいなの？　あれが不調だったらしくて。最後は胴体着陸になっちゃってさ。それで捨て切れなかった燃料に引火してドカン。ビジネスジェットはまさに爆散《ばくさん》。残骸《ざんがい》になった」

「それで紗江子の息子——すなわち、あなたの英佐の父親が死んだ」

「僕の親友の英佐だけどね。

そう、英佐のお父さんの、佐一郎《さいちろう》さんが死んでしまった。でも、さっきいったとおり、それだけじゃないんだ。お母さんの八重子《やえこ》さんだって……」

僕は、英佐から聴いてたことも合わせ、彼女に説明した。

——羽田空港を発《た》ったビジネスジェットは、『空飛ぶロールス・ロイス』と呼ばれる最高級の機種だった。文渡家カスタムは十四人乗り。購入に六〇億、維持に年五、〇〇〇万。文渡王朝のすごさがよく解る。機内にはリビングもダイニングもあったし、もちろん会議室もあった。十四人乗りだから。文渡家は同族支配の財閥だから。

けれど、これが裏目に出た。とてつもなく裏目に出た。

事故当時の総帥は、英佐の祖父の佐吉翁《おう》。とても優秀な経営者で、自他ともに厳格な人だった。時は金なりで、この羽田‐松山のフライトでも、よく経営会議というか一族会議をしていた。このフライトも、一族会議も、全然めずらしくはなかった。開祖・佐之輔の家訓《かくん》によって、財閥の本拠は愛媛だし、といって、東京を無視して財閥は維持できないからだ。だから、プライベートジェットに一族が集《つど》うことも、全然めずらしくはなかった。

二〇〇〇年の事故当時。搭乗していたのは、次の人々だ——

・佐吉家（宗家《そうけ》）……佐吉、紗江子、佐一郎、八重子、英佐、佐奈《さな》、慶佐《けいすけ》
・章吉家（次男筋）……章一郎《しょういちろう》、章佐《しょうすけ》
・信吉家（三男筋）……信一郎《しんいちろう》、九美子《くみこ》
・禎吉家（四男筋）……禎吉《さだきち》

だから、文渡四家十二人のひとびとが、一気呵成《いっきかせい》に飛行機事故に遭《あ》ったことになる。

結果、意識不明の危篤《きとく》七人、即死五人——

即死したのは佐吉・佐一郎・八重子・佐奈・信一郎だ。


「これはさ、唯花。

文渡家にとってもだけど、とりわけ宗家の、佐吉家にとってすさまじい悲劇だったんだ」

「でしょうね。『総帥』『跡とり息子』『その妻』『孫娘』がいきなり死んでしまってはね」

「しかも、それだけじゃないよ。

佐吉家は『総帥の妻』と『跡とり孫ふたり』も失いつつあったんだ」

「なるほど、紗江子・あなたの英佐・慶佐が意識不明の危篤、と」

——そしてさらに、それだけじゃない。

宗家が滅んでも、次男筋がある。

ところが次男筋の章吉家も、滅亡寸前だった。当主の章一郎（総帥佐吉の甥《おい》）、章一郎の息子の章佐（総帥佐吉の又甥《またおい》）がこれまた、意識不明の重体。ちなみに章吉家には、この章一郎・章佐のふたりしかいなかった。

「章一郎の父・母・妻などは？」

「そのとき既に自然死。というか病死」

「まさか章佐に、妻はいなかったわよね？」

「それはそうだよ。僕の親友の英佐と、同世代だから。事故当時は子供さ」

よって、バックアップの次男筋も全滅の危機。

その次男筋が駄目なら、次は、三男筋の信吉家……

これも駄目なのだ。

当主の信一郎は、さっきいったとおり即死。その妻・九美子は意識不明の危篤。信一郎の父も母も自然死している。

「なら信吉家も、全滅の危機だと」

「ちょっとだけ事情が違うかな。さっきの長男筋・次男筋は、家族がみんな事故に遭ったんだけど、この三男筋は、不幸ちゅうの幸い、孫世代をジェットに乗せてなかったんだ」

「孫世代というと、総帥の孫世代——すなわちあなたの英佐世代ね？」

「そうそう。英佐・章佐世代。男の子ひとり、女の子ひとりが最初から難《なん》を逃れていた」

すなわち、信佐《しんすけ》（佐吉の又甥）、美佐《みさ》（佐吉の又姪《まためい》）だ。バックアップのバックアップは残った。でも、当時三歳と一歳の幼児。財閥の正統なる後継者だけれど、誰が後継者と認めるだろうか？

するとと、最後に残るのは四男筋の禎吉家だが……

これは全然ダメ。

説明したとおり、禎吉本人（佐吉の末弟《まってい》）が意識不明の危篤だし、禎吉はなんと妻も子ももたない、世捨て人の自由人だったとか。

……病院関係者の死に物狂いの努力と（そりゃそうだ、地元の天皇家みたいなもんだ）、メディアが奇跡と叫んだ神様の恩寵《おんちょう》がなかったら、文渡家も文渡財閥も、十五年前に滅んでた。これは確実だ。

「けれど、文渡家は残ったと」

「そうだね、文渡財閥も残った。

十五年前と大きく変わらず、まあ健在といっていいよ。もっともバブル崩壊以降、そう、飛行機事故の一〇年近く前から、ゆっくり衰退してはいるけどね。

それでも日本の財閥家としては、いまだ『華麗《かれい》なる一族』の筆頭クラスだろうなあ」

「即死が五人、危篤が七人といったわね？　結果、誰が生き残ったの？」

「その危篤七人さ。つまり即死者以外はみんな、どうにか救《たす》かったんだ。

これは本当に奇跡だったって。そりゃもう、壮烈《そうれつ》な大手術の連続だったそうだから。

まあそうだよね。爆弾テロより残酷な事故だし。いきなり爆撃されたみたいなもんだ」

「すると、事故からの生存者七人とは、
・佐吉家……………紗江子、英佐、慶佐
・章吉家……………章一郎、章佐
・信吉家……………九美子
・禎吉家……………禎吉
となるわけね。

けれどあなたの物語だと、あと、信佐と美佐なる者が存在する」

「うん、最初からビジネスジェットに乗ってなかった子」

「それらと同一パターンの家族はいる？

すなわち、そもそもジェットに乗っておらず、したがって難《なん》を逃れたメンバーよ」

「いない」

「二〇〇〇年の事故以降に生まれ、あるいは死んだメンバーは？」

「やっぱりいない」

「ならば、二〇一五年現在の文渡家の一族とは、生存者七人＋非搭乗者ふたりの、総計九人」

「まさしく。

佐吉家が紗江子・英佐・慶佐／章吉家が章一郎・章佐／信吉家が九美子・信佐・美佐／

「うわーすっごい棘《とげ》」

「よかったわね。たのしんでいらっしゃい」

　そ、それで実は、そのことで君に……」

けそうか、教えるって約束してたんだ。すっかり返事、忘れちゃってたけど。

「あっうん。そ、その英佐は、五限の家族法ゼミが終われば合流できるんで、僕がいつ動
「……文渡英佐と」

「いや、これから夕飯か茶にしようって約束しててさ」

「何の電話だったの？　さっきのスマホ」

　カン。黒鉛筆のお尻《しり》がテーブルを鋭く打つ。

「それで」

　そういえば唯花が編入してきたのはこの四月。法学部三年の頭だ。

「知らない」

　ほ、ほら、法学部と経済学部、語学のクラスでミックスされるだろ？」

「そ、それはその、つまり、え、英佐とは大学一年からの友達だから。

　──それにしても意外だわ。あなた、不自然なほど事情通ね、あなたの英佐について」

「その九人が、文渡家の一族というわけね。

　うん、合ってるよな、九人だよ」

禎吉家が禎吉……ひい、ふう、みい……

バッサリ斬られた。ちょっと嬉しかったりもするけど。

「け、けれどさ、ドキワクするデートにはならないっぽいんだ。それどころか実は、かなり真剣な相談、みたいでさ」

「あなたに？」

「ぼ、僕だって人の悩み事くらい聴けるよ!!」

「そういうことではない――」

文渡英佐、人をみる瞳《め》があるって思ったの。だってあなたは、学内でいちばん」

「いちばん？」

「……その真剣な相談とは何？」

また誤魔化《ごまか》された。あの夜からだ。あの決定的な夜から、ずっと誤魔化されてる。

（けど、今この瞬間は、誤魔化してくれてよかった。論点が元にもどったのは、ツキだ）

というのも。

実は僕は、このゼミ室をノックしたときから、あるミッションの段取りばかり考えてたからだ。延々《えんえん》と文渡家の説明をしてきたのも、ホントはそれに関係がある。

とても無理だと思って、切り出せてもいない。けど、駄目元《ダメもと》ではやく言った方がいい。

（ただ、このままでは結果がみえてるからなあ。どうやって組み立てたものか……）

「どうしたの晴彦？　急に考えこんで」

「あ、いや、うん……ええと、そうだなあ」

「決定不能－決定不能」

「疲れるから止めた方がいいよ。また健康管理センターに搬《はこ》びこむの嫌だし」

ときどき彼女を、このゼミ室から診療所へおんぶしていくことがある。

今みたいな無駄遣いのせいだ。僕に絡《から》むとき、よくこういう無駄遣いをする。イジメだ。

「ええと、何だったっけ。あっ、そうそう。その、英佐の真剣な相談……

さっき僕、飛行機事故から十五年、文渡家には出生も死亡もないって言ったろ？」

「ええ。私のLTMにも記銘《きめい》されているわ」

「ちょっと脚注《きゃくちゅう》が必要でさ。『文渡慶佐《けいすけ》』――ってもうデータベースから引き出せる？」

「文渡四家のうち宗家《そうけ》・佐吉家のひとり。佐吉と紗江子の孫――すなわちあなたの英佐の実弟《じってい》。またすなわち、財閥継承権《けいしょうけん》第二位」

おっと、まさしくだ。さすがというか……

「確かに、宗家の孫次男だから、継承権第二位だ。だって、お父さんは死んじゃってるからね。もちろん、孫長男の英佐が、継承権第一位だけど……で、でもよく憶《おぼ》えてるね？」

「タネはあなたにも解るでしょ。

文渡四家は、始祖《しそ》・佐之輔の『佐』の字を継承させる傾向がある。例えば、孫世代の命名法は、『X佐』の二文字よ。記銘するのにさほどの労苦はない。

それで？　あなたの英佐の弟の、その慶佐がどうしたの？」

「殺されかけたんだよ」

「……劇的効果をありがとう。けれど、もっと適切に物語りなさい」

「ハイ先生ええとですね。

とにかく文渡慶佐——っていうか慶佐くん、殺されかけたんだ。

ハイすぐ適切に物語りますとですね、そうだな、どこから説明しよう……

英佐は僕らの同級生で、誕生日きてるから二一歳。弟さんの慶佐くんは、一七歳。

ふたりとも、航空機事故の危篤組だけど、危篤組がみんな生還したのも、もう話した。

けど英佐は事故当時、単純計算で六歳くらい。おなじく慶佐くんは二歳くらいだよね？

いってみれば、幼稚園児と赤ちゃんだよ。そしてふたりとも、すさまじい手術と闘病の日々を過ごした。

けど、年齢と発達と、基礎体力かなあ。英佐の方はどうにかこうにか恢復《かいふく》コースに乗ってさ。今はほら、東京の大学で勉強できるほどになった。全く健康体だよ」

「すると、文渡慶佐は違うと？」

「うん、どうにか峠《とうげ》は越えたけど、事故のせいで、脳に大きな障害を負ってしまって。病院を出てからずっと、そう一七歳になる今までずっと、ベッドと歩行器と車椅子の生活。それもほとんどベッド。脊髄《せきずい》もダメージを負ってしまって、手脚《てあし》を動かすのも大変。だからいつも介助《かいじょ》が必要で、とても、英佐みたいな生活は……

まあ重い障害が残ることは事故当初から分かってたし、とても頭のいい、素直な子らしい。だから命が救《たす》かったことそのものが、文渡財閥にとっては、奇跡で恩寵《おんちょう》だったわけ」

「大切な大切な、継承権第二位だものね」

「そう。そして介助と生命維持装置だけキチンとしていれば、立派に総帥だって務まる。実兄の英佐だって、『財閥総帥なんて面倒だし、僕より慶佐の方が、佐吉お祖父《じい》ちゃんの血が濃いみたいだ。いっそ慶佐に財閥を継いでほしいよ』って愚痴《ぐち》ってるくらいさ。そうはいっても、その英佐もマジメだから、必死で経済学勉強して、できれば海外でMBAとかとって、どうにか宗家《そうけ》の長男役、果たそうとしてるってわけ。

まあ強制されてる道だから、慶佐くんに譲《ゆず》りたい――なんて愚痴になるんだろうけどね」

「財閥の跡とり孫ふたり、英佐と慶佐――

宗家の、したがって文渡家の、筆頭後継者と第二位後継者――文脈がみえてきたわ」

「その文脈は、たぶんドンピシャだよ。

そう、ちょうど一週間前かな。

その慶佐くんが殺されかけたんだ。大事な生命維持装置に、細工されてね。呼吸もできない状態にされて。文渡家はそりゃもう大騒ぎさ……

あっこれ絶対に秘密だよ。文渡家以外の人は誰も知らないから。メディアとか全然」

「そしてあなたはその秘密を、あなたの英佐に教えてもらったと」

「まさしく。そしてそれが、君もさっき訊いた『英佐の真剣な相談』にダイレクトに関係

するんだ──

説明したけど、今、文渡家の一族は九人しか生き残ってないよね？

そして、継承権第一位の英佐は東京にいる。ここ井の頭大学に通ってる。残りは」

「残りは八人ね」

「うちひとりが現総帥、継承される側の紗江子だ。すると残りは」

「七人」

「うち慶佐くんは宗家の次男だから、その七人のなかでは、筆頭後継者になる──

だから慶佐くん襲撃っていうのは、その七人にとっては、すごいインパクトになる。

しかも、生命維持装置がいじられてた。とても巧妙、狡猾《こうかつ》な細工だったとか。

……どう考えても、故意の、殺人未遂だ」

「慶佐が自殺を試みた、という可能性は？」

「手脚が不自由なんだ。だから慶佐くんは、生命維持装置にも呼吸器関係にも触れられない。そういう配置にしてあった。事故が起こってもいけないしね。自殺未遂はありえない」

「どうやら私には、基本的な情報が欠けているのだけれど──

他殺だの他害だのとして、あるいは継承権に与えるインパクトが重大だとして。

どうして文渡家がそんなに混乱し、そんなに騒動になるの？

言葉はともかく、慶佐は次男で、重い障害を負ってもいる。他方で長男の英佐は健康で、どうやら知性的でもある。

だとすれば。

慶佐が失われることについて十五年間、文渡家は、心の準備をしてきたはずよ。

だから、もし。

犯人が一族にいるなら別論、それが物盗《ものと》りだとか強盗だとか異常者だとか——とにかく外部犯であれば、さいわい殺人は未遂だし、粛々《しゅくしゅく》と警察に通報するだけの話でしょう？」

「……そうか、唯花、君は文渡家のことを全然知らなかったね。ゴメン。

い、い、い、い、い、い、い、い、犯人は文渡家の誰かでしかありえないいんだ。東京にいた英佐だけは、絶対に違うけど」

「どうして？」

「文渡家の一族は、十五年前に航空機事故に遭ってから……」

このとき、またポケットのスマホが震えた。

僕は思わずゼミ室の窓をみた。

夏の力強い太陽が、傾きを深めつつ、そのオレンジをぐっと濃くしてる。

(いけない、また喋りすぎた!!)

僕は、ゼミ室のドアの方へそそくさと逃げた。あわてて着信ボタンをスライドさせる。

発信者の通知を確認するまでもない。なにせ、派手に遅刻しているのは僕の方だ。

「もしもし、あっごめん英佐。もうすぐ行ける……

ってえぇ⁉︎

それはその、つまり何というか、難しいような悩ましいような悲劇的なような——

も、もうドアの前⁉」

(な、なんてこった。段取り、完全に間違えた)

混乱しながら通話を切る。ジトッと睨《にら》んでる唯花へむきなおる。

……だいたいのことは、もう推測してるだろう。しかも、唯花に誤魔化しは利かない。

迷ったときは、直球勝負だ。友崎警視からの受け売りだ。

「ゴメン唯花、なかなか言い出せなかったけど、実は君にお願いがあるんだ」

「真－ホント」

「無理だったら、断ってくれていいんだ」

「真－ホント」

「僕、これから英佐と会う予定で……ゆ、唯花にも同席してほしかったんだ‼」

「同席することだけ、ではないはずよ」

「じゃあお願い文、言っていい？」

「許可はいらない。そういう前置きは嫌い」

前置きもなく、こんな恐ろしい文が言えるか。ここは彼女の聖域だ。絶対の聖域——

「この文学部六〇七ゼミ室で、文渡英佐と、会ってくれないかな？」

ぺちり。

ＨＢの黒鉛筆は、とうとう真っ二つに虐殺《ぎゃくさつ》されてしまった。

V

「初めまして本多さん。経済学部の文渡英佐《あやわたりえいすけ》です。いきなり押し掛けてすみません」

「ええ」

唯花の黒髪と、白い肌。

夕日の強いオレンジのなかで、まるで凍《こお》ったバラのようだ——

——ただ英佐も負けてはいない。さすが財閥の御曹司《おんぞうし》だ。

大きく深い瞳に、どこか人懐《ひとなつ》っこい笑顔。既にビジネス・エリートっぽい躯《からだ》は、無駄はないけど厳《いか》めしくない。正統派のテニスサークルと、なんと演劇部を掛け持ちする趣味人だ。まして、一八歳の高校生でも通じる、少年っぽさを強く残した表情に仕草《しぐさ》。

つまり文渡英佐は、魅力的な奴だ。

もちろん唯花にとっては、有人改札の駅員さん未満だろうけど……

「学内で目撃、じゃないお見掛けするたび、お話ししたいと思っていました」

「そう」

「ゆ、唯花は有名人だから……英佐もさ、唯花の評判知っててさ」

僕はどうにか唯花を鎮《しず》めようと必死だった。

「そ、その評判ってのがさ、もちろん誇張《こちょう》もあるけれど、心理学のエキスパートで、しかも」

「晴彦は黙って」

「ハイ」

唯花は、文学部六〇七ゼミ室の侵犯《しんぱん》を何より嫌う。

本多唯花とファースト・コンタクトする最悪の場所はここだ。

こんなことなら、最初から素直に『僕らと飯を食ってくれ』と頼めばよかった……

「……それで、こちらの紳士は？」

唯花は、もうひとりの異物をジトッと見た。

やはり聖域へ『土足アポなし』で侵入した不埒者である。そうさせてしまったのは僕だけど。そもそも英佐との茶なり夕飯なりは、もちろん学外でする予定だったから。

「こんにちは本多唯花さん。御挨拶《ごあいさつ》が遅れました」

大きな丸眼鏡に、蝶ネクタイが印象的な老紳士は、嫌味のない手際《てぎわ》で名刺を出した。

「弁護士の、御法川《みのりかわ》と申します。文渡家の顧問弁護士をしております」

「あっ晴彦にもいってなかったね、悪かった」

英佐はすぐ謝った。さくさくしたテンポが英佐らしい。

「大事な問題なんで、やっぱ僕だけじゃ駄目だと思って。黙っててゴメン」

「いや、それはいいけど」実はよくないけど。「いきなり来るなんてビックリしたよ」

「それも本当に悪かった!!

けど電話のさ、晴彦の調子からして、本多さんに会うの、かなり厳しいって思ってさ」

「……と、とりあえず座ろうか。あっ違った。座らせてもらっていい唯花？」

唯花はヒトが苦手だけど、常識はある。それはそうだ。学会とかでも著名人だから。文学部では、学生の指導をすることもある。臨床心理士として、クライエントを診《み》ることも。

結果として、唯花は。

御法川さんの名刺をスッと受けとると、自分と僕のイス以外を瞳で指し示した。

四人が、文学部六〇七ゼミ室のテーブルをかこむ。

（……そして、無言。そうなるよなあ）

僕が何か言わなきゃいけないかな、と思ってたら、弁護士の御法川さんが、世馴《よな》れた調子で話し始めた。みたところ六〇歳代、それも後半か。僕らの三倍以上は生きてるだろう。

「改めて本多唯花さん。突然お邪魔して大変失礼しました——

一〇分ほど御時間を頂戴《ちょうだい》してよろしいですかな？」

「手短に」

「ありがとうございます。

それにしても、まあ、すごい蔵書《ぞうしょ》ですな。あちらはカルテと論文ですか。いやあ、この研究室と書架には正直驚愕《きょうがく》しました。実務家として、まこと羨《うらや》ましい」

唯花はたかく結《ゆ》ったポニーテイルを揺らした。そのまま右手と左手で髪に触れ、撫《な》でる。

悠然《ゆうぜん》と髪遊びをしてる——わけではない。

そのフリをしてるだけだ。

実はこの仕草のとき、唯花はサインを出してる。それは彼女の担当教授と僕しか知らない。あの友崎警視ですら知らない。

（解読法はカンタンだ。右手が真偽、左手がウソホント——）

指がどれか一本でも立てば『1』で真／ホント。立たなければ『0』で偽／ウソである。

そして彼女はポニーテイルの両側で、あえて拳《こぶし》をにぎった。

右手も左手も、だ。

（つまり『0－0』、『偽－ウソ』だ。

サインのタイミングからして、ターゲット文は〈正直驚愕しました〉云々《うんぬん》の奴だろうな。すると）

「まさに英佐君からも、文学部で、極めて興味深い研究をなさっている旨を聴き……」

「そうですか」

「……法学畑とは全く異なるものですから、実は御経歴も存じ上げませず」

ポニーテイルが跳ね、その両側で一緒のサインが出た。というか指は、上がらなかった。

「実は文渡家として、本多嬢に御相談したい案件があります。ただ、せっかくの御時間を頂戴して、それが全くの御専門外だとこうなると、それは本多嬢にも失礼千万《しつれいせんばん》。そこでですな、雑談めいて恐縮ながら、本多嬢の御専門の話などひとつ……」

「疲れてきたので率直に。それは一〇分では終わらない。しかも語る必要がない」

「と、おっしゃると？」

「文渡家の顧問弁護士とあらば、大学と警察のデータを洗うのに三日はいらない」

そうだ。さすがに鈍《にぶ》い僕にも解る。まして唯花は判別している――

御法川さんが嘘を吐いてることを。

（ただ、唯花の『障害』は絶対に知らないはずだ……それを知るのは、この世界でたった四人。そして誰ひとり、たとえ拷問《ごうもん》を受けても喋りはしない）

「そして、あと七分五〇秒弱しかありませんわ」

「では私も率直に。

本多唯花さん。私は既に、違法にならない範囲であなたの御経歴を調査しました。もっとも、お若い女子大生さんとしては、恐ろしいレベルで秘匿《ひとく》されておりましたな。

白状しますが、私の弁護士人生で、最も実態を知るのが難しかった方。それはあなただ」

「安心しました」

「間違っていたら御訂正《ごていせい》を。

あなたはそのお歳《とし》で既に修士だ。飛び級をしておられるから。専門分野は臨床《りんしょう》心理学。ただ社会心理学にも御造詣《ごぞうけい》が深い。滅多《めった》になさらないが、セラピストとしての活動実績もある。その経験と学位とで、臨床心理士の資格もお持ちだ。

ただセラピストとしてより、学者として著名ですな。

いまだ修士にして、内外の学会に、数多《あまた》の論文を出しておられる。嫉妬《しっと》も多いが、真っ当な学者なら口を揃《そろ》えてこういいます――実にエレガントな研究者だ、想像を絶するインスピレーションの源《みなもと》は不可解だが、とね」

「そうですか。全然知りませんでした」

「それですよ」

「それ、とは」

「あなたは臨床心理学者でいらっしゃるが、社会心理学・神経心理学・認知科学・脳科学を総合した、それの研究をライフワークと決めておられる――

嘘の心理学をね」

「だとすると?」

「あなたは嘘のエキスパートだ。いえ失礼、嘘に関するエキスパートです。

あなたがその学識を請《こ》われ、警察のカウンセラーとして『何らかの鑑定』をした数は、一〇や二〇では利きません。ハイレベルなポリグラフを駆使できる、部外者嫌いの警察が、あなたには膝《ひざ》を屈するというわけだ。弁護士には解ります、その例外性がね。そして綽名《あだな》ながら、戦慄《せんりつ》すべき称号も聴きました。そして、決意したわけです」

「何を?」

唯花の凍てついた質問に、今度は英佐が答えた。

「実は本多さん。文渡家として、あなたにある鑑定をお願いしたいんです。嘘の心理学の専門家の、本多さんに。

警察も認める、嘘のエキスパートである本多さんに……晴彦、あの話はしてくれた?」

「うん、したよ。レジュメのレジュメのレジュメくらいだけどね」

「ありがとう晴彦。

ならば本多さん、もう解ってしまったと思うけれど、僕らがお願いしたい鑑定というのは、つまり……

文渡家の一族で、嘘を吐いているのが誰かの鑑定なんだ。

いや、恥を忍んで正確に言うと……

そうです、弟の慶佐《けいすけ》を殺そうとしたのは誰かの鑑定なんです」

「断る」

唯花は予想ドンピシャの返答をした。すぐに英佐が言葉を継いだ。

「御法川さんが調べました。その結果は僕も知っています――

本多さん、本多さんは警察の依頼だって滅多に受けない。『二〇のうち一〇は断る』『二

○のうち一九は断る』『研究に値しない依頼はすぐ断る』」
「正確よ」

「ですが文渡家はどうしても」

「この大学から、吉祥寺《きちじょうじ》警察署は遠くないわ。よく知らないけど、愛媛の方の警察だってお友達でしょ。高額納税者なら、警察を酷使《こくし》した方が、あらゆる意味で合理的よ」

「どうしても、警察に頼れない理由があるんです」

「興味ない」

「こういう言い方は無礼だけど、もし報酬《ほうしゅう》とか研究への支援なら」

「私は探偵業でもない」

唯花は腕時計をみた。唯花は徹底的なおんなだ。

(一〇分を測定してたんだ。完全に撃退《げきたい》モード)

そして撃退後は、確実に僕へのお仕置きがある。

法学部のノート集め、シケプリ集め、ストロベリーアイス……

ところが。

ここで悠然《ゆうぜん》と、御法川弁護士が何かを差し出した。

VI

テーブルの上を伝《つた》った、その写真。

腕時計から瞳《め》を離した唯花は、御法川さんの腕の動きに引かれ、それをみた。

その瞬間の、唯花の顔――

（ええっ⁉

着火した。火が着いた。瞳が変わった……唯花のこの瞳は）

「よく御覧《ごらん》ください」

弁護士には自信があった。何かの自信が。それも、すごい奴だ。

「これが、文渡村《あやわたりむら》です」

「……航空写真レベルでしかない」

「ではこちらの写真も。一般には分からないレベルです。もちろん詳細は秘密で、非公開」

「こ、これが、文渡村？」

「そうです」

「このフィールドは、何年維持されてきたの？」

「十五年。すなわち御案内のとおり、航空機事故の年から」

「これらの写真からすると、文渡家の一族は」

「十五年、ここに住んでいます。ここにいる英佐君を除き、誰ひとり変わらず」

「ひとつの家族が、十五年間、このフィールドを維持してきたの?」

「まさしく。むしろ『囚《とら》われてきた』のでしょうが。それが、紗江子総帥の御意志」

「エレガントだわ……」

これが物理的にも心理的にも確実に機能しているのなら、だけど」

「紗江子様の御命令は絶対です。また私の知るかぎり、十五年間、違反者はおりませんな」

唯花は、もう自分の世界に没頭《ぼっとう》してた。だから、サインは無意識だったろう。けど、跳ねるポニーテイルの両側で、確かに指は立った——

両の人差指、どちらも。

(すなわち真–ホント……)

「そこで、文渡慶佐が被害に遭《あ》ったのね」

「そして、誰が加害者なのか分からない」

「自白者はいないの?」

「しかり。誰かが、嘘を吐いております」

「……幾つか訊く。この十五年で、文渡慶佐に危害が加えられたことは?」

「ありません」

「慶佐以外の、文渡家の一族だと?」

「それもありません」

「慶佐襲撃による、継承権の変動は?」

「ありえませんな。そもそも第一位の英佐君が存命ですし、慶佐君とて……」

「何かの試験のつもりならすぐ止めて」

「……と、おっしゃると?」

「御法川弁護士、あなたは致命的な嘘を吐いている。文渡くん、あなたもそれを知っている。そして私は人に試されようとは思わない。だから今すぐ追い出してもいい。

けれど――

残念ながらあなたの狙《ねら》いどおり、私は今、文渡家の一族に飛びきりの興味を有している。その知的衝動に競《くら》べたら、人に試験されたイラつきなどカリカック家に食わせればいいわ。だから一度だけ機会をあげる。私に嘘を吐くのをやめなさい」

「し、しかし私はですな」

「いいんだ、御法川さん」

「ですが、紗江子様の御命令では‼」

ここで英佐は、そっと老弁護士の肩を叩いた。そしていった。真摯《しんし》な口調だった。

「……本多さん、嘘を吐いてすまなかった。

けど信じてほしい。本多さんを試験するなんて、そんなつもりは無かったんです。

僕らが嘘を吐いたのは、本多さんの鑑定能力を知りたかったからじゃない。そのすさまじさは、もう調査で解ってますから。引っ掛けたり、駆け引きする必要なんてない。僕らが嘘を吐いたのは、それが祖母の——紗江子様の厳命《げんめい》だったからです。僕らはそれに叛《さか》らえなかった。その命令にも納得していた。それは絶対に秘密にしておかなければならなかった事実だし、だからこそ、僕らは警察を頼ることができなかった。すべて言い訳ですが、これが動機と事情です」

「合理的ね」

「だからもう一度お詫《わ》びした上で、文渡財閥として、正式に依頼します——弟を殺した犯人を、一緒に捜《さが》してください。嘘を吐いている殺人犯を一緒に捜してください、臨床真実士」

「条件がある」

「なんでも」

「第一、これは研究だから、実費を頂戴するわ」

「もちろん!!　いや実費だけじゃなくて」

「いえあとは結構。第二、ここにいる鈴木晴彦くんを、私のアシスタントとして同行させる」

「それは……あまり関係者がふえると、その。晴彦は信頼できますが、ただ、祖母の命令もあって」

「唯花、僕は遠慮するよ」

大事《おおごと》になってきた。まさか、慶佐くんが殺されてただなんて。

「殺人のあった家に、他人がズカズカ……英佐もいろいろ困るだろうし」

「晴彦、私は疲れやすい。これで理解した？」

（あっなるほど）

おんぶして搬送《はんそう》するアシスタントがいる。彼女はきっと、障害を駆使しなきゃいけないだろうから。そして、何故彼女が疲れやすいかを知られるのもマズい。

「それに文渡くん。こんなに特殊なフィールドなのよ？

私は一介の女子大生。まさか単独行《たんどくこう》などできかねる。よってこの条件は譲らない。

晴彦がゆかないのなら、私は断る」

「い、一介の女子大生……解りました。紗江子様には事後承諾《じごしょうだく》でゆきます」

「結構。なら最後の条件――

二度と私を、そのヘンテコな称号で呼ばないで頂戴。依頼、引き受けたわ」

第2章　文渡家の人びと

I

盛夏。

青い空。

強い太陽。

獰猛《どうもう》なちからに満ちあふれてる。

驀進《ばくしん》するヘリコプターは、まるで小舟だ。

依頼があってほどなく、僕らは愛媛に行くこととなった。もちろん文渡村《あやわたりむら》だ。

財閥の中枢《ちゅうすう》・松山銀行東京本店からの直行便。その屋上から、文渡村へリポートまで。

東京を出たのが昼過ぎだ。夕方には、僕らは村内の人となってるだろう。

——唯花は、僕にぐっと顔を近づけた。そしていった。

「何を読んでいるの？」

「ああ、英佐《えいすけ》に頼まれたノートだよ。アイツがこの帰省で、出られなかった分」

「あら、文渡英佐は経済学部でしょう？」

「あのときいったじゃん。家族法のゼミ。アイツ、このゼミ大好きなんだ」

僕は三年だから、家族法はまだ知らない。このゼミのことも、全然知らない。ただ、物権法とか契約法とかと印象が違って、ちょっとおもしろい。

そして英佐から聴いてたとおり、担当教授は、必ず愉快なクイズを出すようだ――

【設問】カトリックの家族法は厳しい。とりわけ男性の結婚について厳しい。すなわち男性が彼の未亡人の姉妹に当たる女性と結婚することは許されない。さて、この立法《りっぽう》事実《じじつ》は何か？

（確か『立法事実』ってのは……そのルールを必要とした事例とか、それを法律にした理由ってことだよな。てことは、この結婚を認めちゃマズい事例が、あったわけだ……ダンナさんのない奥《おく》さんのお姉さんなり妹さんなり……

あれっ？　別に問題ないじゃん）

唯花の顔はまだ近い。その唇がいった。

「それが家族法のノート？」

「うん、伝手《つて》をたどって借りてきたんだ」

「……あなたは人に好かれるものね。友人も数多《あまた》いる」

僕は返事に困った。

確かに、人に嫌われる方じゃない。友達も少なくはないだろう。縁のないゼミのノートも借りられる。学内でぼっち飯をしないでいられる。けどそれは、昔から悩んでるんだけど、『人に好かれる』のとは違う気がする。

「好かれるとか、頼られるならいいけど……お人好《ひとよ》しって意味なら、微妙だなあ」

「ひとつ訊く」

「何？」

「あなたがヒトに警戒されない理由。本当に理解していないの？」

「うん全然。バカっぽいからかな？」

「否《いな》、おそろしく否……私はあなたが羨《うらや》ましい」

「ば、バカっぽい所が？」

「……ええ、今の返答は確実にバカね」

彼女は顔を離してしまった。不機嫌になっている。どうしてだろう。

僕は家族法のノートを閉じ、彼女側の窓を見遣《みや》った。そして、言葉を探した。

「も、もうじきだね」

「え？」

「あっ」僕は声を大きくした。顔は、遠くなっている。「もうじきだね!!」

──初めて乗ったけど、すごい轟音《ごうおん》だ。会話も難しい、僕にとっては。

唯花は平然と顔を近づけてくる。僕にはできない。唯花は、僕にはまぶしい。

「もっと近づいてくれないと聴こえない」

「い、いやその。この距離感がなんとも」

なんともモヤドキ。僕は誤魔化《ごまか》すことにした。

「どうして依頼、受けることにしたの？」

「研究に資するから」

「殺人の捜査が？」

「まさか。知ってるでしょう。私が興味を有するのは、ヒトの嘘よ」

「じゃあ訊くけどさ」

――この文渡財閥のヘリ。三六五日、往復してる定期便。実は、客は僕らふたりだけだ。

依頼人の英佐と御法川さんは、とっくに帰省というか、現地入りしてるから。いろいろ準備が大変なんだろう。解決すべき問題も、かなり深刻だし。

とにかく客はふたりだけ。轟音が会話を隠してくれる。文渡家の話をしても大丈夫だ。

「御法川さんの写真。あれ何だったの？」

「あなたがキチンと説明していれば、出す必要もなかったジョーカーよ」

「ええ？」

「どうして黙ってたの。あの奇矯《ききょう》な、文渡村のこと」

「あれ？　僕、説明してなかったっけ？」

僕は記憶をふりかえった。十五年前の航空機事故の話をして、それから……

「あっ、スマホが入ったんだ、英佐から。だから話、中断しちゃったんだ」

「それをあなたが物語っていたら、私はあなたの英佐に、もっと優しくできたはずよ」

「タイミングってのは恐いなあ。でもさ、一般社会っていうか、世間では常識だよ？」

僕が説明し忘れたこと。

文渡家の一族は、自分で自分を幽閉しているのだ。閉じた一族、閉ざされた一族。

十五年前に、あの悲劇的なプライベートジェット事故が起きてから——

文渡家は、財閥中枢である松山から、四国内陸、石鎚《いしづち》山脈の奥深くに引きこもった。

高知県境の秘境だ。地図でみるだけでも、立体感がすさまじい。一、五〇〇ｍ級の山々がつらなる、峻厳《しゅんげん》な地——

その山脈のまにまに、鬱蒼《うっそう》とした森のまにまに、巨額を投じて世界をつくった。

それが、人々のいう文渡村だ。

市町村の本当の名前じゃないだろう。けど、誰も本当の地名を知らない。

そこはもう『文渡村』なのだ。それが十五年間、続いてる。

財閥機能は、松山その他に残った。そりゃそうだ。企業群をそんなところに動かせやしない。けど、イエとしての文渡家は、すべて松山からここへ撤退《てったい》した。

つまり、文渡財閥の脳髄《のうずい》だけが、山奥の山奥に飛んでったことになる——

「ってことは、御法川さんのアレは、文渡村の航空写真とかだったの？」

「それもある」

「それ以外には？」

「地図検索では分からないもの。すなわち文渡村が、外界から隔離《かくり》されていることの証明」

「え」

――実は僕も、航空写真なら見たことがある。英佐と友達になって、興味がわいたのだ。

(あれは確かに、閉じた村だった)

地図検索の結果からも、衛星写真への切り換えからも、一目瞭然《いちもくりょうぜん》にそうだった。

山脈の、とある山頂。さすがに一、○○○mは超えない。七○○~八○○m。

恐ろしく濃い、緑の壁に繞《かこ》まれて、ぽっかりと、本当にぽっかりと平地がある。

(楕円《だえん》の、そう、オパールみたいな形だったなあ)

そこへ通じる道はない。一本もない。もちろん線路もない。川もない。

拡大してゆくと、幾何学的なモノがみえてくる。建築物に、街路だ。

それは村というよりも、都市区画の一部のよう。ジオラマの森に、市街の模型をはめこんだ感じ。整然としていて、均整美《きんせいび》があって。いや、どこか厳《いか》めしさすらあって。

まるで、戦国時代の城郭《じょうかく》を見下ろしてる感じだった。

(地図を衛星写真に切り換えたら、ちょうど濃い雲にかこまれてて、いよいよ天空の城っぽかったっけ)

ところが何か細工があるのか、地図も衛星写真も、ある一線までしか拡大できない。

だから、公開されている情報からだと、『アクセス手段がないけど大丈夫かなあ』くらいのことしか分からないのだ。

もっとも、文渡家の一族は噂《うわさ》に事欠《ことか》かない。そして、噂のひとつは言っている。

文渡村は、完全に孤立した村だと。

文渡家は、文渡村に閉じこもってるんだと。

文渡財閥は、そこから誰も出さないし、そこへは誰も入れないと……

（ただ、噂は噂だ。

よく広がるけど、靄《もや》みたいなもの。実態は何も解らない。実態なんて無いときもある）

確かに、奇妙な人々は、特に奇妙なお金持ちは、まあ奇妙なことをするだろう。

ただ、地方財閥の代名詞みたいな一族が、ホントに道一本ない秘境に隠れてるだなんて、実際は誰も信じてないはずだ。文渡村が完全に孤立してるとか、そこから誰の出入りもないとか——そんなの、御伽噺《おとぎばなし》だと思ってるはずだ。

（僕自身、今の今までそう思ってた。バカバカしくって、英佐に訊いてみたこともない）

だから、ゼミ室で唯花に説明しようと思ってたのも、『閉ざされた村に隠れ住んでてね』くらいのことだ。もちろん比喩《ひゆ》だ。そりゃそうだ。僕自身が信じてないんだから。

ところがどうして——

「ホントに、ホントにパーフェクトに、閉じてるの？」

「諾《だく》、かぎりなく諾。

そして、文渡家が――紗江子総帥がそうした理由を考えれば、それが公理だということはすぐ理解できる。文渡村の公理系よ。文渡村は、外界に対して閉じたシステム。統制されたシステム。このシステムを十五年間、維持している。あの御法川は、それを私に実証した」

「その実証っていうのが、あの何枚かの写真？」

「そのとおり。あれは監獄のメカニズムを撮影したもの。具体的かつ詳細にね」

「か、監獄？」

「そう監獄。だから、ヘリコプター以外に出入《しゅつにゅう》の方法がない。

それは総帥紗江子の断乎《だんこ》たる意志。彼女にはそうするだけの理由がある」

「紗江子総帥の意志、理由……唯花さっきもそういってたけど、それは」

「防衛よ」

「防衛……文渡家の、一族の？」

「まさしく。でも調査したところ、それは一般社会にも知られているはずよ？」

「あれだね。紗江子総帥は、あの航空機事故を受け、一族を避難させたって話」

「あの悲劇について、警察と事故調《じこちょう》は、純然たるマシントラブルだと結論している。すなわち、犯罪も陰謀も過失もなかった。もちろん文渡財閥も、そのように発表している」

「まさか、ホントは違うとか？」

「知らないわ。私は探偵でも予言者でもないもの。しかも、問題はその真偽じゃないの。

問題は——

それが真であろうと偽であろうと、文渡紗江子に、絶対的な決意をさせたことよ」

「……一族全滅を避ける決意。財閥を存続させる決意」

「当然よね。だって、あの航空機事故が最悪の結果になっていたとしたら？

文渡家には、三歳と一歳の赤子《あかご》しか残らなかったのよ？

そしてもうバブルは崩壊していた。永遠につぶれないはずだった銀行さえ、陸続《りくぞく》と失血《しっけつ》死《し》していた頃よ。すなわち文渡家のクライシスは、財閥の全企業がハイエナに喰《く》われて、塵《ちり》ひとつ残らない、そんなレベルのものだった——

調べたところでは、明治時代の開祖・佐之輔《さのすけ》は元々、愛媛南部の漁村の子よね？」

「うんそうだよ。英佐がいってた。漁村の網元《あみもと》さんが、コイツは天才だってんで、松山の紡績《ぼうせき》工場にあっせんしたんだよ。それがメキメキ商才を発揮して、やがて独立して、ええと、『文渡式織機《しょっき》株式会社』を興したんだ。これが、文渡財閥の始まりさ」

「そして日清《にっしん》・日露・第一次大戦で倍々ゲーム。第二次大戦後の財閥解体も生き延びて、とうとう、松山銀行をコアに、北部《ほくぶ》鉄道、文渡織機、文渡製鋼、文渡造船、文渡航空機、文渡ホテル、文渡開発、文渡百貨店、文渡マート等々が形成する、一大コングロマリットになったのよね？

それが、三歳と一歳の赤子に維持できると思う？　無理よ。

なら佐之輔以前に——漁村に帰るしかない。孫子まで脅《おびや》かす借金にまみれて、ね。

これこそが二〇〇〇年の悲劇によるクライシス。

なら紗江子総師は、その再現を絶対に避けようと決意する。何の不思議もないわ」

「だから人里離れた人工村で、一族だけで凝《こ》り固《かた》まってる——ってのが世間の説だけど」

「紗江子はそんななまやさしいモノではないようね。

いい、絶対の城塞をつくって、敵も入れなければ、身内も出られないようにしている」

「だから唯花は、監獄っていったんだね？」

「まさしく。

そして十五年。十五年もの間、この監獄は有効に機能し続けている。すなわち外界から完全に隔離《かくり》されている。条件は統制されている。変数は紗江子の一族だけ。純粋な培地《ばいち》でコンタミはない。理想的なフィールドよ。実にエレガントだわ」

唯花はステキに微笑《ほほえ》んだ。学者として、ワクワクしてる。無邪気で、徹底的で——

そして、残酷。

「エレガント……唯花はゼミ室でもそう言ったね。でも、どうエレガントなの？

何故こんなにこのバカンスに乗り気なの？　いやぶっちゃけ、君は出不精《でぶしょう》だからさ」

「文渡家と文渡村は、私にとって画期的《かっきてき》なエスノグラフィーとなりうるから」

「再びちんぷんかんぷんです先生」

「極めて単純化すれば、参与《さんよ》観察その他の実査《じっさ》による集団の行動様式調査よ」

（全然単純化してないような……）

「むろん私の研究テーマからして、そのフィールドにおける、嘘の発生様式調査となる」

唯花の研究テーマ。それはもちろん、『嘘の心理学』だ。彼女の生涯のテーマ。

「……唯花はずっと、嘘の事例研究をしてるって言ってたね。膨大《ぼうだい》なサンプルを集めて」

「その九八％はノイズだけどね。

例えば晴彦、あなた、ヒトが一日に何度嘘を吐くか知ってる？」

「ていうか、吐かない日の方が多いんじゃない？」

「うっ、御免《ごめん》なさい。訊く相手を間違えたわ……おそろしく否《いな》だったわ……」

「どういうことさ？」

「こちらの話。

解答からいえば、二〇〇〇年の研究だと、日本の大学生は一日平均一・七七回。合衆国の大学生なら一・九四回よ。

そして一九九六年と二〇〇八年の研究だと、日常生活において最も使用される嘘は、気持ちの不利益・葛藤《かっとう》を回避するための、そう些末な嘘なのよ。『美味《おい》しいね』『うん』なんて感じの、おつきあい型の嘘。悪意なき嘘《ホワイト・ライ》ね。私にとってはノイズとなる」

「ははあ、解ってきた。要するに、君の食指が動くサンプルなんて滅多《めった》にないんだね」

「ただ誤解しないで。悪意なき嘘《ホワイト・ライ》はそれ自体、心理学上のとても重要な研究テーマよ。それなくしてヒトの集団は成立しないもの。ただ私はそれには魅《ひ》かれない。それだけよ」

「どうして魅かれないの？」

「ヒトは何故嘘を吐くのか？」

「悪の問題がないから」

「悪の問題……？」

「そう、病理としての悪の問題がない。私にとっての『嘘の心理学』とは、すなわち支配の心理学であり、家畜《かちく》の心理学なの」

「ますます解りません先生」

「ヒトは何故嘘を吐くのか？

嘘の歴史はヒトの歴史よ、それこそイヴまで遡《さかのぼ》る。そしていよいよ一八九五年、科学的心理学はこの問いの研究を始めた。ヒトはもう一二〇年も、この学問領域を深めてきた。『ヒトは何故嘘を吐くのか？』という問いへの解答も、実は無数に用意されている。

ただ。

私が深甚《しんじん》な、そして深刻な関心をいだくのは――」

唯花の指が、唇にそっと触れた。

とても儚《はかな》くて、悲しくて、つらそうで。その真剣さは、恐かった。鋭すぎて脆《もろ》い。

「この世で最も病理であり、かつ悪である嘘。私はその事例を集めている。私はその研究をしている。私はその動機を知りたい。私はそのメカニズムを知りたい。もっと知りたい。

何故、ヒトはそんな嘘を吐いてしまうのか？」

「そんな嘘」

「すなわち、ヒトを家畜にする嘘よ」

……僕には正直、よく解らなかった。

というのも、彼女が鑑定を依頼された嘘ってのは、人殺しが吐いている嘘だから。

もっといえば、それは『自分は慶佐《けいすけ》くんを殺してはいない』って嘘だ。

そして、それだけだ。

(それがどうして、悪だの病理だの家畜だのって話になるのか——

人殺しが罪を逃れようとしたら、嘘を吐くのはアタリマエなんじゃないのか?)

けど唯花は動いた。出不精な唯花が。人に試され、利用されるのが大嫌いな唯花が。

「……君の望む嘘が、文渡村にはあるんだね?」

「研究者としてはそう期待したい」

「研究者じゃなかったとしたら?」

「近づきたくもないわね」

そのときヘリのパイロットさんが、マイクで語りかけた。じき着陸です——

僕は窓から、四国の山々を見下ろした。

ハッキリ分かる。

衛星写真と一緒だ。真上に達すれば、あの街区はオパール型になる。ハッキリ分かる。

森と雲に、ぽっかり浮いた天空の……

「バルタン星人よ」

「はい？」

「家族法の教授」唯花はポニーテイルに触れた。その右手は拳だった。「おもしろい人ね」

II

ぐんぐん、ぐんぐん。

文渡村《あやわたりむら》がせまってくる。

衛星写真では拡大できない、整然とした街区がよく見える。

それぞれに、意匠《いしょう》を凝《こ》らした大邸宅が四軒。豪邸だ。これが、街区の要石《かなめいし》になる。

その他に、趣《おもむき》の違った建築物が、ええと……六軒。

私立学校の、ぜいたくな体育館みたいなのもある。

テニスコートに、プール。温室に、公会堂っぽいのも見える。

（四国の山奥村ってイメージとは、懸《か》け離れすぎだ。ものすごく前衛的だ）

これらをバランスよく、放射状の街路が結んでる。

ほぼ中央には、噴水《ふんすい》のある外国っぽい広場。

――どんどん、どん。

僕らを東京から搬《はこ》んだヘリは、街路の果てにあるヘリポートに着陸した。ちゃんと『H』マークの入った、専用の駐機場だ。

きゅんきゅんきゅん、という翼の轟音《ごうおん》が、エンジンの轟音と一緒に小さくなる。

そのすさまじい風は、一段落しつつある。

文渡英佐《あやわたりえいすけ》は、もうヘリコプターに駆けよってきてた。

いや、英佐と御法川《みのりかわ》弁護士と、あともうひとり。

最後のひとりが誰かは分からない。きっと初対面の人だ。

ヘリのドアが、大きく開く。かなりすずやかな森のにおいが、入って来る。

「晴彦‼　お疲れ様。大変だったろ？」

「ううん。ヘリコプターなんて生まれて初めてだから、酔《よ》う暇《ひま》もなかったよ」

「本多さん、さあどうぞ——遠い所、御迷惑をおかけします」

「引き受けたからには仕事よ。頂戴《ちょうだい》するものも頂戴するし。遠慮も牽制《けんせい》もいらない」

「ああ晴彦、本多さんも、荷物はそのままで。すぐゲストルームまで搬《はこ》ばせるから」

そのとき、三人目の見知らぬ人物が、もっそりと、けれど気さくに近づいてきた。

柔らかな瞳に愛嬌《あいきょう》がある。御法川さんの丸眼鏡＋ギョロ眼とは、対照的だ。しかも、サイドを残した禿頭《とくとう》はユーモラスで、そう木魚《もくぎょ》のよう。ポクポク叩きたくなる。

「初めまして鈴木君、本多嬢。文渡家の主治医《しゅじい》をしております、伊集院《いじゅういん》です」

「鈴木晴彦です、こんにちは」

唯花はジトッと睨《にら》むだけだ。まあ、いつものことだけど。僕は急いで付け加える。

「こちらは同級生で、臨床心理士の本多唯花です。よろしくお願いします」

「御丁寧《ごていねい》にありがとう」

伊集院さんは、瞳を無邪気《むじゃき》に輝かせた。

「本多嬢、ようこそ文渡村へ。御法川先生から話を聴いて、できるかぎりの論文を拝読しました――

実に興味ぶかい。いや実に。特にあの、作話と妄想と空想虚言における人格因《じんかくいん》関与等を軸とした病理的スペクトラムの……」

唯花は雑談を嫌うけど、学者としてピュアな所がある。専門分野のカクテルパーティ的おしゃべりなら、嫌いじゃない。いや、唯花に対してこれほど有効なマクラはない。

「伊集院先生は、精神医学も？」

「まあ、何でも屋です」

伊集院さんも、唯花に興味津々《きょうみしんしん》のようだ。

「元々は救急救命《きゅうきゅうきゅうめい》が畑なんです。松山の総合病院で、ながく勤務してまして」

「それは大変ね」

「当時はもう、斬《き》った貼《は》ったの徹夜徹夜でした。ただ文渡村に来てからは、まさか交通事故も飛び下りもありません。今は内科を中心とした、何でも屋でして」

「こちらでは何年ほど？」

「十五年です。御法川先生と一緒ですね。紗江子《さえこ》様のお声掛かりの、スカウト組です」

「では、文渡村が生まれたときから」

「一緒に時間を刻んできました」

「それまでは松山の病院に？」

「ええ。これも御法川先生と同様です。先生も松山で、企業法務の第一人者でいらした」

「村からはお出になりませんの？」

「滅多《めった》に。御法川先生だけはお立場から、よく外へ仕事にゆかれますが……医者はまあ、二十四時間ここにいることが大事な、いわば保険ですからね」

するると、弁護士がポツリと言った。

「私とて遊びに出ておるわけじゃない。しかも、ヘリポートから会議室への直行便ばかり。たまには弁護士仲間と飲みたいもんだが」

「プライベートでは外出されないのですか？」

「できませんな。マアここはそれなりに、センセイの需要《じゆよう》がある所……おっと失言」

——唯花は雑談のラリーをしているようで、要所要所での、指のサインを怠《おこた》らなかった。

（今のところ、御法川さん・伊集院さんの説明に、『偽《ぎ》―ウソ』はないようだ）

「心療内科なり精神医学なりの必要性は、極めて大きそうですわね？」

「そうですねえ……」

伊集院さんは目を伏せた。

「……文渡四家からなる、文渡財閥家。四のサブシステムから成る大家族の、閉じた村。

確かに最も必要なのは、そうです、精神医学の専門家、特に家族療法の」

「伊集院サン」

御法川さんがやんわり釘《くぎ》を刺した。

「あんたの悪い癖《くせ》だ。口が動きすぎる。しかもお客様の前で。辨《わきま》えが足りんよ……まあ、あんたはまだ五〇歳だから、寂《さみ》しい気持ちは解らんでもないが」

「いや、寂しいってほど若くもありませんがね」

ただ御老齢の御法川先生と競《くら》べれば、まあ日々の知的刺激に飢えてはいますよ」

「紗江子様が佐吉邸《さきち》でおまちだ。急がねば御勘気《ごかんき》に触れる。それに不謹慎《ふきんしん》だが、目下の事態ほど知的刺激にみちた危機はあるまい……この十五年で、一度もなかった危機だ」

「それじゃあ晴彦、本多さん、行こうか?」

英佐は僕らを誘導しながら、ヘリポートを出て街路にむかった。

街路を歩くのかな、と思ってたら、なんと人数分以上の電動二輪車が並んでる。立ち乗りで動く奴だ。

「ねえ英佐、こんな乗り物が村じゅうにあるのかい?」

「ああ、どこで乗り捨ててもらってもかまわない。もっとも雨の日は、カートの方がいいけどね。カートも乗り捨て放題でいいよ。キチンと片付けてくれるから」

僕ら五人は、電動二輪に乗って動き始めた。

街路は高級住宅地みたいに整備されてて、アップダウンはまるでない。

トコトコ。トコトコ。夏の高原に浮いた、不思議な街並みを過ぎ越してゆく。

英佐は気を遣ったのか、しばしばガイドを買って出た。

「あれがジムというか体育館だよ。近くに見えるのは図書館」

「で、でかいね」

僕は啞然《あぜん》とした。井《い》の頭《かしら》大学より設備がよさそう。

「図書館も、吉祥寺の区立よりすごいや。財閥の、その、会社の人とかも使うの？」

「ううん全然。ここは文渡家だけの村で、財閥企業の人達も入れはしないから」

「じゃあ、英佐の家族だけで？」

「そうだよ。僕は東京に出ちゃったから、最近のことは知らないけど」

「紗江子様の御家訓《ごかくん》は」御法川さんがギョロ眼で睨《にら》んだ。「一切変わっておりません」

「なら利用者は家族が九人と、使用人……」

……ここでちょっと英佐の顔が翳《かげ》った。確かに微妙な話題だ。

というのも、正確には八人のはずだから。

理由はいうまでもない。慶佐《けいすけ》くんが死んだ……殺されたから。

しかし英佐は、その翳りをふりはらう様にいった。

「あっちに見えるのがプールで、傍《そば》にテニスコートもある。その先の屋根は、劇場だよ」

「げ、劇場」

「映画館でもあるし、能舞台《のうぶたい》もある。それなりのステージもあるから、歌舞伎《かぶき》も演劇もオペラも観《み》られるよ。僕の知るかぎり、映画以外は一度も実現してないけど」

「も、もちろん、お金の制約のせいじゃないよね？」

「うん。没落《ぼつらく》はしてるけど、まあそれでも財閥家だから――」

お金持ちには、嫌味になりうることを、サラッと喋るスキルがある。お金があるのは単なる事実であって、かつ、それだけのことだから。現に英佐には、自慢も自嘲《じちょう》もない。

「――歌舞伎座《かぶきざ》の引っ越し公演だって、無理じゃないよ。ここでやろうと思えば、たったひとつ以外、何の障害もないんだ」

「その、たったひとつの障害って？」

「お祖母さま――紗江子様さ。だよね御法川さん？」

「紗江子様の御家訓に変わりはございません」

「英佐くん、要するに」

唯花が口を挟《はさ》んだ。ということは、アクティブ・ソナーだ。

「部外者は一切、文渡村へは侵入させないということね？」

「そうです、本多さん。それがお祖母さまの、絶対の意志です。道楽者《どうらくもの》の禎吉《さだきち》大叔父《おじ》さんなんか、芝居とか落語とか能楽とか、もう大好きですから――あまりのストレスで死んでしまうかと思ってたんですが」

「あの人が死ぬもんですか」

伊集院さんが嘆息《ためいき》をついた。

「七八歳とは思えない精神ですよ。欲望にダイナミックで、欲望に素直で、欲望に貪欲《どんよく》で……ああ、私より長生きするかも」

「伊集院サン」御意見番《ごいけんばん》的な弁護士が釘《くぎ》を刺す。「お客様の前だというに。辨《わき》まえんか」

「失礼しました」

しかし医師は快活に続ける。

「でも、お客様にしかできない話ですから。ああ、我が文渡劇場。十五年、互いに繰り返し続けてきた因果話《いんがばなし》。十五年ずっとおなじ演目、おなじ役者、おなじ台詞《セリフ》におなじ結末。役者の誰もが、ああ、おなじ楽屋話《がくやばなし》にすら飽き飽きですよ」

「オイ伊集院サン」

弁護士も嘆息をついた。

「お慎《つつし》みなさい。それをいうなら私も一緒だ。まったく、オマエサンは若いのに、昔から忍耐というものを学ばん——それにだ。そんな暴言を吐《は》いておると、紗江子様の逆鱗《げきりん》に触れるのは当然だが、あらぬ疑いを呼び起こしかねんぞ?」

「えっ、あらぬ疑い?」

「刺激に飢えたあんたが、芝居に新しい幕を書き入れた——って疑いだよ」

「そ、それは先生まさか、私が慶佐君を⁉」

「紗江子様はそう思っておられる、かも知れんな——

なんたってあんたは医者だ。慶佐君と美佐《みさ》さんをどうとでもできるのはオマエサンだ」

「ご、御冗談が過ぎます!! 私はこの十五年、慶佐君と美佐さんの健康を何よりも!!」

「知っておる」

弁護士は、話を打ち切るように手をふった。

「だから、バカなことは喋りなさんな。九美子《くみこ》あたりが聴いておったら、また引っかき回そうと、小躍《こおど》りしてよろこびかねん。それこそ狭い楽屋裏《がくやうら》。壁に耳在り障子《しょうじ》に目在り」

「あっ、そろそろだよ」

英佐が、じとじとした会話の流れをサッパリ断ち切った。

わざと、というのもあるだろう。けれど、鈍感な僕にも解り始めてた。

(英佐とインテリふたりでは、雰囲気《ふんいき》がまるで違う。文脈が全然違う——といえるかも)

存在そのものが、その感触が、まったく違うのだ。

御法川さんは、老年だけどとても明晰《めいせき》。伊集院さんは壮年で、ユーモラス。

けれど、このふたりの公約数は——

(倦怠感《けんたいかん》と、何かの諦《あきら》め……沈鬱《ちんうつ》さと、隠せない澱《よど》みだ)

他方でそれは、東京の大学で東京の生活を過ごしている英佐には、全然みられない。

この青空のように爽快感《そうかいかん》ある英佐と、村の守護者ともいえるインテリふたり——

(理屈を超えた『言葉にならない』断絶がある。御曹司《おんぞうし》と家臣とか、そういうんじゃなく)

その、裏も濁《にご》りも感じさせない英佐がガイドを続けた。

「あのあたりから、文渡四家《よんけ》の屋敷になります。中央広場の周りに四、家があります」

「家というより、大邸宅だわ。すなわち佐吉家・章吉《しょうきち》家・信吉《しんきち》家・禎吉家の拠点ね？」

「きょ、拠点——まあそうです、本多さん」

「もちろん、文渡四家の家族が住んでいる」

「そうです。といってもそれぞれ、とても少ない家族ですけどね……

例えば、ほら、あちらの章吉家ですが、家族はたったふたり」

「章一郎《しょういちろう》と章佐《しょうすけ》……さんね」

唯花は何かの添削《てんさく》をするようにさん付けした。彼女は、常識を発揮すべきときはする。

「そうです。章一郎従伯父《おじ》さんと、再従兄《ハトコ》の章佐になります」

「それぞれ、お幾つだったかしら？」

「従伯父は、もちろん父の世代です。だから、ええと、五〇歳代半《なか》ば。

章佐は、名前から分かるように僕らの世代です。二六、七歳かなあ。僕の五つくらい上で、兄貴みたいなもんですね」

「章一郎さんの奥さんは、確か病死されていたわね。章佐さんの御結婚は、まだ先？」

「なかなかお祖母さまのお眼鏡に適《かな》う女性が……だから章吉家はたったふたり。もっとも
章吉家は、実は文渡財閥の脳髄《のうずい》です。だから、御法川さんのオフィスもあそこにある」

「というと？」

「章一郎従伯父《おじ》さんは、お祖母さまの右腕――というか両腕なんです。文渡家で最も優秀な経営者で、松山銀行の常務。文渡財閥の、実務レベル最高責任者といえますね」

「まあ、ハッキリ言えば、英佐君は未知数としても」

御法川さんがポツリと言った。

「いま財閥の切り盛りができる者は、章一郎常務と紗江子様しかおらん。残念なことだ」

「けど御法川先生、章佐だって頑晴《がんば》ってますよ。ほら、五菱《ごりょう》銀行との業務提携。バリバリ動いてるのは章佐じゃないですか。お祖母さまも信頼して、章佐に任せているとか」

「ああ、それは認めんとフェアじゃないな。ただアイツは、章一郎常務ほど苦労しとらんし、紗江子様の前でも不遜《ふそん》なところがある。『唐様《からよう》で書く三代目』にならなきゃいいがね」

「それを言ったら、宗家《そうけ》の僕なんてまだ遊んでる最中ですから」

ただ、先生が昔から章佐に厳しいのは知ってますけどね……慶佐や信佐《しんすけ》と競《くら》べて」

ここで唯花が、また質問をする。

「英佐くん。その信佐さんというのは、もちろん信吉家にいる信佐さんね？」

「そうです本多さん。あちらの屋敷になります。信吉家も、まあ大家族じゃありませんね。本当は大家族でもおかしくなかったんですが……

信吉大叔父《おじ》さん夫婦はとっくに病死してますし、章一郎従伯父《おじ》さん世代の、そう信一郎従叔父《おじ》さんはあの航空機事故で……だから今は、三人で暮らしてます」

僕は信吉家の豪邸をみた。

（章吉家もそうだけど、三人どころか三十人が暮らせる規模だ……掃除が大変だなあ）

「すなわち、死んだ信一郎従叔父《おじ》さんの奥さん、九美子さん。四〇歳過ぎになりますか。

その息子が信佐。娘が美佐《みさ》。これまた名前から分かるとおり僕の世代です。信佐はそう、再従弟《ハトコ》ですから、美佐も再従妹《ハトコ》になりますね」

「それぞれお幾つ？」

「確か一八歳と一六歳です」英佐は二一歳だ。「すごく歳の近い弟妹《きょうだい》みたいなもんです」

「すると英佐くん、あなたのハトコ兄妹《きょうだい》とその御母様《おかあさま》が、信吉家の三人ということね？」

「そうです」

「もちろんハトコのどちらも、まだ結婚していない」

「はは、そりゃそうです。二五を過ぎた章佐だって、まだ許可が下りませんから。それに」

「それに？」

「……信佐は元気なんですけど、美佐は病気なんです。それも、重い」

「御病気――でもハトコふたりは、航空機事故とは無縁だったはずよね？」

「ええ乗ってませんでしたから。だから美佐の病気も、あの事故とは関係ありません。

実は、生まれつき腎臓《じんぞう》がとても悪くて。日がな一日、寝ていられるならそれがベストだってほど、生活に制限がかかってるんです。車椅子で運動することはありますが、僕からすると、そうですね……美佐といえばベッドに臥《ふ》せているイメージです。

伊集院先生、最近はどうなんですか?」

「……英佐君は惣領孫《そうりょうまご》だから率直にいうけど、最近も変わらない。いや体力がどんどん落ちてるから、むしろ難しい方へむかってる。時々宗家《そうけ》に顔を出すのも、大仕事なほど」

「ええっ。久々に帰省してからお見舞《みま》いしたけど、それほどには見えなかったよ?」

ここで、御法川さんは瞳をこすった。そしていった。

「あれは文渡家の良心だ。せっかく里帰りした君に、それはもう気を遣ったんだろう。あの鬼の九美子から、あんな天使が生まれるとは……いや天使だからこそ、文渡家の毒《どく》気《け》に当てられたのか……美佐は不憫《ふびん》でならんなあ」

「御法川先生」伊集院さんが制した。「病《やまい》の話を、そんな風にすべきではありません」

「ああ、いかんいかん。私もどうやら、客人に興奮しているようだ」

「それに、そんなホンネを態度に出すから、信佐君のイライラがひどくなるんですよ?」

「そりゃ仕方ないだろう。妹は薄幸の天使だが、兄は健康そのものなんだから。まあその信佐にも、思春期の典型みたいな腫《は》れ物《もの》がゴワッと、できてはおるが」

「そういえば、信佐とはまだ会ってないな……」

英佐は不思議な顔をした。歳の近い『弟』を思いやるように。

「伊集院先生。アイツあいかわらずピリピリしてるの?」

「ピリピリなんてもんじゃありませんよ!!

美佐さんの御容態《ごようだい》は、まあその、かんばしくないし。外の高校にはとうとう通えなかったし。九美子さんの吹きこみで、他家に敵意を燃やしてるし。それにその、あの」

「ん？　どうしたの？」

「ああ、それは伊集院サンでは言いにくいわな――」

御法川さんはギョロ眼をしばたいた。

「――英佐君、君だよ。原因のひとつは君だ。

何と言っても、君は惣領孫で、しかも東京の大学に出してもらっとる。当然、信佐も一緒のことを期待するさ。ただ、紗江子様の御許可はどうも、頂戴できない感じでな……」

「そんなことなら僕が、お祖母さまにお願いしてみますよ。

慶佐が……慶佐がこんなことになって。美佐はつらい闘病生活。なら、次の世代の文渡家は、僕と章佐と信佐の三人で、守り立ててゆかないといけない。

だったら、特に信佐は、外の世界を知らなきゃいけないでしょう？」

「ただなあ英佐君。知ってのとおり、紗江子様は一族を外に出したがらない。

まして、こんな異常事態が起こったら……」

「……おっとすみません、本多さん。あちらが禎吉家ですよ。

これまた御存知のとおり、禎吉大叔父《おじ》さん以外は全滅。大叔父さんはあそこに、独《ひと》りで籠城《ろうじょう》してます。まあ神出鬼没《しんしゅつきぼつ》ですから、特に劇場のあたりで遭遇《そうぐう》するかも知れませんね」

「あの御屋敷に、たったひとりで？」

「自分以外に興味ないですから。長老格なんですけどね。お祖母さまも放置してます」

うん、かなり人間関係が整理できてきた。現時点で分かったことをまとめると、
・ビジネス・エリートの章吉家ふたりは、主流派
・いわゆる女子供の信吉家三人は、非主流派
・どうでもいい長老の禎吉家ひとりは、放置プレイ派
ということだろう。

（そしてこの三分家《ぶんけ》を統治してるのが、宗家《そうけ》佐吉家の紗江子様であり、その愛孫《まなまご》の英佐ってわけだ。弟の慶佐くんは殺されたというから、宗家にはもう、このふたりしか残ってない……）

――街路は、ゆったりと広い。邸宅も、建築物もとても大きい。

（吉祥寺の駅周りより、大きな村だ）

単純な移動が目的なら、確かに立ち乗り二輪がちょうどいい規模。

その僕らの電動二輪は、いよいよ英佐の先導で、いちばん立派な御屋敷《おやしき》に着いた。

（いや、城館だ）

和の意匠《いしょう》を巧みに織りまぜた、モダンなデザイナーズ建築。けどドカッとした印象は、西欧の城館《たく》に近い。宮殿でも城塞《じょうさい》でもないけれど、それは確実に『城館』だった。

「本多さん、ここが僕の、佐吉家の屋敷です。ヘリからトコトコとすみませんでした。実はお祖母さまの御意志で、ここには車がないもので」

「車のあるところ事故がある。爆発だってしてしまうものね」

「……率直に言えばそうです。

それでっと、晴彦。晴彦たちにはここに泊まってもらうよ。三階ワンフロア、どう活用してもらってもいい。実は誰も使ってないんだ。荷物はすぐに搬《はこ》ばせて整えさせるから」

「ありがとう英佐」

「じゃあとりあえず、お茶がてら、お祖母さまに挨拶してもらって……」

「英佐くん。私からこの段階で何点か、よい？」

唯花の瞳は、鋭いプレッシャーをはなった。まるで瑠璃色《るりいろ》の火。

静かに、鋭く、凍《い》てつきながら燃えてる。研究に、実験に、真実に。

「……も、もちろんですが、まあ歩きながら」

「いえすぐ終わる。まず改めて弟さんのお悔《く》やみを。

慶佐くんと御遺族のやすらぎを、心から祈っています」

「あ、ありがとう」

（……唯花にしては雄弁な前置きだ。なら、質問ってのはよっぽど重要な奴だな）

「その祈りを前提とした上でドライにいえば、文渡家の一族はいま八人ね？」

「そうですね」

「私は御法川弁護士と伊集院医師の知己《ちき》をえた。ただ荷を搬ぶ人がいる。ヘリコプターを運転する人も――言い方はともかく、そうした使用人は何人いるの？」

「御法川先生と伊集院先生は、カウンセラーで別格だけど、まずこのおふたり。

それから別格仲間として、すぐに会うだろうけど女中頭《じょちゅうがしら》さんがひとり。この人が――

奥之内《おくのうち》さんっていうんだけど、この人が村の、まあ奥向《おくむ》きをぜんぶ仕切ってます。

これが文渡村の三奉行《さんぶぎょう》」

「別格の三奉行以外だと？」

「それぞれの分家に、ひとりずつ専属のメイドがいます。ですから総計四人ですね」

「お掃除とか大変そうだものね」

「掃除は実際、厳しいですね。ただ食事とかは、人数も少ないし、面倒がありません」

「その四人のメイドさんも、奥向きのスタッフだから――」

「――そう、メイド四人を、女中頭が統率《とうそつ》してることになります。ひょっとしたら、文渡村では、いちばん団結力があるグループかも知れないな。とはいっても、さわさんが」

「さわさん？」

「ああ、女中頭さん。奥之内さわさん。

そのさわさんは、徹底した『紗江子様派』というか、『紗江子様絶対主義者』なんです。だからどのみち、文渡村最強軍団は、紗江子様派だって結論になりますね」

「忠臣《ちゅうしん》だと」

「心酔者《しんすいしゃ》かなあ」

「その女中頭のさわさんは、いつから文渡村に？」

「それは御法川先生や伊集院先生と一緒です。十五年前から、ずっと」

「十五年前――移住前は？」

「東京の文渡邸に仕えていたはずですよ。お祖母さま御自身が、この『世界』を確乎《かっこ》たるものにするため、財閥のエース級をスカウトしてきた――というわけです」

「それぞれの分野の、エース級」

「そういうことです」

「ヘリのパイロットさんは？」

「松山銀行東京本店の者です。村には休憩以外、とどまりません。ヘリが飛べるかぎり」

「すなわち、三六五日あるという定期便の本拠地は、東京であって文渡村ではない」

「まさしく。メンテナンスその他が、この村ではできませんから」

「まとめると今現在、親族八人＋使用人七人――この十五人が、文渡村の村民なのね？」

「さすがですね、そのとおりです」

「それ以外の者がいる可能性は？」

「ゼロです――十五年前から、ずっと。

まず、お祖母さまがお許しになりません。そして、お祖母さまに叛《さか》らう者はいません。ましで、物理的に不可能ですから」

「概略は知っているけれど、その『物理的に不可能』というのは？」

「もちろんあの『壁』です。だから、まず侵入が想定できません。

万一、侵入できたとして、今度は潜伏も滞在もできはしません。そこはお祖母さまのなさる事。お祖母さまは、やるとなったら徹底的にやる方です」

「徹底的に、というと？」

「街路の主要箇所には監視カメラ。邸宅・建築物の周囲もそうです。それら邸宅などは、無数の警報装置で防護されてもいます。潜伏とか滞在とかは、とても無理です。いやもっと恐ろしいことは、さわさんが、そりゃもう厳格に、奥向きを支配していることでしょう。オレンジジュース一杯、トマト一個くすねることも不可能。いや水も無理」

「侵入者は、生きてはゆけない――でも内部からの協力があればどう？」

「メイドに察知されますし、でなくとも、必ずさわさんが摘発《てきはつ》するでしょう。そして摘発されたとき、そのような悪戯《いたずら》をした分家は、文渡村にはいられない」

ここまでで、唯花は何度かサインを出してた。

唯花は負担を考えて、ポイントポイントで障害を使ってるようだ。

ポニーテイルを戯《もてあそ》ぶフリ、髪を撫《な》でるフリ、髪を絡《から》めるフリでサインを出してる――

（サインはぜんぶ『真－ホント』。

鑑定の対象は当然、英佐・御法川さん・伊集院さん。正確にはその喋る文のどれかだ）

と、いうことは。

（第一に、主観的にウソを吐いている人は誰もいない――唯花が判別した文については。

そして第二に、それが客観的に偽である確率は、おそろしく低い）

唯花は、文渡家の一族に関する情報を徹底的に集めた。公刊されているものならすべて。友崎警視が集められたものもすべて。

（そのデータベースと照合して、偽である文はひとつもなかった――）

これが唯花のサインなのだ。もちろんデータベースに入ってない情報もあるし、データがそもそも誤りだってこともある。

（だから、一〇〇％の真じゃない。ただ今のところ、矛盾も誤りもゼロだ。だから、偽である確率もおそろしく低い。今後、新情報で唯花のデータベースが更新されれば別だけど）

すると唯花は、スッ、と電動二輪を自然によせてきた。

観光名所にコメントするようなそぶりで、僕にだけ囁《ささや》きかける。

変数は十五、確定でいいわ

それに、エレファントな仮説も立ったしね

（……唯花がエレファントといったとき、それは、力業《ちからわざ》だということだ）

学者の唯花が、力業だと考えること――

それはすなわち、素人《しろうと》の僕にとって『途方《とほう》もない』『荒唐無稽《こうとうむけい》な』ことだ。

（だけど、何についていての仮説なんだろ？）

今のところ、要所要所ではあるけれど、皆《みんな》がホントのことを喋ってる、はずだ。

嘘を見破る彼女が、ホントの羅列《られつ》から、どんな仮説を組み立てたんだろう？

（『変数』ってのは、もちろん親族八人＋使用人七人の、村民十五人のことだろうけど）

しかも唯花は、電動二輪を遠ざける瞬間、またそっと囁いた。

慶佐が死んでるから、あれは、『偽ーウソ』となるはずなのにそうならない……

晴彦、私たちのマクベスは、いきなり第五幕第五場に入ってしまったようよ
（唯花は、もう仮説を立ててしまった。僕に出題も始めたけど……先生全然解りません）

するとと先生は、今度はエレファントな要求を始めた。先生遠慮がありませんね。

「それでは最後に。これから『壁』を実査《じっさ》に行ってもよい？」

「えっ本多さん、これからですか？」

「直ちに」

「それは、その……もう午後四時近いですし……」

「本多嬢、それはならん。紗江子様が待っておられる」

御法川さんが唯花を、ギョロッと睨《にら》んだ。

「英佐君も説明したとおり、ここで紗江子様の御意志は絶対だ。そして紗江子様は、あなたたちが到着したらすぐ、懇談《こんだん》したいとおっしゃっておられる。それには英佐君でさえ、叛らうことができんのだよ。

今は取り急ぎ御挨拶いただきたい。既に時間は過ぎているのでね」

「私は、お会いしたこともない方の命令を受ける位置にありません」

「……恐縮ではあるが、我々は依頼者だ。依頼者の頼み、聴き容《い》れてはもらえんかね？」

「駄目です」

(こうなったら、テコでも動かない。その意味では、ワガママだ。唯花は徹底的な女だ)

——結果、総師紗江子との懇談は、五〇分遅れでスタートした。

もちろん、臨床真実士とそのアシスタントが、壁の実査を終えてからだった。

III

——佐吉《さきち》家の邸宅。一階、執務室。

紗江子《さえこ》総師は、車椅子に乗って現れた。

僕はこれほどスムーズな車椅子も、これほどコンパクトな車椅子も見たことがない。それは、彼女の指先ひとつで自在に動く、魔法の絨毯《じゅうたん》のようだった。それほどなめらかだ。

執務室とあって、一度だけ入ったことのある学部長室を思わせる。

その三倍以上はあるし、古典的というより前衛的だし、パソコンとかの電子機器はおそろしく機能的っぽいけど。社長室、頭取室っていうのは、こういうものなのか。モノトーンをベースにした、外資系のホテルっぽい、シャープなお洒落《しゃれ》さがある。

そして応接スペースの家具調度《ちょうど》。なんともいえないホンモノ感。

さっそくメイドさんが出してくれたコーヒーがある。触れていいのか悩んでると、上座《かみざ》の定位置に車椅子をスッと収めた文渡紗江子は、僕の隣に座ってた英佐《えいすけ》にそっといった。

「英佐、外して頂戴《ちょうだい》な」

「えっ」

「おふたりとは私だけで話をします」

紗江子総師は自然な、けれど断乎《だんこ》としたテンポで、ギャラリーにも命じた。ギャラリーとはすなわち、立ちっぱなしだった御法川弁護士と伊集院医師だ。

「先生方も外してよろしい。必要があれば呼びます」

「……よいのですか？」

御法川さんは顔をしかめた。

「事実関係の説明などで、紗江子様を煩《わずら》わせるまでもございません。まず私と伊集院サンで、基本的な質疑応答を――と考えておったのですが」

「オホホホ」

紗江子総師はほがらかに笑った。

――細身な躯《からだ》に、細身な顔、厳《いか》めしい皺《しわ》。けれど、痩《や》せ衰《おとろ》えた感じは全然ない。むしろ、この執務室にいる誰よりも、生きる力にあふれてた。そう、唯花や僕よりも。御歳《おんとし》七五歳。比喩《ひゆ》としていえば、四五歳でも通用するだろう。比喩を取り除いても、一〇歳以上は若く見える。

その紗江子総師が、ほがらかに笑う――

それには、無邪気で御転婆《おてんば》な印象すらあった。ただその御転婆さというのは、日本人形の首を剪定鋏《せんていばさみ》でアッサリちょん切る、そんな御転婆さだ。

そうだ。この財閥総帥は幼子《おさなご》の心をもってる。

思うがままに生き、思うがままに命じ、思うがままに殺す……

(文渡家の、絶対君主)

まさに、一族の生殺与奪《せいさつよだつ》の権をにぎってる。それが挙措《きょそ》と笑いだけでビンビン伝わった。

「御法川先生。私は確かに皺くちゃの老耄婆《おいぼればば》あだけど、孫の死が物語れないほど耄碌《もうろく》してはいませんよ。そして、あなたと伊集院先生が編《あ》んでくれた報告書を諳《そら》んじられないほどボケてもいません。さいわい、まだ七五ですしね」

「いえ決してその様な意味では」

「冗談です――理解したらお下がりなさい。英佐、あなたもです」

「解りました、紗江子お祖母さま」英佐は何の抵抗もしなかった。「じゃあ晴彦、終わったら迎えに来るよ」

「うん、ありがとう英佐」

たちまち三人は去り、巨大な執務室には、女総帥と僕らだけが残された。

紗江子総帥は、コーヒーで優美に唇を湿らせると、意外なことに、僕に語りかけた――

「鈴木晴彦《すずきはるひこ》さんに、本多唯花《ほんだゆいか》さんでしたね。

こんな山奥の寒村まで、遠い所を本当に御苦労様でした。わざわざ、ありがとう」

「あっ、いえその、つまり、どうもです」

「特に晴彦さん。あなたのことは孫の英佐からよく聴いています。あの子は世間知らずの文渡村育ち。東京の大学でどうなることかと案じていたけど、すばらしい親友ができたと、それはもう最初から大騒ぎでねえ」

「あっ、いえその、とんでもないです。英佐くんとても頭がいいし、学内でも人気者ですから。僕が救《たす》けられてばっかりで」

「だといいのだけれど。

そして本多唯花さん。言葉を飾っても意味はない。あなたのことは調べました。今の文渡家にとって、理想的な専門家です。あなたのように聡明《そうめい》な研究者の、そして実績ある実務者の援助をえられて、とても嬉しく思います」

「言葉を飾る意味はありませんので、そのまま受け止め、御評価に感謝します。そして」

二〇歳の唯花は、財閥総帥に負けてなかった。対等な自信と誇りと、プロ意識があった。

「私の研究と実践にとって有意義な依頼をしていただいたこと、あわせて感謝します」

「我々の利害は、必ず一致すると確信していましたよ」

「でしょうね。さもなくば、あなたが外界の異物《いぶつ》を文渡村に入れるはずもない」

「我々はクライエントで、あなたはセラピスト。我々には治癒的《ちゆてき》なアプローチが必要で、あなたは我々で研究ができる――いわゆる治療同盟《ちりょうどうめい》を超えた盟約《めいやく》が、結べるでしょう」

「……心理臨床《しんりりんしょう》について御知見《ごちけん》が？」

「オホホホ。急いで聴き嚙《かじ》っただけ。文渡財閥にも産業医や臨床心理士はいますから」

「買い物をするからには――」

「――性能が知りたいわね」

「私も研究をするからには、情報を獲《え》なければなりません」

「では始めましょう」

紗江子総帥は、まるで予想どおりの流れといわんばかりに、すぐさま本題へ斬りこんだ。

「改めて依頼内容ですが、孫の慶佐《けいすけ》を殺した者を捜《さが》していただきます」

「それは私の専門外ですわ」

「では換言《かんげん》し、設定し、確定しましょう――

『慶佐を殺していない』と嘘を吐いている者を、捜していただきます」

「了解しました」

「よろしい。所要期間は？」

「とりあえず七日間。ただ」

英佐と調整して、僕らは基本七日間、文渡村に滞在することとなっている。

「ただ？」

「もし紗江子様が私に、文渡村における行動の自由と面談の自由をお認めくださるのなら、七日も必要ありません」

「というと?」

「文渡村の総員と自由に面談させていただけるのなら、七十二時間で必要にして充分」

「認めます」紗江子総帥はアッサリ許可した。「徹底しておきましょう」

「感謝します」

「けれど、私からも条件があるのよ」

「どうぞ」

「その者を捜す、という依頼内容のみを実現すること。それは御理解いただけるわね?」

「殺人者の摘発だの処罰だのには」唯花はナチュラルに意味を限定した。「微塵《みじん》も興味ありません」

要するに、唯花が殺人者=嘘吐《うそつ》きを判別し終えたら、その処罰はすべて紗江子様の勝手《かって》次第《しだい》——ってことになる。

(この絶対君主の威風《いふう》からして、私刑かも知れないな……)

それをしれっと認めてしまう唯花にも、道徳的な問題がないとはいえない。もちろん僕にも、だけど。ただ偽《にせ》アシスタントの僕には、口を挟《はさ》めるスキルも度胸《どきょう》もなかった。

「それから守秘義務ね」

「もとより。私は臨床心理士でもあります。クライエントの秘密は絶対です」

「結構」

「ただ紗江子様、ひとつ確認をしたいのですが」

「なにかしら?」

「付随的《ふずいてき》な契約の締結について、です。付け加えるべきことがありますので。その事前の協議と、できましたら確定も」

紗江子総帥の唇が、どこか満足げな微笑を浮かべた。それはとても微妙で、残酷《ざんこく》だった。

「ならばまず協議しましょう。言って御覧《ごらん》なさい」

「まず事実確認ですが、これは文渡村十五年の歴史における、初の重大変事ですね?」

「まさしく。この十五年、このような公然たる叛逆《はんぎゃく》など、試みられたことすらない」

「すなわち――

我々が鑑定すべきウソと嘘吐きとは、文渡村では想定もされなかった突然変異である」

「そうなります」

「この突然変異ですが、『慶佐くんのみを狙ったもの』とお考えですか?」

「それは殺人者に訊いてみれば終わること」

「先刻、最小七十二時間・最大七日間の期間を頂戴しました。

ところが依頼内容には、『新たな嘘の発生を予防する』という項目が、入っていません」

「すなわち?」

「その期間において、新たに解明すべきウソと嘘吐きが発生したら――という問題意識」

「私の言葉でいえば、新たな殺人が発生したら——ということね？」

「そのときは？」

「もちろん新たな嘘吐き、第二の嘘吐きについても鑑定を行いなさい。徹底して」

「しかし、飽くまで机上《きじょう》の想定ですが、理論的には第三、第四以降もありえます」

「オホホホ。それではいよいよ文渡家も全滅に近しいけれど……

すべて同様の依頼をします。もちろん、ここで同様というのは」

「依頼内容のみを実現し、絶対に守秘義務に違反しない——という、先刻の条件がつく」

……慶佐くん以外の殺人があったとして、またそれが仮に続いたとして。
①その調査はすべて唯花に委ねられたし、②警察その他に絶対に喋らないし、③犯人の処断は紗江子総帥の勝手次第だと。そういうことか。
（唯花はそれを、あえて契約に盛りこんだ。そして、紗江子総帥のあの不敵な微笑……ふたりとも当然、最初から、連続殺人の線を想定してたってことか）

だんだん妖怪《ようかい》バトルになってきたな。

「本多唯花さん。依頼と契約については、以上でよろしいかしら？」

「ええ、私の側は」

「なら最後にひとつ。これは依頼内容というより手続だけれど。

すなわち研究結果なり鑑定結果なりは、必ず私だけに報告しなさい。

あなたに依頼行為をしたのは英佐と御法川《みのりかわ》ですが、それは私の手脚《てあし》ということ。あなたの依頼者は私であって、私だけです。

私以外には情報を漏《も》らさず、かつ、私には最大限詳細な報告をするように」

「理解しました。報告の具体的な方法はどのように？」

「すべて口頭で、朝食の直後に。前日までの進捗《しんちょく》状況を教えて頂戴《ちょうだい》な」

「了解しました」

……これまでにも幾度か出てきたけど、唯花の『理解』と『了解』は全然違う。

理解、は文字どおり頭で解った（が承諾《しょうだく》するとは言ってない）ということ。

了解、はそのとおりにするということ――

すなわち唯花は、必要があれば『紗江子総帥以外にも情報を漏らす』し、『最大限詳細な報告をネグる』だろう。

唯花がいま約束したのは、朝食後に話をすること、それだけだ。ナチュラルにひどい。

しかも唯花は駄目押しか、会話の流れに乗って、恐るべきことを口にした。サラッと。

「鑑定にしろ報告にしろ、万が一、依頼者が欠けることがあるとすれば？」

「……御心配に感謝するわ。しかし、この文渡村でその様なことはありえません」

「文渡紗江子が殺害されるという事態は、絶対に発生しないと？」

「それがお望みならそうです」

唯花はポニーテイルにサッと触れた。『真－ホント』……

しかし彼女は、さらにこの論点にこだわった。もうそれが『客観的に真で、主観的にホント』だと判別し終えているのに、だ。どうしてだろう？

「文渡村にも世界にも、蓋然性《がいぜんせい》が〇％だの一〇〇％だのという現象はありえません」

「それは私が欠けることによって、あなたの研究がどうなるか——という心配？」

「まさしく。私は学究の徒《と》です。学問的好奇心が私の動機。学問的成果物が私への報酬《ほうしゅう》。正直に申し上げれば、紗江子様が万一失われたとき、私がたちまち文渡村から蹴《け》り出される——などという事態は、避けなければ意味がない。そう、私の動機と報酬の問題です」

（唯花は嘘を吐いてる。よくもまあ、しゃあしゃあと）

この口調、この瞳、この粘《ねば》り腰《ごし》……人間ポリグラフじゃない僕にも、さすがに解る。

（唯花が依頼者の死＝紗江子様の死を警戒してるのは、学問とか報酬とか、そんななまやさしい理由からじゃない。絶対に違う。また何かよからぬことを謀《たくら》んだか？）

——紗江子総師は不敵に微笑んでいる。いや、ぶきみに。まさにラスボスだ。

「いささか刺激的で、不遜《ふそん》な仮定ですね、本多唯花さん」

「認めます。ただ仮説で最も重要なのは、インスピレーションと合理性ですわ」

「オホホホ。確かに敬老精神よりは、合理性が優先されるべきでしょう……

そして私が殺される蓋然性《がいぜんせい》も、確かに〇％とはいえない」

唯花はステキに微笑んだ。そしてポニーテイルに触れようとして——止めた。

「解りました、本多唯花さん。こうしましょう。

あなたは依頼者の死を回避するため、最大限の努力をする。それを遵守《じゅんしゅ》してもらった上で、もし私が欠けるようなことがあれば――

美佐《みさ》の指示を受けて行動しなさい。

すべての判断は、美佐がするように差配《さはい》しておきます。すなわち美佐が続けろといえば続け、止めろといえば止めなさい」

「美佐さん――信吉《しんきち》家の、御病気のお嬢様ですね？」

「そのとおり。

美佐はこの村における最良の観察者であり、最善の中立者。

だから私は、自分の遺言状すら美佐に保管させています。むろん遺言の執行には法律の制約があるから、御法川にだけはその在処《ありか》を教えていますけどね」

そういえば、ちょっと聴きかじったことがある。確か自筆の遺言なら、誰がどこで保管してもいいはずだ。筆頭後継者の英佐は、そもそも東京に出てるしな。

「けれどあなたのことだから、美佐が欠けたらどうなるのか、訊きたいでしょう。ただそれは、不遜を過ぎ越して邪悪です。その事態を私は検討したくない。これでよろしい？」

「理解しました」

（おっと、今度は美佐さんに、美佐さん死後の、依頼の継続をお願いする気だな……）

「ならば契約締結としたいわ、よくて？」

「了解しました、紗江子様」

Ⅳ

「では御依頼を果たすため、慶佐《けいすけ》くん殺害について、御証言を頂戴したいのですが」

「結構。始めましょう」

「晴彦、記録」

「了解っ」

　僕は先生の記録係だ。

　Ａ４のクリップボードには、コピー用紙をごっそり挟《はさ》んである。先生はフレーズを判別するから、僕はその記憶がキチンと再現できるよう、できるだけ逐語的《ちくごてき》にメモする係。

　要は、議事録をつくるノリだ。

（これまでの会話の分も、できるだけ思い出しながら、スキをみて再現しておかないと）

「あら、そうね、学者さんだったわねえ」

「私と晴彦以外が閲覧《えつらん》することはありえません。またすべて正確です。御安心ください」

　唯花はそっと僕を見た。はにかんだような、感謝の瞳だった。僕は、それで報《むく》われる。

「信頼します。じゃあ鈴木晴彦さん、記録開始でいいわ――

あれは信佐《しんすけ》の、一八歳の誕生日の夜でした。そう美佐の兄の、信吉家の信佐です」

　英佐の世代の、信佐だ。総帥の孫世代。英佐・慶佐・章佐《しょうすけ》・信佐・美佐――

「慶佐の死が発見されたのは、信佐の誕生祝いの夜。正確にはその未明です。午前四時。第一発見者は我が家のメイド。死亡を確認したのは伊集院《いじゅういん》でした。発見場所は慶佐の自室。この佐吉《さきち》邸の一階になります。実際上は、病室だけれど。すなわち、そこは慶佐の集中看護をする部屋なの。慶佐が生きてゆくのに必要な、医療機器がたくさんある所。生命維持装置の類《たぐい》ね。

当家のメイドは、それが破壊されているのを発見したのよ。すなわちその重要な機能が停止させられ、妨害されているのを発見した。そしてすぐさま伊集院を呼んだ。伊集院は五分もしない内に駆けつけた。御法川は章吉家にいるけど、伊集院ならまさにここ、佐吉家にいるから」

弁護士はビジネス・エリートの章吉家に、医師は病人がいる佐吉家に――ということか。病人は信吉家にもいるけど（美佐さん）、そこは宗家《そうけ》・男子・継承権といったあたりで説明できるのかも知れない。

「けど残念ながら、伊集院の決死の努力にもかかわらず、慶佐を救うことはできなかった。伊集院の臨場《りんじょう》時、慶佐は既に死んでいた。決死の努力というのはだから蘇生《そせい》の努力。伊集院はそれはそれは執拗《しつよう》に粘ったけれど……

死者を甦《よみがえ》らせるのは、無理よね。

もちろん親族の重大事だということで、文渡家の一族が病室に集まってきたわ。そして一族で、慶佐の死を確認した。これが事案の概要よ」

「当然ながら、誰がやったのかは解明できていない」

「それがあなたを呼んだ理由」

「ここは文渡家の中枢《ちゅうすう》にして城塞《じょうさい》。ゆえに、かなりのセキュリティ・システムが実装されている。外界からの侵入に対して」

その説明は、英佐たちから受けたところだ。そしてもちろん、あの『壁』も見た。

「ならば、慶佐くんの病室の防御も万全のはず。しかるべくモニタされてもいたはず」

「一般論としてはそのとおり。この文渡村の建造物の外周は、監視カメラで厳重に警戒されています。この佐吉家の屋敷、またしかり。

ただ、屋敷内は別論です」

「慶佐くんの御病状に鑑《かんが》みると、病室をモニタしていないというのは奇異《きい》ですが？」

「しておけばよかったと悔いた。ただ、一七歳の孫がどうしても嫌だといえば、そこは瞳《め》に入れても痛くない云々《うんぬん》という原則が適用されるわ。財閥総帥であろうと誰であろうとね」

「すると病室の監視は、慶佐くんが絶対に反対したと？」

「文渡村の親族は皆重要だけど、実の孫となると正直別格よね」

「結論として。

誰がこの佐吉家に入ったかは証明できる。しかし、誰が慶佐くんの病室へ入ったかは証明できない」

「まさしく。特に文渡四家の邸宅内は、映像面ではブラックボックスなのよ」

「そうしますと、今度は誰が輪のなかに存在したか、になります。すなわち当夜、佐吉家に誰が入っていたか――もちろん、慶佐くんの生存が最後に確認された時点から、慶佐くんの異変が発見された時点までに、ですが。それならば、邸宅外の監視カメラでカンタンに割れるはず」

「論理的であり合理的です。しかし実は、有意義な解答がえられない。というのも、『輪のなかに存在した者』＝『文渡村の総員』だったから――

当夜が、信佐の誕生祝いの夜だった、ということは説明したわね？

一族の誕生日は、一族総員で、宗家《そうけ》で祝うのがしきたり。この十五年間、必ずそうしてきました。よって当夜も、一族がこの屋敷に集まりました。そして晩餐《ばんさん》をともにした」

「ということは、ふつう、食事は一緒にとらないのですか？」

「ええ。文渡四家それぞれで、別個にとるわ。そのような祝賀のときか、私の命令がないかぎり」

「慶佐くんは、あの飛行機事故の影響で、お躯《からだ》に障害が残っていたとか。晩餐に出席できたのですか？」

「冒頭に出席させました。いえ出席してくれた、というべきでしょうね……脳と脊髄《せきずい》に障害があるので、ベッドから離れるのも重大事なの。ただねえ。血族の孫世代五人の中でも、あの子は特に気遣《きづか》い屋。『どうしても最初の挨拶だけはする』といって聴かなくてね……

それで、るりに介助《かいじょ》させながら、ポータブルな機器まで動員して、正餐室《せいさんしつ》で祝賀だけ述べさせました。いえ、信佐を祝ってくれました」

「るり、とは？」

「この佐吉家のメイドよ。ただ佐吉家といっても、英佐は東京。いるのは私と慶佐のみ。その慶佐は重病人。だから、メイドのほとんどの仕事は、慶佐の介助——

どちらかといえば、るりは伊集院の看護師みたいなものね」

「フルネームでお願いできますか？」

「るり？　伊奈江《いなえ》るりよ」

「了解しました」

「そして慶佐は自室へ帰りました。このとき一緒に、美佐も退《さ》がらせました」

「御病気の、美佐さんですね？」

「まさしく。本人は残ると言いましたが、とても病状が悪そうでしたから」

「整理すると、当夜、慶佐くんが病室入りしてからこの佐吉家に存在していたのは？」

「第一に、文渡四家の親族六人ね。美佐は中座してここに帰らなかったから。

第二に、顧問《こもん》格の御法川と伊集院。そして女中頭《じょちゅうがしら》のさわ。

第三に、大がかりな晩餐だから、メイドたちは皆勤賞《かいきんしょう》よ。四家それぞれのメイド、ひとりずつすべて。

結論として、慶佐と美佐を除けば［親族六人＋顧問格三人＋メイド四人］の総計十三人が、この佐吉家に存在していたことになる」

「確認ですが、この文渡村に、その十三人そして慶佐くんと美佐さん――すなわち文渡村の全住人・十五人以外の誰かが存在したということは？」

「絶対にありえません」

「ヘリコプターのパイロットが、宿泊していたということは？」

「ないわ。運航予定どおり、休憩のあと東京へ飛び去ったもの」

「この佐吉邸の監視カメラが、十六人目、十七人目……の姿をとらえたということも」

「ない」

「そうしますと、嘘吐きは、確実に十四人のなかにいますね」

「そうなります。全住人が、十四人になりましたからね」

「特異な心理学者を呼ぶまえに、輪をさらに締《しぼ》ることも可能だったのでは？

例えば、第一に科学捜査。第二に動態《どうたい》捜査。

指紋・遺留物《いりゅうぶつ》の検索《けんさく》も、理論的にはできる。十四人の動静《どうせい》を再現するアリバイ捜査も」

「理論的にはね。私も御法川に相談しました。しかし実際上は不可能」

「というと？」

「御法川は純然たる弁護士。まさか捜査の経験はない。もっといえば、ここに指紋を採れる機器もないし、あったとして使える者もいない。そして犯人が、ベッタリと指紋を残すはずもない。現実に、素人目には何も発見できなかった。もちろん特異な毛髪もなければ、特異な落とし物もない。病室は、それは綺麗《きれい》でクリーンな状態でした……

ひとつの例外を、のぞいて」

「その例外とは？」

「それは最後に話します。物語の主流に影響しないので。むしろ悪影響がある」

「了解しました。すると結論として、文渡村で科学捜査は不可能」

「久万高原《くまこうげん》署か、県警捜査一課を呼ばないかぎりはね。そしてそれは埒外《らちがい》で論外よ」

文渡家は……文渡紗江子は、孫殺しを絶対の秘密にするつもりだ。

もちろん、斜陽《しゃよう》財閥のスキャンダルを隠すために。財閥一族に身内殺しが出たなんて、そんなの株主も銀行も顧客もメディアも大騒ぎの、お家騒動《いえそうどう》で炎上ネタだから。

（ただ、それだけじゃない）

紗江子総帥の絶対のテーゼは、文渡財閥と文渡一族の防衛だ。

裏から言えば、文渡一族に害をなすモノはすべて敵――

（たとえそれが、文渡家の親族自身であっても）

そして被害者の慶佐くんは、実の孫であるばかりか、宗家《そうけ》の次男。

これは総帥への叛逆《はんぎゃく》であり、しかも、祖母への残虐《ざんぎゃく》行為なのだ。

だから、警察などに介入されてはならない。だから、埒外で論外なのだ。

（文渡村のルールは、絶対君主・紗江子のルール。

そして絶対君主のルールは、つまりノールール……）

「ただ科学捜査は無理でも、アリバイ捜査はできますよね？」

「もちろん。御法川と章一郎さんに命じて、既にヒアリングを終えています。その結果は報告書としてまとめられています。ただ、それを読むのは時間の無駄よ」

「と、おっしゃると？」

「慶佐の退出後。

晩餐のさなかに席を立った者もいれば、晩餐が終わってから邸内にとどまった者もいる。いったんこの屋敷を出て、また帰ってきた者もいる——変装の可能性だって、ある。結論としては、『誰にでも充分な時間があった』のよ。この私を含めてね」

「では、最後に慶佐くんの生存を目撃したのは？」

「伊集院です。

晩餐冒頭への出席は、慶佐にとってかなりの負荷《ふか》でした。だから慶佐が退席するとき、医師の伊集院が一緒に行った。病室に寝かせ、健康状態と機器の状態をチェックし、臨時の薬を投与して——鎮静《ちんせい》と安眠のためです——慶佐と会話をしてから部屋を出た。その会話はるりも聴いています。つまり証人はふたり」

「それがおおむね——」

「——当夜の午後八時前」

「伊集院医師が病室を離れてからは、誰ひとり病室に入ってはいないと？」

「それが証言です、十四人の」

「薬を処方したとなると、慶佐くんはじき眠ってしまいましたね？」

「伊集院の証言によれば、三〇分以内には安眠できるようにしたと」

「そして、メイドのるりが異変を発見した。それが翌日の午前四時」

「まさしく」

「そのおおむね八時間、アリバイを立証できる者は皆無《かいむ》だと？」

「そのとおり。この私も含めてね」

「るりさんは何故、そんな時間に慶佐くんの病室へ？」

「伊集院から聴かされていたから。すなわち、薬によって八時間前後は安眠できると。またすなわち、それ以降しかるべき時間に目覚めるはずだと。

だから律儀《りちぎ》に、午前四時前に起きて、慶佐の病室を訪れた。様子を確認するために。

そして、言葉にできない変化を感じた――

それは機器の音だったかも知れないし、光加減《ひかりかげん》の違いだったかも知れないし、ちょっとした匂《にお》いの違いだったかも知れない。それがるりの証言。

要するにるりは『縄張《なわば》りに感覚的な異変がある』ことを、察知したの」

「合理的ですね。るりさんはこの佐吉家のメイドにして、慶佐くんの看護師役だから」

「まさにそういうことよ。そのるりが俄《にわか》に心配になり、すぐ慶佐の容態《ようだい》を確かめたら、何と呼吸器が動いていない。躯《からだ》もピクリとも動かない。脈と心臓音を確認したら――」

「鼓動《こどう》がない」

「もう無我夢中《むがむちゅう》で伊集院を叩《たた》き起《お》こした、というわけよ」

「了解しました。まとめますと、動態捜査も絶望的ですね」

「あなたのフィールドワークに期待します」

V

「それでは次に幾つか、文渡家《あやわたりけ》の人々についての質問をさせてください」

「臨床心理士の、インテーク面接ね。それとも問診《もんしん》かしら。もちろんどうぞ」

唯花はもう入手ずみの、文渡家に関する情報をひとつひとつ、確認していった。

文渡四家。メンバー。続柄《つづきがら》。年齢。十五年前の死者、生存者。一族における役割――ビックリしたことに、紗江子総帥の記憶と発言は恐ろしく明晰《めいせき》で、正確だった。

（唯花はサインを出さなかったけど、僕と唯花のデータベースが一緒なら、すべて『真－ホント』と判別してるはずだ――英佐《えいすけ》、御法川《みのりかわ》さん、伊集院《いじゅういん》さんの話とも矛盾しない）

九人家族というのはレアじゃないけど、大規模だってことは間違いない。例えば、その年齢をキチンと憶《おぼ》えてるってだけですごい。僕なんか、大学とか区役所に出す書類で、親の誕生日の記載欄があると、『うっ』と詰まってしまうタイプだから。

「どうもありがとうございます」唯花はどこか嬉しそうだ。「感服しましたわ」

「やめて頂戴《ちょうだい》な」

紗江子総帥は、むしろ辟易《へきえき》したようにいった。

「九人の親族が、十五年の歳月をともにしていたのよ？

そして私自身は辞めたいけれど、一刻もはやく辞めたいけれど、残念ながらその十五年間ずっと文渡家の家長《かちょう》、文渡財閥総帥、文渡紗江子……

試しにやって御覧《ごらん》なさい。十五年どころか十五日でウンザリするから。この一族にね」

「確か、十五年前の飛行機事故で、御主人を亡くされて」

「佐吉《さきち》さんよ、文渡佐吉。妻の身びいきを承知でいうと、文渡家の歴史でも傑出《けっしゅつ》した経営者だったわ。開祖の佐之輔翁《さのすけおう》というのは、きっと佐吉さんのような方だったはず」

「事故当時の御年齢は？」

「六八歳。まだまだこれからだった。家長としても、総帥としても。

だってそうでしょう？　七五歳の私が、まだまだ現役なのだから。佐吉さんさえ存命だったら、文渡家も文渡財閥も、これほど痩《や》せ衰えることは断じてなかった」

「紗江子様が佐吉翁の後を継いだことに、抵抗・反発はありましたか？」

「親族からはありえないわ。銀行なり大口株主はまた別論だけど。

それはそうよ。

親族についていえば、無事だったのは当時三歳の信佐《しんすけ》と一歳の美佐《みさ》のみ。即死していない者というなら、当時四〇歳の章一郎《しょういちろう》さんか、ああ、六三歳の禎吉《さだきち》老が後継者候補になる。けれど、意識不明の危篤《きとく》ですからね……

どんな神の、どんな悪戯《いたずら》か知らないけれど、いちばん状態がよく、最初に意識を恢復《かいふく》し、どうにか意思疎通できるようになったのがこの私……

あの禎吉老は論外として、当時から辣腕家《らつわんか》だった章一郎さんが、先に元気になってくれていれば。むごい脚本だわ」

「了解しました。親族はそうだとして、銀行と大口株主の方は？」

「同族企業の宿命として、創業者一族と専門経営者のバケバケ騙《だま》し合い、虚々実々《きょきょじつじつ》の暗闘がある。銀行と大口株主は、本能的に、創業者一族の失脚《しっきゃく》と、専門経営者への禅譲《ぜんじょう》を求めるもの。そういうDNAがある。なら飛行機事故は、まさに大攻勢のチャンス——筆舌《ひつぜつ》に尽くしがたい死闘があった。腐りかけの果実ほど、割って出る蜜《みつ》は甘いしね」

「しかし、紗江子様がその死闘を制された」

「どうにかね。それが、佐吉さんにできるせめてもの恩返しだから」

「尊敬されていたのですね」

「私の人生は、佐吉さんとともにありました……きっと、これからも」

唯花の瞳が、不思議に翳《かげ》った。滅多《めった》に見せない、おんなとしての揺れ。

それは同情で、愛情で、そして悲しい共感だった。唯花は決して、論理機械じゃない。

「……ところで、お話をうかがうと、禎吉老にはよい感情をお持ちでないようですが？」

「死んでよい者は世にはばかる。禎吉老こそ先に逝けばよかったものを。面汚《つらよご》しですよ」

「というと？」

「口が穢《けが》れます。この文渡村で最も暇《ひま》な人種ですから、本人と面談なさい」

「了解しました。

では次に、信吉《しんきち》家の九美子《くみこ》未亡人についての御印象は？」

「禎吉老よりマシ、というレベルの能無《のうな》しね。いえ能無しならまだしも、強欲《ごうよく》に過ぎる」

「具体的な逸話《いつわ》など」

「それは章一郎さんから聴くとよい。章一郎さんは多忙だけれど、あの九美子の弊害《へいがい》についてなら、いくらでも時間を割《さ》いてくれるでしょう」

「それは章吉《しょうきち》家と信吉家のトップが対立している、という図式ですか？」

「そんな御立派な物語なら、どれだけ救われるか。

章一郎さんは九美子など歯牙《しが》にも掛けてはいません。対立するまでもない、と考えているでしょう。財閥にしても家政《かせい》にしても、血族でない九美子の出る幕などないのだから。

それが四四歳にもなって、あれだけお金に執着《しゅうちゃく》できる。ひとつの才能かも知れませんね。

問題はそれが、文渡家の借方《かりかた》をふやすだけの才能ということよ」

「強欲というのは、むろん文渡財閥そのものに対しても、ですか？」

「ええ。

あなたに予断《よだん》をいだいてほしくはないけれど、そして我が身可愛《かわい》さなど無いけれど、これだけは言えるわ。慶佐《けいすけ》殺し。あなたはどちらかをすぐ立証できるでしょう、必ず――

すなわち佐吉家の血筋に犯人などいないことか、信吉家の血筋に犯人がいることよ」

（……なるほど、紗江子総師の立場なら、そういうことになっちゃうな）

何故といって、もしこの佐吉家の血筋が犯人だというなら、犯人は紗江子総師か英佐《えいすけ》だ。でも、英佐は東京にいた。なら犯人は、紗江子総師で決まりだ。その紗江子総師が犯人でないなら、自分の無実は当然、知ってる――

ならどのみち、『佐吉家に犯人はいない』というだろう。

（しかもどうやら、紗江子総師は、信吉家というか九美子を、猛烈に嫌ってるしなあ）

すると、ここで唯花は、僕に知らせる形でポニーテイルに触れた。

そのサインは『真―ホント』――

（もちろん、判別したフレーズは、『どちらかをすぐ立証できる』云々《うんぬん》って奴だろう）

「了解しました、紗江子様。必ずできるとおっしゃる、それらの立証にむけ励《はげ》みますわ。ところで不躾《ぶしつけ》ですが、その九美子未亡人の子の美佐《みさ》さん。腎臓《じんぞう》がお悪いとのことですが、予後《よご》は」

「悪い」

「すなわち」

「治癒《ちゆ》にも移植にも希望がない。このままの状態が続いてくれれば、という願いだけよ」

「お察しします。あと女性といえば、実のお孫さんがいらしたとか」

「佐奈《さな》のことね。私の実の、孫娘の佐奈。

孫の英佐は、本当は三人兄妹でした。長男が英佐、次男が慶佐。その間に、長女の佐奈。あの飛行機事故で即死したとき、四歳。生きていれば、あなたと一緒の年頃だった」

「ありがとうございました。

最後に質問がふたつ、お願いがひとつあります」

「言って御覧《ごらん》なさい」

「二〇一五年の今日現在における、文渡財閥の継承権、その順位を教えてください」

「正確にいえば、それは文渡家の家長《かちょう》の相続権なのだけれど、事実上は一緒ね。そして私はそれを秘密にしてはいません――今日現在では。

すなわち、私が死ぬか譲《ゆず》るかすれば、
①英佐→②禎吉→③章一郎→④章佐→⑤信佐→⑥美佐
と継承されてゆきます。当然、近い過去においては、第二位に慶佐が入っていた」

(男系優先・長子優先・年長者優先――家系図から、機械的に決めているといっていい)

唯花もそれが気になったようだ。彼女はいった。

「察するに、紗江子様の本意ではありませんね？　特に例えば、第二位ですが」

「もちろん。ただこれは佐之輔翁《おう》から始まり、佐吉さんも継いできた文渡家のルール。それを逸脱《いつだつ》することはできません――

無論、私にそれを決意させるほどの重大事実が判明すれば、すぐ遺言を書き換えますが」

「重大事実というと、例えば、嘘吐きであることが判明するとか」

「そうですね、例えば」

「了解しました。では最後の質問ですが——その嘘吐きは、何故そんなウソを吐いたのでしょう？」

「オホホホ。それは殺人者であることを隠すためよ。それ以外の動機はない」

「すなわち自己保身」

「その最たるものね。自分の命が懸かっているもの。その思考経路にも疑問はない」

「すると紗江子様は、命懸けのウソを吐いたことがある」

「……七五年も生きていればね」

「それは、どのような？　紗江子様は何故、その命懸けのウソを吐いたのです？」

「その質問は本多唯花さん、あなたのフィールドワークに必要？」

「この上なく」

「……なら仕方ないわね。徹底的にやれと依頼したのは私ですから。

それは本当に大切な人、本当に恩義ある人の、魂の安らぎのためよ。これでよい？」

「ホントの御回答、感謝します。質問を終わります。ではお願いの方ですが」

「言って御覧《ごらん》なさい」

「慶佐くんの病室は、たったひとつの例外をのぞきクリーンだった。その例外というのを教えてください——というより、恐らくはその遺留物を、拝見したいのです」

「これです」

紗江子総帥は、ありふれたメモ用紙を出した。一枚の紙ペラ。

「意味は解りません。確認した十四人の誰もが、理解できないと主張するものです。どうぞお持ちなさい」

「よろしいのですか？」

「科学捜査はできませんからね。ただ遺失《いしつ》は避けるように。願いというのはそれだけ？」

「いまひとつ。総帥命令で今夜、晩餐会を開催してほしいのです。そう、信佐くんの誕生日のような」

「……理由は？」

「いわゆる、関与しながらの観察ですわ。私は臨床心理学の学徒ですので」

「よろしい。命じておきましょう」

「感謝します。そして長時間、どうもありがとうございました」

「英佐が玄関で待機しています。これ以降、私の名において自由に行動し、自由に調査し、自由に鑑定しなさい。そして、しかるべき結果を」

「理解しました」

（あっ、またよからぬことを謀《たくら》んだか）

――僕らは絶対君主の執務室を、しずしずと辞去した。玄関にむかう。

「ねえ唯花、さすが財閥総帥だね。あの歳で、すごい記憶力に判断力。頭いいよすごく」

「あはは」

唯花は無垢《むく》に笑った。とてもめずらしいことだった。

そして彼女は僕にメモ用紙を見せる。さっき、紗江子総帥から手渡されたものだ。

どこにでもある無地の紙片に、ボールペンで数式が書いてある。定規《じょうぎ》を使ってる——

5－0＝0－0

「なんだいこりゃ」

しかし唯花は答えなかった。メモをしまい、また無垢に笑った。既に恐いことだった。

「そうね、さすがは財閥総帥だわ。私が本当に人間ポリグラフだったなら、失笑しすぎてショートして、そう爆発していたでしょう。あはは」

VI

——晩餐《ばんさん》。

大きなダイニング・ルームに、大きな晩餐卓。映画のワンシーンみたいだ。

紗江子総帥がひとり、西欧の貴族みたいに頂点に座ってる。

そこから延びる両サイドには、文渡家の一族が列《なら》んでる。

唯花と僕は、英佐《えいすけ》の友達ということで、英佐の両翼にいる——

紗江子総帥の、突然の命令。この晩餐。唯花が求めたものだけど。

集《つど》った一族はほぼ総員。病気がすぐれない美佐《みさ》さんをのぞく、七人だ。そして、御法川《みのりかわ》弁護士と伊集院《いじゅういん》医師は、顧問《こもん》格として一族待遇《たいぐう》。思わぬゲストが僕らふたり――つまり、晩餐卓をかこんでいるのは十一人である。

「信佐《しんすけ》の誕生日以来ですね」

紗江子総帥がナフキンを採る。テンポの違いはあったけど、誰もがそれに無言でならった。僕らも真似《まね》をする。

すぐにオードブルが始まった。これまた、最初にナイフとフォークを採るのは総帥だ。

(マナーが徹底されてるっていうより、『誰が君主か』がトコトン徹底されてる……)

「申し渡したとおり、英佐の御学友《ごがくゆう》をお招きしました。くれぐれも非礼のないように」

「先刻、丁寧《ていねい》な御挨拶をいただきましたよ、紗江子様」

章吉家の章一郎《しょういちろう》さんがいった。

章吉家はビジネス・エリート。家長の章一郎さんは五五歳。松山銀行常務《じょうむ》だ。すなわち財閥の大番頭《おおばんとう》。いかにも銀行家といった、物腰スマートなインテリ。もちろん線の細さはない。むしろ脂《あぶら》が乗りきってる。

「ここに人をお招きするなど、絶えて無かったことです。改めてようこそ」

「あっ、いえ、どうも」もちろん愛想係は僕だ。「よろしくお願いします」

「あら章一郎サマ、ちょっとよろしくて?」

「……九美子《くみこ》さん、何か？」

信吉家の九美子が、すぐ割って入った。

呼び捨てにしてるのは、僕のなかでもう『クソババアリスト』に入ってるからだ。

さっき分家筋《ぶんけすじ》へ挨拶回《あいさつまわ》りしたときから、とにかく権高《けんだか》で疳高《かんだか》くて居丈高《いたけだか》で高飛車《たかびしゃ》。『高』の役がつきそうなキツネババアである。ざあます系といっていい。まあババアといっても、鋭角的な四四歳だけど。

もちろん文渡財閥においては、無役《むやく》だ。

あえて肩書きをつけるなら、『三男筋の未亡人』『継承権第五位・第六位の子の母親』くらいしかない。クラシックにいえば、淀君《よどぎみ》みたいなもんだ――

「アラ何かも何も。章一郎サマはこのこと、御存知でいらしたの？」

「このこと、とは」

「素性《すじょう》も知れない余所者《よそもの》を入れて、アタクシたちを人殺し扱いしようってことですよ。決まってるじゃございませんか」

「……当然、信吉家にも丁寧な御挨拶があったと思うし」

章一郎常務はオードブルしか見なかった。

「紗江子様からの厳命《げんめい》も聴いたと思うが、本多唯花さんは、内外に名の響いた臨床心理学者でいらっしゃる。鈴木晴彦くんは、英佐君の親友だ。氏素性《うじすじょう》というなら、あなたより遥《はる》かに信頼がもてるというものだ」

「えーえそうでございましょうとも。そりゃあなたがたにとってはアタクシはいつまでも松山市街のいかがわしいホステスで財産目当てに信一郎さんを誑《たぶら》かした女狐《めぎつね》で」

すると、さっそく章一郎常務に、息子の章佐《しょうすけ》さんが加勢《かせい》した。

「フフッ。アハハ。僕らにとっては――だけじゃないですけどね？」

章吉家の、章一郎常務と章佐さん。

顔のつくりは似てない親子だが、纏《まと》ってる雰囲気《ふんいき》はそっくり。息子の方は、二七歳の若さにして文渡ホテルの取締役だ。もっとも、章一郎常務には熟成されたまろみがあるけど、章佐さんにはストレートな野心がある感じ。恐いもの知らずというか。そう、若い貴族の無邪気《むじゃき》な偉そうさだ。

その章佐さんが続ける。

「九美子さんが、亡き信一郎従叔父《おじ》さんをどう誑かしたか――なんて、まだ小学生だった僕でも知ってた事実ですから。事実。

信一郎従叔父《おじ》さん、免疫《めんえき》がなかったからなあ。ずっと独身だったし。けどまさか、場末《ばすえ》のスナックのホステスの枕営業《まくらえいぎょう》に引っかかって」

「章佐」章一郎常務が釘《くぎ》を刺した。「お客様の前だぞ」

「いいじゃありませんか父さん。むしろよい機会です。

まさに今、当の九美子さんもいってましたが、本多唯花さんが文渡村入りしたのは、悪辣非道《あくらつひどう》な殺人者を解明するためですよね？

もちろん章吉家としては、ありとあらゆる助勢と援助を惜しみませんよ、本多さん。先刻も強調しておきましたが、是非《ぜひ》とも文渡家の恥部《ちぶ》にしてガンを、すみやかに摘出《てきしゅつ》していただきたい。これは章吉家の願いですし、もちろん総帥・紗江子様の願いでもある」

「アラアラ、これはこれは。この十五年変わらぬ、お優しいお言葉だこと。

さすがはエリートの章吉家。ヌクヌクした温室育ちの洟垂《はなた》れ小僧《こぞう》が、マア御立派な経営者サマになられて。場末のホステス上がりとしては、まぶしくてまぶしくて仕方ございませんわねえ。

ただひとつだけ申し上げておきますわ。

アタクシはね章佐サン、あなたがまだランドセル背負《しょ》ってたときから、自分の箸《はし》と茶碗《ちゃわん》で生きてきた女ですよ。騙《だま》されたのはアタクシだわ。懇願《こんがん》されて嫁《よめ》に来てみれば、やれ水商売だの枕営業だの、下劣なことを言われ続けて。頼みの綱《つな》の信一郎さんはポックリ死んで。挙《あ》げ句《く》の果てが、こんな寒村《かんそん》の牢獄に十五年——」

「いいじゃありませんか。今じゃあ茶碗どころか、箸より重たいもの持たずに生きてるんですから。僕らが必死で貢《みつ》がせてもらってるそのカネでね」

「冗談じゃあありませんよ!!」

女狐がキレた。まあ最初からだけど。

「我が信吉家には財閥の後継者がふたりもいるってこと、どうぞお忘れなく!!

よいこと章佐サン。章吉家がどれだけお偉いか知らないけどね。あなたまだ子供のひとりも、いえ場末のホステス上がりの嫁っ子ひとり、いやしないじゃございませんか。マアあなたのような傲岸不遜《ごうがんふそん》な父《とっ》ちゃん坊やに嫁のなり手があるか甚《はなは》だ疑問だけど、仮に奇特《きとく》な女がこの監獄入りしたとして、いつ子供ができるのよ？　その子供はいつ成人するっての？

どう考えても最短で二〇三六年でしょ？

それまでどこの誰が、この文渡財閥を支えてゆくの？」

「いやそれは当然英佐と僕でしょう。さほど御心配いただくことはないですよ」

「当家の信佐《しんすけ》のことをどう考えてらっしゃるの!!」

「……九美子さん」章一郎常務が、怜悧《れいり》に口を挟《はさ》んだ。「それはむしろ、あなたの側の問題ではないのかな？」

「どういうことよ？」

「私はかねてから、信佐君の教育については心を砕《くだ》いてきた。またかねてから、具体案を示してもいたはずだ。章吉家に部屋を移さないかとね。そして可能であれば、私の養子に迎えたいとも。それは当然、財閥の後継者を育成するためだ。

信佐君には光るものがある。

信一郎の努力家で誠実な血が、継がれているのだろう。磨《みが》けば必ず財閥の柱石《ちゅうせき》になる。そう、九美子さん、あなたの指摘したとおりだ。これからの文渡財閥を支えてゆくのは、紗江子様の孫世代——今は英佐君、章佐そして信佐君だ。

惣領孫《そうりょうまご》の英佐君は、確実に東京で学問を積んでいる。

最年長者の章佐は、既にビジネスで実績を出している。

ただあの飛行機事故を思うとき、血のスペアは、あってあり過ぎるということがない。

そして信佐君は一八歳。じき成人だ。

……ある意味ではね、九美子さん。

私ほどあなたの信佐君を思いやり、信佐君を鍛《きた》えたいと思っている人間はいない。どうか私の提案、もう一度真剣に検討してもらえないだろうか？」

「だったら信佐だって次の春、東京の大学に出してくださってもよろしいじゃございませんか!!」

「それはできない。血のスペアだ。紗江子様の御決意だし、私も心から賛成する。信佐君は、この文渡村を出てはならない。この情勢では、絶対にだ。

そして文渡財閥の力があれば、東京、パリ、ロンドン以上の学問と修練は積める——この文渡村でね。

信佐君。信佐君自身はどうなんだ？　最近、話をする機会がなかった」

「僕は別に……僕の意見なんて、文渡家でも財閥家でも……僕はどうせスペアですし」

九美子の息子、信吉家の信佐が気怠《けだる》そうに答えた。

（挨拶回りのときも、一言も口、利かなかったっけ）

物憂《ものう》さと僻《ひが》み。そして孤独感。思春期特有のねじれたマグマが、内へ内へと蜷局《とぐろ》をまいてる感じだ。ぶっちゃけ素直とは縁遠《えんとお》い。この閉じた文渡村の毒気に、飽き飽きしすぎたんだろう。ひとつひとつの仕草が、攻撃的な隠花植物《いんかしょくぶつ》——みたいな匂いにあふれてる。

(ただ、写真でみた、死んだ慶佐くんの顔にそっくりだ……)

大学で英佐もみせてくれたし、こっちに来てから、紗江子様の執務室でもみた。

(シンプルに歳が近いからかな? 慶佐くんが、ええと一七歳、信佐が一八歳だから、雰囲気がとても似てるのかも。でもそれをいったら、英佐だってまだ二一歳だしなあ)

「すると信佐君。君はやはり、東京の大学に出たいのか?」

「まあそれはそうですけど。英佐と僕で、こうも扱いが違うってのはフェアじゃないですし……

もっとも、英佐は紗江子様の筆頭後継者ですし、僕の信吉家は穀《ごく》つぶしみたいですし、母は文渡村のトラブルメーカーらしいですし、そして妹は重病ですし。

要するに、僕らは文渡家の厄介者《やっかいもの》……

紗江子様が英佐を外で鍛えるってのも、まあ、僕にだって正確な理由が解ってますよ」

「文渡家はまた悲劇に襲われた。今は僻《ひが》んでいるときじゃない。一緒に船を漕《こ》ぐときだ。私の下で、章吉《きた》家で、君の才能を磨かせてはくれないか?」

「さあて、母がどう考えるか、ですけどねえ……」

「当然反対でございますよ。もちろん信佐自身も嫌に決まってるじゃありませんか。

我が信吉家は文渡四家のひとつですよ。信佐はその跡とり!!

バカバカしい、誰が章吉家ごときの軍門《ぐんもん》なんかに下るもんですか!!」

「おやっ、軍門に下る、とかおっしゃいましたか?」

章佐さんが慇懃無礼《いんぎんぶれい》に訊いた。若い貴族の、上から目線だ。取締役だしなあ。

「そりゃそうでございましょ。信佐は文渡財閥の正統な後継者なんですから!!」

「意味が解りませんね。

だって仮に章吉家で暮らしても、養子入りして僕の弟になっても、信佐の継承権はまったく変わらないんですから――

僕が四位で信佐は五位。あいだに家があるわけでも、誰かがいるわけでもないでしょ」

「ウチの信吉家が断絶しちゃうじゃないの冗談じゃないわ!!」

「ウッヒッヒッヒ、ウッヒッヒッヒ――」

オードブルがサラダに変わっていたとき、不気味に笑ったのは――文渡禎吉《さだきち》だ。

禎吉家の、禎吉老。禎吉家、唯一の生き残り。

文渡織機《しょっき》の顧問をしているが、まあ世捨て人だ。

若い頃は放蕩三昧《ほうとうざんまい》で、とうとう家族をもたなかった。そして今、文渡家最年長者となっている。ただ、財閥にも家政《かせい》にも全然興味がない。俳諧《はいかい》と謡曲《ようきょく》と落語と詩吟《しぎん》と……以下省略で、文渡村でいちばん趣味に興じているのはこの人だ。

デッサンの崩れたインチキ仙人といった、まあデタラメな風貌《ふうぼう》。その自由人はいった。

「そりゃそうじゃ、九美子サンや。騙《だま》されてはならんぞ、ウッヒッヒッヒ。こりゃあええ」

「御言葉ですが禎吉様」さすがの章一郎常務も鼻白《はなじろ》む。「騙す、とは穏《おだ》やかでない」

「いやいや、章一郎サン、この九美子サンの身にもなってみなされや、のお？

なるほど九美子サンは信佐の実母じゃ。しかし文渡家にとって血族でも何でもない――

まあ間借り人未満じゃて。借り腹の用は終えておるしの」

「さっ禎吉様!! 後継者をふたり擁《よう》する我が信吉家を侮辱なさるの⁉」

「いやアンタを侮辱しとるだけじゃ」

「――――」

「ええじゃろうがクズに侮辱されても。面汚《つらよご》しは面汚しどうし、キズを舐《な》め合わんと」

「口をお慎《つつし》みくださいませな。どうせ断絶確定の禎吉家と一緒にされちゃあ、それこそミソもクソもって奴よ。虫酸《むしず》がはしるわ」

「ウッヒッヒッヒ、まあ断絶でもクソでも、ワシゃ継承権第二位なんじゃがのう」

……禎吉老は、頭はいいようだ。嫌がらせをする才能にあふれてる。

「まあそれはええ。ここの総員が期待しとるように、どうせ老い先も短いからの。

ただワシゃ文渡四家の長老じゃ。あからさまな不正義があれば、こりゃ正さんと、冥土《めいど》の佐吉にも信一郎にも申し開きが立たんて」

「またお得意の混ぜっ返しですか、禎吉様？」

章佐さんが嘲《ちょうしょう》笑した。

「で、今夜のレクリエーションはどんな脚本なんです？　僕ら章吉家が信吉家を騙《だま》そうとしてる、って奴は？」

「解っとる癖《くせ》に、いけない又甥《またおい》じゃ。もうゆうたじゃろ。

九美子サンは、信佐の実母。九美子サンの生きておる価値はそこにしかない。九美子サンの生きておる目的もな。それを章吉家はブチ壊そうとしておる――

まあそういう脚本でどうじゃ章佐、いや取締役ドノ？」

「うーん、当事者にも筋書きが見えませんねぇ」

「またまた、よう言いよるわ。信佐が章吉家の子になれば、じゃ――

論理的・法律的に、九美子サンは信佐の親ではなくなろうが？　サテ一般論として、信佐の親と信佐の他人。九美子サンはどっちがええか？　どっちが多く餌《えさ》にありつけるか？

そこを思いやってやらんとのう。ウッヒッヒッヒ、ウッヒッヒッヒ」

「マア!!　それじゃあ禎吉様は!!

アタクシが信佐を手離さないのは、母親としての相続権を残すためにわざと……」

「おや、違ったかの？」

「バカも休み休みおっしゃってくださいよ。

アタクシが信佐を章吉家なんぞにやらないのはね、そりゃ当然じゃございませんか。だってそうでしょ。

殺人者のいるかも知れない家に愛する息子を預けるマヌケが、どこにいるってのよ？」

――さすがに晩餐卓がどん引きした。

にしてもこの人達、いくら大学生ったって客のいる席で、よくもまあこれだけ、ドロドロした血族話ばかりするもんだ。ちょっとおかしくないか？

（いや常軌《じょうき》を逸《いっ》してる。身内の恥を、まるで昼ドラみたいに）

しかし紗江子総師と英佐は、聴いて聴かないふりだ。

ひょっとしたら、唯花のフィールドワークのためになると考え、あえて黙ってるのかも知れない。それほどに、この一族の近親憎悪と熱戦状態は、そう異常だった。

「……今のは聞き捨てならんね」

章一郎常務がナフキンを置いた。

「確認するが九美子さん、それは、慶佐君のあのことと考えてよいかな？」

「ようく御存知のとおりよ、御自分がね」九美子は顎《あご》を反《そ》らせた。「そう、第一の殺人よ」

「第一の？　それもまた穏やかでないが……しかも私か章佐が、慶佐君を殺したと？」

「あら違った？　でもねえ、だってねえ、一般論としてはねえ……

そうとしか考えられないじゃあございませんか章一郎サン？

章吉家のお血筋が御健在とあらば、信吉家に犯人がいるはずございませんよ」

ここで唯花はポニーテイルをサッと撫《な》でた。両方の人差し指が、さりげなく立つ。

（あっサインだ。判別したな――すなわち今のは『真‐ホント』だ）

「章吉家の、血筋？……九美子さん、それはひょっとしてもしかして」犯人扱いされた章佐さんが憤慨《ふんがい》した。「僕らの継承権のことを、おっしゃってるんですかね？」

「慶佐さんがあんな悲しい、悼《いた》ましいことになって——」九美子は紗江子総師を上目づかいで見た。「——さてその結果は？　継承権が繰り上がりましたわねえ。四位の章一郎サン、五位の章佐サン。どちらも三位と四位になった。いえ実際には、それ以上にね」

「ウッヒッヒッヒ、そのとおりじゃて九美子サンや、ウッヒッヒッヒ。継承権二位のワシは七八歳、じきくたばろう。チャンスがあっても中継ぎじゃ。するとまあ、継承権一位の英佐に万々が一のことがあれば……そう、悲しいこと悼ましいことがあれば……」

その後継者はすべて章吉家の者。それも長期政権。

当然こうなるのう、ウッヒッヒッヒ」

「よくもまあ、しゃあしゃあと」

章佐さんは禎吉老を睨《にら》んだ。

「『面汚し世にはばかる』って言いますよ。禎吉様、あなた総師にでもなろうものなら、中継ぎどころか一二〇歳までは生きるでしょうね。もっともそのとき、文渡財閥は一二〇日、存続しないでしょうけど。

いちばん動機があるってんなら禎吉様、あなたですよ。

それに面汚し仲間の九美子さん。確認しておきますが、継承権が繰り上がるっていうんなら、信佐だって立派に繰り上がってますからね？」

「五位から四位ですけどね？」

「僕の四位から三位と違いませんよ？」

「いーえ違います。章吉家はエリート。信吉家は厄介者《やっかいもの》。宗家《そうけ》の力が弱まれば、どっちが祝杯《しゅくはい》を挙げて小躍《こおど》りするかしら？

そんなの場末のホステスにだって、ランドセル背負った洟垂《はなた》れ小僧にだって解るってもんよ取締役サン。あっははははは」

「……言葉が過ぎやしませんかね？」

「まさか。もっといわせてもらいます。

章吉家は、あからさまな叛逆《はんぎゃく》を謀《くわだ》ててもいる。紗江……宗家が邪魔《じゃま》で邪魔で仕方がない。どうにかして、宗家から家長《かちょう》の座を強奪しようとしている」

「……大変興味ぶかいですねえ」

「また章佐サンたら空とぼけて。穀《ごく》つぶしのアタクシだって知ってますよ。あなたたち、紗江子様の御意志に公然と叛《さか》らって、五菱《ごりょう》銀行との業務提携、あぶなっかしいほどのスピードで進めてるんでしょ？」

「さ、紗江子様の御決裁は頂戴してますよ。我々の独断で何ができるっていうんです？」

「紗江子様はまさか合併話など、御存知じゃあないと思いますけどね？」

「そ、それは」

「九美子さん、誰が吹きこんだかは知らないが」

章一郎常務は、当然のように禎吉老を睨んだ。そしてそのまま九美子にいった。

「噂話《うわさばなし》を真に受けて、愚《ぐ》にもつかない波風を立てるのは止めていただこう。確かに我々は、五菱銀行との業務提携を進めている。我々は所詮《しょせん》、地方財閥。五菱との同盟は、生き残りのため必然——だが私とて、五菱の真意など理解しつくしている。我々の御霊《みたま》、松山銀行の吸収合併だ。それはそうだ。私が五菱の頭取でもそれを狙う。だがもちろん、私にも紗江子様にも、松山銀行を売り渡す気など毛頭《もうとう》ない。あるはずがない。それは文渡財閥の解体に直結するからだ。この程度のこと、ただの姻族のあなたにも、たちどころに理解できると思うが?」

「さぁて、どうじゃろ」

禎吉老がたのしそうに混ぜっ返した。

「文渡財閥は沈みゆく船。開祖佐之輔《さのすけ》以来、代々の家業といったところで、たかが三代しか続いとらん。成り上がりの田舎者《いなかもの》じゃ。誇れるものはカネだけ。今はそのカネもない。大量の輸血がなけりゃあ、まあ死ぬわなあ。

そこで、聡明《そうめい》なる紗江子様はどうなさる?

そう、おなじ地方銀行の、西海《さいかい》銀行と手を組もうとしておられる。地方連合を組もうとしておられる——いや、あわよくば呑《の》みこむおつもりじゃ。生き残るためにな。

紗江子様は、骨の髄《ずい》から佐吉と、そして佐吉の文渡財閥を愛しておられるからの……じゃが。

章一郎、章佐。おまえたちにはサテ、そこまでの愛があるかどうか。ウッヒッヒッヒ」

「ねえ章一郎サン、禎吉様がおっしゃるには――」

九美子は見事に責任を押しつけた。

「――章佐サンの御縁談《ごえんだん》。紗江子様に内緒《ないしょ》で進めておられるようね？

紗江子様は、西海銀行の頭取《とうどり》令嬢を――とお命じになったはずでしょ？　だのに章一郎サン、あなたがこっそり仕掛けているのはなんとまあ、五菱財閥のお嬢様とか。

これどういうことなのかしら、ねえ章一郎サン、どういうことなのかしら⁉」

「そんな事実はない」

「章吉家は、財界での人脈もゆたか。章佐サンはまさに二七歳未婚、これからの人――だとしたら。

文渡家は沈んでも、章吉家が残ればいい‼

いえそんななまやさしい物語じゃないわ‼

成り上がりの田舎者の血筋を捨てて、四大財閥に企業群ごと婿入《むこい》りすればいい‼

みやげは大きいわ、こんな沈みゆく船でもね。ただの姻族だとしても、その章吉家は孫《まご》子《こ》まで、五菱財閥が面倒みてくれる。経営者としての野心も満たされる。やり甲斐《がい》もでかい――

まあそんなわけで、アタクシも禎吉様も、最近の章吉家にはそりゃもうハラハラしておりますのよ‼

まさか紗江子様の眼の黒いうちはバカなことしでかさないと思いますけど、慶佐さんにあ〜んな悲しい悼ましいことがあったんですもの。この十五年間絶えてなかった、空前絶《くうぜんぜっ》後《ご》の大スキャンダルがあったんですもの。

アタクシどもが宗家のことを、そりゃもう深く深く深く深く心配しないはず、ないじゃございませんか、ねえ？」

「ウッヒッヒッヒ——イヤ、ワシをそう睨まんでくれよ章一郎や。これも紗江子様と財閥を思えばこそじゃて。それもそうじゃろ？

お前も章佐も、あれだけ紗江子様と激論をかわしておるんじゃから。いやもう大喧嘩《おおげんか》といってもいいわな。

なあ章一郎、章佐。ワシゃ老い先短い年寄りじゃ。その心臓に悪い怒鳴《どな》りあい——そりゃ紗江子様にも御負担になる。どうか紗江子様の御命令に背いたり、総帥を害そうと思ったり、財閥を売り渡したりはせんでおくれ。後生《ごしょう》じゃ。ウッヒッヒッヒ!!」

章佐さんが思わず立ち上がろうとした。急いで制する章一郎常務。けれど、章佐さんの口を塞《ふさ》ぐことまではしなかった。時折、紗江子総帥の方をみてる。

（ここは、章吉家として、反撃しておくべきと思ったのかも。いよいよ昼ドラだ）

そしてやはり、章佐さんは反撃に出た。

「なら章吉家からも苦言《くげん》があります。禎吉様はもう老い先短く、後生に頭が行っているとのことですから、特に九美子さんに強く警告しておきますが——

信佐名義になっている、文渡百貨店と文渡マートの株式。急に興味をもったみたいですね?」

「百貨店とスーパーは我が信吉家の縄張りです。当然のことでしょ」

「縄張りとはまた氏素性《うじすじょう》の知れる言葉ですし、しかもあなたは経営のケの字にも興味なかったと記憶してますが――

陰謀をくわだてるならもっと上手にやりましょうよ。紗江子様にも激怒されたところでしょ?」

「な、何の話よ」

「どの証券会社の人間だって、紗江子様のお言いつけを優先します。不埒《ふらち》な兆候があればすぐに報告してきますし、よってあなたの火遊びはすぐバレたし、よってあなたは紗江子様にガンガンに叱《しか》り飛《と》ばされた――こういうことです。

そう、ファミーユマートの甘い言葉に籠絡《ろうらく》されて、あなたこそ財閥企業の大安売りを謀《たくら》んだってあの話ですよ。

しかしバカだな。僕らに分からないはず無いじゃありませんか」

「あっ、あれはだって……アタクシは信佐と美佐の、いえ信吉家の、違った、文渡家のことを考えて……だってこれからはスーパーよりコンビニでしょ。文渡家の生き残りのためよ」

「そうでしょうねえ。あなたの家はビジネスに疎《うと》い。継承権順位もとても低い――まあ、ホステス上がりが水商売の浅知恵で、信吉家だけの保身を図ったのも無理はない。ただ、それこそ紗江子様へのあからさまな叛逆です。だから、厳しく懲《こ》らしめられた。

そうですよ九美子さん。あなたは紗江子様を怨《うら》んでいる。とても激しくね。宗家が邪魔で邪魔で仕方ないのは、章吉家どころかあなたです。クサい絶叫芝居、やめましょうよ」

……フルコースは、やっとスープの段階に入った。トマトスープだ。夏らしくズッキーニが入ってる。

（ゴメンな晴彦。本多さんも）

（どうしたの英佐？　特に何も）

（うんざりしたろ？）

（まあ、一家団欒《だんらん》、和気藹々《わきあいあい》とはゆかないけど……変わってるってのは、聴いてたから）

（英佐くん）唯花が訊いた。（教えて。いつもこんな感じなの？）

（残念ながら。一八歳まで幾度となく経験してきました。

まあ、ある種のドラマでロールプレイです。十五年もやってるから、もう躯《からだ》に染《し》み着いてるんだろうなあ。今夜は晴彦たちがいるから、また盛り上がっちゃって）

（僕らがいるから、盛り上がるの？　むしろ反対かなあって思うけど……）

（そりゃ勘違いさ。観客がいた方が、やってる方もいっそう熱が入るってもんだ）

（な、なるほど）

（そして虚実が）唯花がいった。（入り乱れている）

（そ、そうですか）英佐が驚く。（やっぱり見破れるんですね。ただ僕には、ホンネトークとしか思えませんが）

（フィールドワークとしては刺激的よ）

（例えば、どんなウソがありました？）

（英佐くん、あなたはどう思う？　文渡家の一族は、何のためにウソを吐く？）

（自己保身、ですかね。自分の家のため、財閥での地位のため。それが世界の全てだし）

（あなたは？　もしあなたが、死活的なウソを吐くとすれば？　それはどんな嘘？）

（……僕はこの財閥を継ぐでしょう。近い内に。だったら、財閥総帥になるというそのことが、僕に無数のウソを吐かせる。無数のウソを、吐かざるをえない。文渡家と財閥のために……保身、攻撃、利己、あるいは野心で）

ありがとう、と唯花はこの話を終えた。そのあいだも、どろどろの昼ドラは続いてる。

（そして保身、攻撃、利己、野心といえば――聴いてのとおり、心温まる一族さ。誰もが自分の家のことしか考えない。言い換えれば、誰もが宗家に敵意をもってる。少なくとも反感をもってる）

……要するに、慶佐くん殺しの容疑者には事欠かない。そういうことだ。

（英佐くん）唯花がまた訊く。（章吉家と信吉家が犬猿《けんえん》の仲というのは解った。それぞれ宗家に敵意があることも。ただ、ここで紗江子様に叛《さか》らう事などできないわよね？）

（そのとおり。だからあの九美子さんでも、お祖母《ばあ》さま批判は絶対にしません、公然とは。ただ、お祖母さまと九美子さんはいわば嫁姑《よめしゅうとめ》なわけで……）

（宗家のあなたに対してはどう？　英佐くんに、非礼な言動に及ぶとか）

（まあ信吉家の邸内を録音したなら、百科事典並みの悪口語録ができるんじゃないかと）

結論。九美子は紗江子様をにくんでる。英佐も嫌い。慶佐くんも、嫌いだったろう。

（……なら章一郎常務は？　宗家にどのような敵意をいだくか、だけど）

（章一郎従伯父《おじ》さんは、九美子さんより遥かに理性的ですから……

ただ、不満のマグマはすごいでしょうね。従伯父《おじ》さんは辣腕家《らつわんか》です。財閥家で五五歳なら、社長でも不思議じゃない。経営方針の違いもある。世代交代を、誰より痛烈に望んでいるでしょう。もちろん息子の章佐も、従伯父《おじ》さんと一枚岩です）

（再び、宗家のあなたについては？　英佐くんのこと、章吉家はどう考えているの？）

（僕はただの学部学生で、つまり無知で経験不足です。けど継承権第一位。大番頭《おおばんとう》の従伯父《おじ》さんからすれば、癪《しゃく》に障《さわ》るでしょう。章佐なら、昔から猛烈なライバル心を燃やしてますね。シンプルにムカつく、って感じで）

……英佐は嘆息《ためいき》をついて、スープを飲み始める。そりゃそうだ。僕も嘆息をついた。

結論。章吉家は紗江子様がウザい。章吉家は英佐も嫌い。慶佐くんも、嫌いだったろう。なんてこった。

（あとここにいるのは――まず信佐くんね。紗江子総帥との関係はどう？）

（ああ信佐なら事情が違いますよ、全然。信佐はお祖母さまが大好きですから）

（あらそうなの？　実の母親が、姑とそれほど険悪《けんあく》なのに？）

（信佐はお祖母さまのお気に入りなんです。惣領孫《そうりょうまご》の僕より可愛がってるんじゃないかな。孫世代五人でいえば、慶佐と信佐は猫かわいがり。ああ美佐は病気だから別格です）

（章佐さんは？　やっぱり孫世代五人のひとりだけど？）

（うーん、まあふつうかな。信佐みたいな、猫かわいがりとは遠かったって感じです）

（いずれにしても、信佐くんと紗江子総帥の関係はよい。すると、あなたとはどう？）

（……ほら、大学で勉強するしないの話があったでしょう？

継承権が圧倒的に低いから、自由にさせてもらえるかと思ってたら、何故か愛するお祖母さまが、文渡村を出ることを許そうとしない――けど贔屓《ひいき》されてるのは解ってるから、その敵意はお祖母さまには行かないんです。つまり、まるっと僕に突き刺さる）

結論。信佐は紗江子様が大好き。信佐は英佐が大嫌い。慶佐くんとは、どうだったろう？

唯花は僕と、おなじ疑問をもったようだ。

（すると信佐くんは、宗家に対して、入り組んだ感情をいだいている。それならば信佐くんは、慶）

うぐっ!!

唯花は言葉を切った。

切らざるをえなかった。

突然、テーブルの対岸で、その信佐が苦悶《くもん》の叫びを上げたからだ。そのまま嘔吐《おうと》。そのままイスから崩れ墜《お》ちる。

あっ、と僕らも立ち上がった瞬間——

「うぐうっ!!」

「え、英佐!!」

なんと隣の英佐までも、おなじ苦悶の声を上げ喉《のど》をかきむしった。その躯《からだ》が悶絶《もんぜつ》する。いや痙攣《けいれん》する。呼吸ができてない。口がわなわなと痺《しび》れてる。

僕はおろおろと対岸をみる。苦しみ出した英佐と信佐。ふたりの様子はそっくりだ。

そして、英佐もまた嘔吐する。

自分の勢いに抵抗できず、そのまま卒倒《そっとう》する。

狂乱の舞台になりかけたダイニング・ルーム。

そこへ威厳《いげん》ある叱責《しっせき》が鋭く響いた。紗江子総帥だ。

「静かに!! お座りなさい!!

伊集院先生、すぐに自分の仕事を」

「は、はい奥様ただいま!!」

伊集院医師は信佐に駆けよった。

御法川弁護士と章一郎常務が、その医師の下へ英佐を搬《はこ》んでゆく。

（何もできないけど駆けつけよう――!!）

ダッシュしようとした僕の肩を、しかし唯花がガッチリ押さえた。彼女は僕の腕を引き、頭の角度を変えさせる。僕は、英佐の皿が置いてあった箇所を見ることになった――

スープ皿どころか、大きなパン皿まで、下に落ちてる。

英佐はそれだけ、激しく痙攣してた。

そしてその結果、たぶんパン皿の下に挟《はさ》んであったメモが、今ハッキリ露出した。

僕はデジャヴュに襲われる。

何の変哲《へんてつ》もないメモ用紙。

定規を使って書いた文字。

ボールペンの数字。

（これは、慶佐くんの病室にあった、数式……）

ただし、数値は違った。最初のと似てるけどちょっと違う。すなわち第二の数式は――

5－5＝0＋5
（なんなんだ……誰がこんなものを、何故）

もちろんそんなの解らない。

ただ、確実なことはある。

この、文渡家殺人事件。

第二・第三の殺人が、一挙に行われたということだ。

第3章　文渡村劇場

I

「あっ伊集院《いじゅういん》さん!!　どうです、英佐《えいすけ》たちは!?」

「まだ何とも!!　必死で胃洗浄《いせんじょう》をしてますが、医者としてできることはもう!!」

――佐吉《さきち》家の屋敷。

僕は廊下で伊集院医師をつかまえた。二時間ぶり、くらいか。

晩餐《ばんさん》でぶっ倒れた英佐《えいすけ》と信佐《しんすけ》は、すぐさま城館内のベッドに搬《はこ》ばれた。英佐は二階の自室に、信佐は一階の病室に。一階の病室ってのは、かつて慶佐《けいすけ》くんが使っていた部屋だ。

（こんな形でまた使われるって。なんてことだ）

おおわらわの伊集院さんは、またすぐ階段を駆け上がってゆく――

完全に放置プレイされてる僕ら。巨大な応接間には、唯花と僕だけ。

九美子《くみこ》と御法川《みのりかわ》弁護士は、一階の病室に。

章一郎《しょういちろう》常務と章佐《しょうすけ》さんは、英佐の自室に。

紗江子《さえこ》様は、あの執務室。

自由人・禎吉《さだきち》老の姿はない。ひょっとしたら、ひとりだけ禎吉家へ帰ってしまったのか？

晩餐で働いてたメイドたちは、四家の四人とも、そのまま看護師役を務めてるみたい。

彼女たちをキビキビと叱咤《しった》してるのは、晩餐でもみかけた、女中頭の奥之内《おくのうち》さん。

――すなわち、文渡《あやわたり》村のほぼ総員が、まだこの佐吉邸にいる。

（そりゃそうだ。宗家《そうけ》の次男殺しの次は、長男――筆頭後継者に毒が盛られたんだから）

まして、紗江子様が溺愛《できあい》する信佐もやられた。天地も引っ繰り返る大騒ぎだ。

でも、僕らはどうすればいいんだろう？

「ふう、まさか寝る気にはなれないけど、すっかり蚊帳《かや》の外だしなあ……ていうか唯花、何を見てるの？」

「数式」

なるほど、確かにあのメモだ。けど、彼女はメモ用紙を二枚もってる。

そう、紗江子様から借りた『第一の数式』と、今度の『第二／第三の数式』だ。

メモ用紙の大きさは一緒。フォントもポイントも一緒。ボールペンの手書きだけど。

そして、文渡村で科学捜査は無意味だ。唯花がガメれるのも、ベタベタ触れるのも、文渡村ならではだろう。誰もがバタバタバタバタしてて、興味もってないってのもあるけど。

「こっちが慶佐くん殺しの奴よ」

唯花はメモを渡してきた。なるほど〈5－5＝0－0〉とある。

「こっちが英佐くん・信佐殺しの奴」

「唯花まだ死んでないからどっちも」

唯花がまたメモをよこす。なるほど〈5－5＝0＋5〉とある。

「改めて読むと、左辺は一緒だね。5引く5だ」

「右辺がちょっと違う。派手には違わない。0足す5」

「足し算が出たのは初めてだね」

「けど数字は事実上、〈5〉しかないわ」

「まあ〈0〉はね……

どのみち数学的には、いや算数か、まったくの無意味だよ」

「そうでもない。少なくとも最初の数式は真よ。私の障害を使わなくとも」

「そして僕にそんな力がなくても、第二の数式は、あきらかに偽《ぎ》だね」

「さて晴彦、どうみる?」

「ハイ先生」

唯花は引き続き教育者だ。

デキの悪い生徒に対しての、ウズウズした期待と、無邪気な上から目線がある。けど、彼女は徹底した研究者だ。嫌味はない。ていうか彼女の生徒に選ばれるのは、名誉なことだ。少なくとも、僕は嬉しい。

「注目すべきは〈5〉ですよね……文渡家で、いや、この文渡村で〈5〉ってのは何か。それを考えるべきだと思います」

「諾《だく》、すばらしく諾。ならばその〈5〉とは?」

……文渡村。文渡4家。メンバーは2-2-3-1(慶佐くんが生きていたときなら最初が3)。一族が8人(おなじく9)。総帥は1人。顧問《こもん》格が3人。メイドが4人。

ここから〈5〉を導き出すのは、難しくない。ただ——

(それはマヌケてる。組み合わせは幾つもあるし、他の分類法だって無数にあるから)

何らかの仮説を立てないと、意味がない。

(しかも、引き算だ。殺人事件のメモで、引き算の数式が残された。

だったらふつう、被害者が母数から引かれた、って意味のはず……

けど、それなら第一の数式には〈1〉がなきゃおかしいし、第二の数式には〈2〉がなきゃいけないはずだ。それが被害者の数なんだから。でも、どっちもない)

とすると、これは殺人に関するメッセージじゃないのか?

「全然解りません先生」

「偽-ホント」

「えっ」

「あなたが解らないと確信してる、それはホント。けれどその確信は、誤りで偽よ」

「どうして? 僕がもう解っててもいい、っていうのかい?

でもどう考えたってこの段階で〈5〉を特定するのは無理……」

「否《いな》、おそろしく否。

そもそも私は既に指摘した。すなわち私たちが紗江子との謁見《えっけん》を終えたとき」

その瞬間、廊下をバタバタと人が通りかかった。

唯花は積極的にその人を呼び止めた。

それは、メイドのるりさんだった。

そう、文渡四家のメイドのうち、宗家・佐吉家に仕えてるメイド。だから事実上、慶佐くんの看護師をやってたメイドだ。伊集院さんのアシスタントというから、今夜は大活躍だっただろう――

（彼女にとっても誰にとっても、嫌な大活躍だけど）

そしてどうやら、バタバタの嵐は収まりつつあるらしい。それは彼女の足音や息遣《いきづか》いで分かる。

（だから唯花も呼び止めたのか）

その唯花は、これまた積極的にるりさんに語りかける。いいチャンスだと思ったんだろう。今夜の事態を知るのにも、使用人たちの話を聴くのにも。

「るりさん、だったわね？」

「はい本多さま。佐吉家の伊奈江《いなえ》るりです」

「宗家の、メイドさんね？」

「はいそうです」

「今ちょっと御時間、頂戴《ちょうだい》していい？」

「はい、ですがその、英佐さまも信佐さまも、まだ……」

「御容態《ごようだい》は？」

「……それは、その、できましたら、伊集院先生に」

「私は紗江子様から、このような事態を直ちに解決するよう厳命《げんめい》されている。先の慶佐くんのことと合わせてね。そのためなら、紗江子様の名において、文渡村の誰といつどのように接触してもよい——との御許可も頂戴している。あなたも聴いているはずよ」

「は、はいそれは、もちろんです。紗江子様から、あらゆる御協力を惜《お》しむなと」

「今がそのときよ」

「……か、かしこまりました、本多さま」

「どうぞお座りなさい」

「いえ、私はただの使用人です。どうぞこのままで」

「あらそう。では幾つか教えて。まず最優先事項。英佐くんと信佐——くんの御容態」

「どう申し上げたらよいか……とても危険な状態です」

「命は？　まだ御存命《ごぞんめい》よね？」

「それはもちろんです‼　そして、その、伊集院先生によれば、どうにか峠《とうげ》は越したみたいだと。処置がはやかったのが何よりよりだと。けれど、いずれにしましても、とても安心できるような御様子では……まだまだこれからどうなるか……!!」

「原因は何なの?」

「それも、できましたら伊集院先生に」

「伊集院先生を尋問《じんもん》したりすれば、英佐くんと信佐くんの治療に支障が出る。それに、誰がどう考えてもこれは毒殺としか——」

「唯花、まだ未遂だから未遂」

「——毒殺未遂としか判断できないから。あんな晩餐の席で、ふたり同時自殺なんてバカげてるしね。だからあなたに求めているのは秘密の開示ではない。飽くまでも確認だけよ」

「……伊集院先生によれば、その、トリカブトらしいとか」

「と、トリカブト」僕はビックリした。また古典的な。「英佐も、信佐くんも?」

「はい、伊集院先生のお診立《みた》てでは、どちらも」

「あなた自身は?」唯花が訊いた。「伊集院医師の専属として、センスはあるでしょ?」

「し、使用人がどうこう申し上げる立場にありませんが、その……どうしてもとお尋《たず》ねなら……

はい、そうです。これはトリカブトの毒によるものだと感じます」

「特定できる理由はあるの?」

「幾らでも自生していますから。青紫の花は、すぐ分かります」

なるほど、ここは山奥の寒村《かんそん》だ。ものすごい現代街区だけど、周囲は樹林である。

「なるほどね。そしてトリカブトは神経毒。英佐くんたちのあの痺《しび》れ、痙攣《けいれん》、嘔吐《おうと》、呼吸困難――状況と症状から、たちまち毒は特定できると」

「伊集院先生は、御経験ゆたかな救命医でいらっしゃいますので」

「そして誰がどう考えても、トリカブトはスープに入っていた」

そりゃそうだ。フルコースがスープの段階に入ってすぐの出来事だったから。

「そ、そうなりますが……あのまさか本多さま、まさか私ども使用人はそんな!!」

「晩餐でも日々の食事でもよいけれど、料理はメイドのお仕事だと考えてよい？」

「いえですから私どもは」

「私は何の予断《よだん》もいだいてないわ。事実だけを教えてくれればいい。それに、どうせ噂《うわさ》になっているはずよ――私は人のウソを見破る心理学者だとか、そんな感じの」

「……はい。お料理は各家のメイドの仕事です。各家のお掃除とか、お洗濯もですが」

「今夜の晩餐は？」

「晩餐のときは、メイド四人が集まって一緒にお料理をいたします。こ、今夜はひとり、信吉家の者が時々、おりませんでしたが……その、美佐さまのお具合が悪いので、仕事の合間をみては、美佐さまのご様子を確認に……もちろんあのあとは、ずっとこちらでバタバタと」

「了解したわ。いずれにせよメイド四人が料理をした。確かあなたたちのボス、奥之内女《じょ》史《し》の監督の下で——だったわね？」

「ぼ、ボス……はい、そのとおりです」

「キッチンに立ち入ったのはその五人だけ？」

「普段はそうです。ですから確認もしません。ただ大きなキッチンですし、晩餐はバタバタしていますから、誰が何をしているかなんて気にしませんし、その」

「文渡家の一族が入ってきたとして、目撃されない可能性もある」

「か、可能性は、あります。それだけの話です」

「文渡家の晩餐では、誰がどの皿を使うかなんて分かるの？」

「……実は、分かります」

「何故」

「文渡四家の晩餐用の食器は、フルコース用の一式ぜんぶですけど、それぞれが違います。それぞれに文渡の御紋《ごもん》と、分家の御家紋《ごかもん》が入っていますから。食器棚《だな》まで違います」

「スープ皿も？」

「はい、スープ皿も」

「文渡四家の食器は識別できる。了解したわ。けれど個人まで識別できるの？ 例えば英佐くんの食器とか、信佐くんの食器とか」

「……それも、実はできます」

「何故」

「か、家長《かちょう》と他の御家族では、少し、お皿のつくりが違いますので」

「なるほど。

するとより具体的には、宗家だと紗江子様の食器が識別できる。信吉家なら信佐くんの食器が識別できる。まさかあの九美子——さんでも、家長を名乗りはしないでしょうから」

「おっしゃるとおりです」

（……うーん、これまた、悩ましい状況だなあ）

文渡村に殺人者がいるのは最初から解ってる。慶佐くんの殺人者だ。そして、それとの関係は分からないけど、英佐と信佐くんに毒を盛った『殺人者』も確実にいる（殺人者、でいいだろう。ふたりがまだ生きているのは結果論だ）。おまけに、これらの容疑者も締《しぼ》れてる。文渡村は閉じてるから。

ところが。

（慶佐くん殺しでもそうだったけど、それ以上推論を進めることができない……）

理由はカンタンだ。

るりさんの証言によれば、①誰でもトリカブトは入手できるし、②誰でもキッチンに入れたし、③誰でも狙いのスープ皿をチョイスできたからだ。

確か、トリカブトの致死量はものすごく少ないはず。盛りつけを待ってる皿にトンと入れることも、盛りつけられたスープにトンと入れることも、ズッキーニだのタマネギだのジャガイモだのにトンと仕掛けることも、全然難しくない。シンプル極まる犯行だから、科学捜査をすれば、幾らでも証拠が出てくるはずだ。

（ところがもちろん、文渡村では、そのリスクを覚悟する必要がない）

誰もが知ってるからだ。慶佐くん殺しのときの経験で。

紗江子総帥は、絶対が上にも絶対が上にも絶対に、警察など呼び入れはしないと——

（そう、たとえ孫が死んでもだ）

「るりさん。晩餐の他の出席者。スープは口にしていた？」

「はい、皆様が口にしておられました。事情が事情ですので、伊集院先生がすぐさま確認なさったんです。もちろん皆様に御不調がないかもです」

「十一人総員が口にしていて、毒に倒れたのは英佐くんたちふたりのみ。そういうことね？」

「はい、本多さま」

「あなた伊集院先生と一緒に看護をしてるわね。ふたりの容態に違いはあるの？」

「御容態、ですか……ほとんど違いません。それはもう、おふたりともお苦しみになって……どれだけお辛いことか……」

「ほとんど違わない、とは？」

「あっ、はい。伊集院先生がおっしゃるには、信佐さまの方が、口にされた量が少なかったと考えられるそうです。スープの減り方も確認なさいました。英佐さまの方が、たくさんお飲みになっておられたそうです。信佐さまは、まだ半分も終えておられなかったとか」

「なら、信佐くんの方が恢復《かいふく》ははやかった」

「どちらかといえば、です本多さま。今はどうにか、お休みになっておられます。それで伊集院先生も、今は一階の御病室を離れ、二階の英佐さまの所に詰めておられます」

「どちらかといえば厳しいという、英佐くんの現状は？」

「御意識もまだもどりません。なんというか、救急救命の段階です。信佐さまとは、私どうにかお話ができたのですが……英佐さまはもう昏睡《こんすい》というか。意識は全然」

「了解したわ」

唯花はここで、改めてるりさんの顔を見る。釣られて僕も見る——

（あっ）

僕はその顔へ、思わず言ってしまっていた。

「……あのう。いきなりで悪いんだけど、どこかで会ってるかな？　東京とか」

「と、東京ですか？」

るりさんは心底ビックリしたようだ。

「いえ、私は愛媛を離れたことがありません。と申しますか、この三年は、文渡村を離れたことがございません」

「あなた、愛媛の御出身なのね？」

「はい本多さま」

「今度はよければ、あなた自身のこと、教えてほしい」

「……は、はい。それがお役に立つのでしたら」

「とても役に立つはずよ。あなたお幾つ？」

「いま一九歳です」

「ということは、一六歳のときから文渡村にいる」

「はい本多さま」

「中学を卒業したあと、ということ？」

「はい本多さま。

実は私、孤児なんです。とても幼《おさな》い頃、両親と死別しまして……

その両親というのが、というか父親ですけど、これも実は、文渡財閥の、北部《ほくぶ》鉄道に勤めておりました。父はその、私もそれほど憶《おぼ》えていないのですが、世代が近かったからか、取締役でいらした章一郎さまと、それは親しくさせていただいたとか……

そうです、あの章吉家の、章一郎さまです」

「なるほどね。ではその御縁《ごえん》で、孤児だったあなたを、章一郎常務が」

「章一郎さまが、引受人になってくださったんです。学費もですが、生活一切の面倒をみてくださいました。それで御恩《ごおん》返しというか、あまりにも申し訳ないので、松山の中学を出てから、こちらに御奉公《ごほうこう》へ上がらせていただけるよう、私からお願いしたんです」

「私が口を挟《はさ》むことではないけれど」

唯花は学者でなく、セラピストの顔をしてた。唯花は、鋭いだけの女じゃない。孤児、という言葉に反応したようにも見える。共感と、同情。そんな彼女を見るのは、好きだ。

「高校くらいは出してもらってもよかったのでは？」

「とんでもないことでございます。文渡財閥が、幼い頃から私にしてくださったことを思えば、中学を無事出させてもらえただけでも……

それに、ここには立派な先生方がおられます。文系の勉強は御法川先生が、理系なら伊集院先生がみてくださいますし、行儀見習《ぎょうぎみならい》いなら、さわ様ほどのお師匠はおられません」

「奥之内さわ女史ね。

すると、他のメイドさんも中学を出て、ここでお仕事をしながら、勉学を続けていると」

「そのとおりです、本多さま。しかも、最高水準の勉学といってよろしいかと存じます」

「ただし、文渡村は出られない。あの『壁』も越えられない」

「それは紗江子様の絶対の御家訓《ごかくん》でございますので。

ただ、私について申し上げれば、帰る家もありません。そこに不便も不満もございません。そして、真面目《まじめ》に御奉公を続けていれば、紗江子様が必ず、私どもメイドにあたたかい御配慮をくださる。そのことは、四年もお仕えしていれば確信できます」

「了解したわ。さてここで確認だけれど、あなたは三年間、この文渡村をみてきた」

「は、はい」

「しかもそれ以前は、ずっと外界にいた。だから文渡村を客観的にみることもできる」

「客観的……ちょっと解りませんが、私どもメイドが最も新参者《しんざんもの》であることは確かです」

それはそうだ。文渡家の一族は、十五年前からずっとこの閉じた世界で暮らしてるから。

「それぞれのメイドの年齢、教えてもらっていい？」

「章吉家が二二歳、信吉家が二二歳、禎吉家が二二歳、そして私が一九歳です」

「十五年閉じている村よね。最古参のメイドでもその歳なのは何故？　年齢層も若いわ」

「あっ、それは紗江子様の御配慮です。仕事も勉強も頑晴《がんば》れば、大学に行かせてもらえるので。もちろん文渡財閥が学費を出してくださいます。だから入れ代わりがあるんです」

「なるほどね。

そしてその新参者のなかでも、あなたは最年少、最若手——つまり文渡村経験が最短」

「はい、そうです」

「そこで訊く。

慶佐くん殺しのことだけど」

「えっ慶佐さまのことですか？」

僕も意外だった。どう考えても目下《もっか》の緊急事《きんきゅうじ》は、財閥後継者ふたり殺し未遂だから。

「率直な直感でいい。誰が犯人だと考える？　あるいは、誰が犯人でないと考える？」

「そっそのようなことは!!　使用人の分を超えます!!　この文渡村に、そんな恐ろしい」

「外界の常識があれば解るはずよ。文渡村は閉じていた。輪のなかには十五人。そしてひとりが殺された。なら犯人は確実に、残り十四人のなかにいる――

あなた慶佐くんの看護師だったわね？　まさか慶佐くん、自殺じゃなかったでしょ？」

「そ、それは絶対にそうですが、でも」

「あなたは最も慶佐くんと親しかった。医療機器にも詳しかった。なら殺害のチャンスも」

「まさか本多さま。まさか本多さまは私が慶佐さまを――

そんなひどい。ありえません!!」

「それはそうよね。そんなことしてあなたにメリットは何も無いもの。そう、その意味でも客観的なのよ。だから私は信じたいの、あなたの言うこと……

そしてちょっと思い出して。

外界では、私はあの紗江子様が認めるほどの嘘の専門家。嘘を見破る心理学者よ」

普段の唯花なら、自分のことをこんな風には言わない。これは警告か牽制《けんせい》か、脅迫だ。

「あなた、嘘を吐く?」

「そっそれは、その、もちろん、なんといいますか、ふつうに」

「慶佐くんを殺した誰かは、そんなふつうの嘘吐きじゃないわね?」

「もちろんです!!　あんな恐ろしいことを……そんな恐ろしい、嘘を」

「それは、死活的なウソね。あなたには今、そんな死活的なウソを吐く理由がある？」

「ご、ございません」

「あなたがそんな嘘を吐くのは、どんなとき？」

「それは、その、私はあまり、積極的なほうではないので……ど、どうしても叛《さか》らえなくて強《し》いられる時とか、人生が変わってしまう瞬間とか、そうしないと私が生きてゆけない場合とか、そんなとき、でしょうか……」

「なら今は？」

「いえそんな状況では」

「では最終的に訊くけど、誰が犯人だと考える？　誰が犯人でないと考える？」

「……誰が犯人かなんて、私にはとても。ただ」

「ただ？」

「実のお母様のことを思えば、信佐さまも美佐《みさ》さまも、犯人であるはずありません」

「すなわち？」

「信佐さまは、九美子さまのことを……この文渡村で、その、あの、九美子さまは疎外《そがい》されている。厄介者《やっかいもの》あつかいされている」

「……そんな九美子さまのことを、とても大切に思っていらっしゃいます。信佐さまは、お母様をとても愛しておられます。

そして天使のような美佐さまも、実のお母様のことを愛しておられる。当然です。まして、美佐さまは重い重い御病気。美佐さま御自身が人を殺すなんて、とてもできるものではございません。お躯《からだ》からもお心からも。これは断言できます」

「信吉家は家族円満だと。けどそのことと、犯人でないこととが、どう関係するの?」

「はい、あの、それは、こういうことです。仮に、万一、信佐さまが犯人だとして、もし、もしそれが紗江子様にバレてしまったら……

いかに溺愛《できあい》されている信佐さまとて、想像を絶する罰を受けるに違いありません。しかもその恐ろしい罰は、信佐さまのみならず、元々、その……お立場の難しい九美子さまをたちまち襲うでしょう。いえ、紗江子様は徹底した方。信吉家おとりつぶしすら、すぐ御決断なさるかも……そうなれば」

「重い病気の美佐さんでさえ、連座《れんざ》するおそれが大きい。治療すら受けられなくなる」

「それが理由です、本多さま。だから美佐さまは論外です。信佐さまだって、お苦しい九美子さまのこと、御病気の美佐さまのことを、お考えになります」

「それがさっきの、断言の理由ね?〈実のお母さまのことを思えば〉——っていう」

「そうです、本多さま。

実のお母様がおられないならともかく、信佐さまが慶佐さまを殺した犯人だなんてこと、ありえません。美佐さまについても、一緒の理由でありえません」

(……なるほど、合理的な話だ。るりさん、頭いいなあ)

信吉家は非主流派だ。

九美子は疎《うと》んじられてる。美佐さんは、文渡家から見捨てられれば死んでしまう。ましてや信佐は、紗江子様に溺愛されていればこそ、その溺愛を失いたくない。それが豹《ひょう》変《へん》したときの恐怖も、びんびん感じてるはずだ。

動機論としても、慶佐くんを殺して信佐・美佐さんが獲《え》られるものは——

わずかな継承権の繰り上がり、それだけ。しかもだ。

（繰り上がったところで、どのみちラス1とラス2だしなあ……あっ唯花のサイン‼）

唯花は自然にポニーテイルを触った。両の人差指が上がる——『真－ホント』。

（タイミングからして、最後の文だな。

するとるりさんはホントに、信佐と美佐さんの無実を信じてるってわけだ。しかも、理由は解らないけど、それが客観的にも真だと）

その瞬間。

華族のサロンみたいな巨大な応接間に、しっとりとした声が響いた——

「ああ、こちらにおられましたか」

新たな人影は、そのまま恭《うやうや》しく僕らのソファへ進んでくる。ドアはない。廊下を折れて進んでくれば、そのままこのスペースにつく。そして僕らは、照明をやや落としてた。だから、僕にはその人影が誰か、直近まで分からなかった。

「お捜《さが》ししましたよ。紗江子様もそれはもう——」

それは、女中頭のさわさん。奥之内さわさん。挨拶もしたし、晩餐でも会ってる。

僕は愛想係だから、すぐさまソファから立って話をしようとした。ところが――

さわさんはいきなり言葉を切った。

そして僕ら三人を睨《にら》みつける。

声の調子まで変わった。しっとりどころか、いきなり対使用人モードだ。

「る、るり……あ、あなたこんなところで。いったいお客様と何をっ」

「申し訳ございませんさわ様!!」

るりさんはバタバタ、おろおろしたまま、絶叫調で言い訳を始める。

「お客様が、その、あの、御部屋のエアコンの使い方が分からないと。それでこれから、つまり、お夜食と一緒に、その御部屋に、いろいろ整えて、失礼のないように……申し訳ございません!!」

るりさんは思いっ切り頭を下げた。膝《ひざ》にくっつくくらい。そしてエプロンを整えると、逃げるように応接間から駆け去ってゆく――

「ま、まったくあの子は」

さわさんの瞳は、依然として嶮《けわ》しい。というか鬼のようだ。

「紗江子様の大切なお客様と、夜のお喋《しゃべ》りとは。行儀見習《ぎょうぎ》いの分際《ぶんざい》で、まったく……今夜も鞭《むち》が必要なようね」

(む、鞭かよ……労働基準法どころか、児童福祉法違反のような……)

よほど激怒したのか、さわさんの息は荒かった。憤慨《ふんがい》といってもいい。

けれど、さすがに客の前と思ったか、三分ほどの沈黙のあと、ようやく重い口を開いた。

「……お見苦しい所を。大変失礼致しました。あの娘が何か、無礼を働きませんでしたか？」

「そのようなことはありません」唯花は淡々《たんたん》といった。「とても聡明《そうめい》な子《こ》で救《たす》かりますわ」

（確かにそうだ。しかも、どこかで見てるぞ。どこかで会った娘だ。

ただ仕草とか身ぶりには、全然心当たりがない）

「だとよいのですが。あれは何か愚かなこと、申し上げませんでしたか？」

「いえエアコンの使い方と、夜食として頼めるメニューだけですわ。ストロベリーアイスの有無とか」

「……そうですか。しばらく姿が見えなかったので、外からのお客様に絡《から》んでいるのではないかと思いまして。なにぶん若い娘のこと。お客様には興味津々《しんしん》なところがあります」

「そのような類《たぐい》の雑談ではありません。鞭は御容赦《ごようしゃ》いただきたいと申し上げておきます」

「結構」

さわさんはかなり冷静になった。すっかり家庭教師か、修道院長モードである。

「それで、さわさん。英佐くんと信佐くんの御容態はどうですか？」

「とても油断はできませんが、救命措置はすべて終わりました――すべて成功裡《せいこうり》に。今夜のうちは、もう動きはないでしょう。おふたりもどうぞ御就寝《ごしゅうしん》くださいますよう」

「今夜は差し当たり、一段落だと」

「表現はどうかと思いますが、そうです」

「さわさんも仮眠なさる？」

「ええ、これから」

「では急のお仕事もない——ならば十五分ほど、御時間を頂戴したいのですが」

「何故」

「お訊きしたいことがあるから」

「……明朝になさいませんか。それに、女中頭が申し上げるようなことは何も」

「それを判断するのは私です。紗江子様から厳命がありましたね？　私を自由に行動させ、自由に調査させるようにと。そして私は、緊急に調査する必要を認めました。もちろん、紗江子様のためにですわ」

「何をお訊きになりたいの？」

「文渡村の人々について。御異存《ごいぞん》は？」

「……ありません。ならば私の部屋へ。

若いメイドがお喋りするような場所で、財閥家の話を大声でするのは無思慮《むしりょ》です」

「理解しました」

II

――女中頭《じょちゅうがしら》部屋。

佐吉家の一階の片隅《かたすみ》にある。

それはまさに修道院長の、いや修道女の部屋だった。この屋敷で初めてみる狭い部屋。どこか沈鬱《ちんうつ》で冷たい。家具などすべて木製の、質素なものだ。

奥之内さわ、六〇歳。

（英佐が、この人のこと、熱烈な紗江子様派だと――忠臣で心酔者《しんすいしゃ》だといってたっけ）

インテリふたりと並んで、文渡家三奉行《さんぶぎょう》のひとりでもある。その権力は、るりさんのバタバタした逃げっぷりから分かるとおりだ。なら、こんな質素な部屋に住んでる必要はない。きっとさわさんの個人的な主義だろう。いかにもな使用人に甘んじる、という姿勢。

（まあ部外者としては、役割とか性格が解りやすくていいんだけど）

「どうぞ、お掛けになって」

「ありがとうございます」

唯花は教会みたいなイスに座った。僕もだ。うわ堅い。

暗いランプの灯《ひ》の下で、三人はむきあった。荘厳《そうごん》な感じすらする。

ぼんやりした灯に浮かび上がるさわさんの顔。その表情は、うわさすが心酔者、紗江子様の厳《いか》めしさとプレッシャーにそっくり。長い歳月をかけ、自分をそのように鍛《きた》え上《あ》げてきたのか。僕は夕方の、執務室での謁見《えっけん》をまざまざと思い出していた。

「それで、御質問とは？」

「まず御自身について。四五歳のときから文渡村にいらっしゃるのですね？」

「ええ、お調べのとおり」

「失礼ですが、御家族は」

「……姉がおりましたが、死にました。私自身もこの歳ですから。いずれも、夫には恵まれておりません。したがって、御質問にお答えすれば、家族はひとりもおりません」

「そのお姉様というのは、お幾つ違い？」

「何の関係があるのか解りませんが、五つ違いでした」

「お姉様がお亡くなりになったのは？」

「それも何の関係があるのか解りませんが……私が文渡村に入る直前です。それも、私がここに骨を埋《うず》める決意をした理由」

「ではその文渡村入りの話ですが、まず、それ以前はどんなお仕事を？」

「東京の文渡邸で女中をしておりました。文渡家には、東京と大阪《おおさか》に拠点がございます」

「確か、紗江子様の御指名とか」

「もったいないことです」

「その御指名を受けた十五年前だと、松山が、文渡家の中枢でしたね？」

「ええ」

「松山邸にも、女中さんや女中頭さんはおられた」

「ええ」

「御法川弁護士は松山の方。伊集院医師も。それぞれ企業法務と救急救命で鳴らした方」

「ええ」

「さわさんだけが東京の方になりますね？」

「出は松山ですが。当時は、東京に単身赴任していたようなもの」

「しかしながら、松山邸にも女中頭さんなどがおられた。当時の本拠地ですから、エース級の方々でしょう。何故紗江子様は、わざわざ東京邸から、さわさんを招いたのです？」

「存じ上げません。紗江子様にお訊きください」

「当時の松山邸のスタッフを御存知でしたか？　御親交《ごしんこう》などは？」

「ございません」

「松山邸と東京邸のスタッフの交流――あるいは相互の、そう異動などは？」

「ございません。それなりの歳月を務め上げておりませんと、この仕事はままなりません」

「そうしますと、かなりの歳月を、各都市の邸宅だけで務め上げると？」

「ええ」

「うち松山は当時の本拠ですから、当然、松山邸には文渡家の一族がお住まいだった」

「ええ」

「当時の御一族みんな？　例えば——二歳の慶佐くん、三歳の信佐くん」

「ええ」

「あの飛行機事故を機に、みな文渡村へ移られた」

「ええ」

「そのとき御法川弁護士と伊集院医師、そしてあなたがスカウトされた。いわゆる文渡村三奉行」

「表現はどうかと思いますが、そのときからここでお仕えしております、一緒に」

「文渡家は、明治から続く財閥家ですね？」

「……そうですが？」

「なら当然、松山邸も、明治まで遡《さかのぼ》る御殿《ごてん》だった」

「ええ」

「あなたは御自身が異例の抜擢《ばってき》を受けたこと、不思議には思いませんでしたか？」

「いいえ。ただ感謝を致しました。一介の使用人に、不思議も何もございません」

「いわゆる三奉行は、文渡家の親族ではありませんね？」

「ええ」

「十五年前から、財閥当主は紗江子様である」

「ええ」

「その紗江子様からの依頼を果たすため必要なので、非礼な質問を許してください——財閥当主に万一のことがあったとき、三奉行の方が獲《え》られるものは？」

（……ストレートだなあ。唯花じゃなきゃできないな。まあ、あえてやってるんだけど）

質問でも回答でも、単純明快な文の方が、唯花の判別にとって好都合だから。

そして元々、さわさんの回答は極めてストレート——

「私については存じませんし、興味もございません」

「何故」

「私は文渡村に骨を埋める者。家族もない。ここで生きて、ここでお仕えできて、ここで死ねればそれでよいから。それだけです」

「論理的で、合理的です。

ただ私についいいては——という御発言からすれば、他のふたりについても御存知ですね？」

「ええ」

「他のふたりは何を獲るのです？」

「それなりの金銭を。もっとも紗江子様のことですから、ふたりが満足以上を感じる額を」

「何故それを御存知なのです？」

「使用人の処遇については、私が紗江子様の御相談に与《あず》かっておりますので。ああ、どのみちお訊きになるから理由を申し上げましょう――文渡村の事情なり様子なりを、最も知る立場にあるのが私だからです」

なるほど、さわさんはメイド部隊の指揮官だ。そしてドラマじゃないけど、お金持ち家族の秘密をとことん熟知しているのは家政婦。さわさんは、最強の実力部隊と、最強のスパイ部隊をにぎってる。当然、弁護士も医師も丸裸にされてるだろう。

「ではるりさんなど、四人のメイドについてはどうでしょう？　何か獲られるものは？」

「御法川先生たちと同様です。ただいずれも二〇歳程度の若い娘ですから、今後の人生を狂わさないよう、額は常識的な範囲に収まります」

「その三奉行もメイドたちも、まさか文渡家の継承権には関係しませんね？」

「それこそまさか。飽くまでもスタッフ、飽くまでも使用人です。私が申し上げたのは、いわゆる一時金のこと。相続財産のことではございません。ありえませんわ」

「しかしながら――

そう、二〇歳程度の若い娘ですから、文渡四家の誰と恋愛関係になっても不思議はないですよね？　そのときは」

「鞭です」

「む、鞭ですか」

唯花が素《す》で引くのはめずらしい。唯花も二〇歳の若い娘だ。

「それはまた古典的なレスポンデント条件付けというか……いえ失礼。つまりメイドの恋愛関係など許されないし、現在も存在しないと」

「私の眼の黒いうちは、そのような醜聞《しゅうぶん》など許されません。存在するはずもない」

「例えば慶佐くんとか、信佐くんと恋に」

「くどい」

「では最後に。この文渡村では、一般社会と比較してウソの発言が多いのですが、何故でしょう？」

「その真偽が私には解りません。ですからお答えすることもできません」

「ではさわさん。あなたが嘘を吐くとすれば、それはどんな理由からですか？」

「そんな質問であれば、答えは無数にあります」

「ならば、あなたが死活的な嘘を——命懸けの嘘を吐くとすれば？　その理由は？」

「……きっと、家族のためでしょう」

「あなたに家族はおられない」

「この文渡村に絶対の責任がある」

「質問を終わります」唯花は頭を下げ、イスから立った。「ありがとうございました」

「では本多さま。私からはひとつだけ。朝食は七時です。遅刻は許されません」

「……理解しました」

III

大学生の得意科目は、昼寝と朝寝坊だ。

結論として、僕らは朝食に遅刻した。

ただそれは、僕らの責任じゃなかった。

というか、朝食そのものが七時には始まらなかった。その時間に始まったのは、悲劇だ。


――午前六時五五分。

当然のように得意科目をこなしてた僕は、激しいノックで叩き起こされた。唯花かな、と思ったけど、僕らの得意科目はあまり変わらない。訝《いぶか》しみながらとりあえず服を着てドアを開けると、手櫛《てぐし》のあいだもノックの連打をしてたのは――

佐吉家のメイドのるりさんだった。

「ああ鈴木さま!! 大変、大変です!! どうか……どうか一階へ!!

慶佐さまいえ信佐さまの御部屋へ!!」

「ど、どうしたのるりさん?」

「し、信佐さまが」

「まさか急変?」

「いえ猟銃をもって暴《あば》れて……すごい剣幕《けんまく》で!! お止めしないと、男の人でないと!!」

「りょ、猟銃」

「お願いです急いで!! どうか本多さまと御一緒に!! 信佐さまをお止めしないと!!」

——佐吉邸一階、かつての慶佐くんの病室。

キャミソールと以下省略の姿でドアを開けた唯花に懇願《こんがん》し、どうにか女の子になっていただき、猛烈な不機嫌を宥《なだ》め賺《すか》してプッシュしてゆくと、病室の大きなスライドドアは開け放たれてた。

既に怒鳴り声が聴こえる。

総合病院なら八人部屋にできそうな巨大な部屋には、巨大なベッドがひとつ。

その手前、スライドドア側にギャラリーが九人。

車椅子の紗江子様を中心に、一族と三奉行がズラリと列《なら》んでた。

もちろん、美佐さんと今の英佐は重病人。基本、動けない。だからいたのは——

(紗江子様・章一郎・章佐・九美子・禎吉・三奉行・るりさんの九人。僕らが合流して十一人)

それでも、病室に余裕はある。

だから、巨大なベッドの奥で絶叫している信佐とは、それなりの距離がある——

(数を頼んで取り押さえることは、難しい)

その信佐の手には、猟銃。

眼には、あからさまな敵意と恐怖。

それが銃口の震えになり、銃身のせわしない動きになる。十一人は幾度となくロックオンされてる。いや、信佐はまるで猟銃を使った剣道かダンスをしてるようだった。それだけ信佐の激昂《げっこう》は激しく、また鬼気《きき》せまっている――

(まだふらついてる。毒を飲んだばっかで苦しいだろうに。何でこんな事に?)

唯花と僕が見凝《みつ》めあったとき、紗江子総帥の言葉が響いた。怜悧《れいり》に、厳格に。

「信佐、銃を置きなさい。これは命令です」

「いっ嫌だ!! ぼ、僕は殺される、文渡家の後継者は皆殺しなんだ!!」

「愚かなことを。銃を置くのです。お前は殺されない。私はお前を殺させはしない」

「そんな紗江子様!! 僕は毒殺されかかったんですよ!? そしてやった奴はここにいる!!」

「よいですか信佐」

紗江子総帥は嘆息《ためいき》を吐いた。

「私の命令に遵《したが》いなさい。そして私の言葉をお聴きなさい――

私は必ず摘発する。慶佐を殺した愚か者も。お前と英佐に毒など盛った愚か者も。そう、犯人はここにいる。お前の指摘したとおりよ。

そして実は、私にはその犯人が分かっています」

「な、なんですって!?」

「この舞踏会《ぶとうかい》が終われば、しかるべき制裁を加えます。慶佐と英佐と――そう信佐、お前が味わった苦痛以上のものを与えてね。まさか、お前は殺させはしない」

「う、嘘です!!　嘘だ!!　紗江子様までが僕を騙《だま》そうと――」

「私がお前に虚言《きょげん》したことがありましたか?」

(唯花、ホントなの?)

(決定不能-ホント)

(えっ)

(紗江子様は主観的に確信している。その犯人を。何故ならホントを喋っているから)

(だ、だけどこの時点で?)

(それが正解かどうかは、私にも判別不能だけどね。ただ正解であってもおかしくはない)

(なっ)僕は絶句した。(そんなことを言うってことは、まさか、唯花ももう正解を)

「信佐!!　お願いだから、どうか……」

九美子が泣きながら哀願《あいがん》する。

「あなたは殺されやしない!!　絶対に、絶対に殺させはしないから!!　だからお願い、恐いことは止めて。どうかベッドに帰って……あなたはまだ病人なのに……

ああお願いよ!!　あたしの信佐!!」

「信佐君、とにかく冷静に話し合おう」

章一郎常務がゆっくりといった。

「今回の事態には、私も責任を感じている。君の恐怖もよく解る。だが私も章佐も、断じて君を守る。私たちだって後継者皆殺しは恐いからね。だからここは銃を置いて、まずは」

九美子の涙によって垂れ下がってた銃口は、しかし、章一郎常務の言葉に元気づけられた。再び跳《は》ね上がり、いきおいよくギャラリーを睨《ね》めつける。なんと唯花と僕もだ。

「冗談じゃない!! 慶佐が殺されて、英佐がやられて今度は僕ですよ!! しょ、章吉家なんて誰が信じられるものか!! よくもまあ、いけしゃあしゃあと!!」

「なるほど確かに、この状況で、犯人が一族でないと考えるのは実に難しい。それは解る。

ただ章吉家の名誉と、その家長《かちょう》の名において誓おう――

慶佐君の悲劇。犯人が文渡家の一族であるということ。その犯人は章吉家にはいないということ。控え目にいって、このどちらかは絶対に真実だ」

ここでやっぱり出た。唯花のサイン。ポニーテイルに触れる左右の指は――

（1－1、すなわち真－ホント。章一郎常務の発言は客観的に真実で、主観的にホントだ）

唯花の文渡家データベースは、もうそろそろ『真偽』を判別できるほど充実してきた。そういうことだ。もちろん、すべてのフレーズについてじゃないけど。

（一緒に動いてるから、一緒の情報をダウンロードしてるはずなんだけどなあ……）

そう、僕には真偽なんて、全然弾《はじ》き出《だ》せない。

「しょ、章吉家のデタラメなんて信じるもんか!!」

「ただ私たちは、君を養子にまで迎え入れようとしている家だ。これは事実だろう？」

「そっそれは」

「養子にしてから殺すと？　私は銀行の常務だ。私はそこまで愚かだろうか？」

「り、理屈で言いくるめようったって駄目だ!!　誰ひとり信用できるものか!!　章吉家だって、いや禎吉家だって、そう使用人だってそうだ!!」

「まあ、禎吉様は確かに邪悪な洒落《しゃれ》がお好きだけどさ」

章佐さんが淡々《たんたん》といった。さすがに刺激するのは避けてる。

「仮に財閥総師になりたかったとして、自分より継承権の弱い親族は殺さないさ、絶対に」

「どうしてだよ!!」

「そりゃ決まってる。自分が働きたくないからさ。

カネさえ自由になればいいし、なら財閥が沈んだら困る。だったら、財閥の実務をこなしてくれる若手をブッ殺すはず、ないだろ？　そんなことしたら、禎吉様が紗江子様なみに仕事をしなくちゃならなくなる。そして禎吉様はその器でない。御自身がいちばんよく知ってる。

こんなに解りやすい理屈はないさ」

「ここには使用人が七人いる!!　誰がどんな陰謀をたくらんだか、解ったもんじゃない!!」

「……使用人は後継者じゃないから、後継者と組まなきゃ意味がない。メリットがない。すると、これは共犯論になるな？　もっとも僕には、誰と誰が組むのか、その組み合わせすら想像できないんだが……まあそれはいいさ。

大事なことは信佐、こうだ。

もし後継順位が上の者と使用人が組んだら？　連続殺人は絶対に信佐まで及ばない。

もし後継順位が下の者と使用人が組んだら？　いったいどれだけブッ殺せばいいんだ？

外の世界だって複数殺しは死刑だろ。文渡家の一族はいま八人だぜ？　ましてここは文渡村。慶佐に手を出した時点でもう、紗江子様の残虐《ざんぎゃく》な刑罰は確定してる。絶対に恩赦《おんしゃ》はない。そう、ひとり殺しただけで、絶対に恩赦はない……なら。

文渡家の一族が八人もいればさ、それを使用人が殺すことはないよ、絶対に。だろう信佐？」

ここで唯花のサインが出た。真－ホント。

「そ、それは」

「そうだろう？　さあ、とりあえず銃を置けよ」

「信佐」

紗江子総師がいった。それは哀《あわ》れみだった。

「お前の心はよく解った。そしてお前も解っている。私が誰を大切に思い、誰を深く愛してきたか……

ねえ信佐。お前は財閥の次代を担うたからもの。なるほどお前は今、愚かなことをしています。おまえの罪、私はそれに怒りを憶《おぼ》える。しかるべき罰をとも考えている。ただし慶佐亡《な》き今、私はお前まで失うわけにはゆかない……

最後に申し渡します。

愚行をしっかりと悔い、ここにいる総員に詫《わ》び、なかんずく私に罪の赦《ゆる》しを請《こ》いなさい。

さすれば話し合える。そしてお前を不問《ふもん》に付すこともできる。それが私の心……

解ったなら銃を置きなさい。そして伊集院先生の指示を受け、まずは療養しなさい。どうですか信佐⁉」

「……わ、解りました、紗江子様」信佐の銃口がだらりと下がった。「しかし一族と使用人に警告しておく‼　もし今後、僕を殺すなんてバカなこと考えるならこの銃で‼」

あっ、と思ったその瞬間。

信佐は猟銃を天井にむけ。

嗜虐的《しぎゃくてき》な顔でドン、と一発発射した。

正確には、引き金を引いた。

それは猟銃を暴発させ——

銃身と信佐の腕と、そして頭の半分を吹き飛ばした。

Ⅳ

——文渡村、信吉家へむかう街路。

僕らは禎吉《さだきち》老と一緒に、美佐さんの下へ使いに出た。あの病気の、美佐さんだ。

(嫌な使いだ)

メンツもよく解らないが、メッセージはもっと嫌だ。

(あなたのお兄さんは、毒死は免《まぬが》れたんですけど、事故死してしまいました——だなんて)

信佐は死んだ。確実に死んだ。伊集院さんは、既に救急救命も諦《あきら》めてた。

母親の九美子は狂乱した上バタリと卒倒《そっとう》。

紗江子様の陣頭指揮《じんとうしき》で、とりあえず遺体が整えられると、すぐに対策会議が始まった。

もちろん、部外者だのメイドだの、穀《ごく》つぶしだのに用はない。そんなわけで、美佐さんへのメッセンジャーは、この三人に決まったのだ。当然、紗江子様の厳命だ。

電動二輪でゆくのか、と思ったら、長老爺《じい》さんは散歩が好きらしい。飄々《ひょうひょう》とした着流《きなが》し姿のまま、ヒョイヒョイと歩き始める。自然、僕らも歩くことになる。

真夏の蝉時雨《せみしぐれ》。

山嶺《さんれい》をわたる森の風。

太陽のいのちと木々の息吹き。いい天気だ。絶好の散歩日和《びより》。

親友の弟が殺され、ハトコは死に、親友本人すら毒死寸前とは思えない好天だ……

そして、やっぱり唯花がここで仕掛ける。

「禎吉様。ちょっとお尋《たず》ねしても？」

「ウッヒッヒッヒ――」

禎吉老はマイペースだ。たとえ又甥《またおい》が死んでも。ある意味徹底してる。

「楽しみ、とは？」

「――やっとワシの番か。イヤかまわんよ無論。むしろ楽しみじゃて、ウッヒッヒッヒ」

「お嬢さんがワシの嘘、どれだけ見破りよるかじゃよ。ウッヒッヒッヒ」

「……まずは姪孫《てっそん》に当たる信佐くんのこと、お悔やみ申し上げますわ」

「ありがとうといっておこうか」長老はしれっといった。「ここはシットリしとかんとな」

「というと、あまりお悲しみでない？」

「ワシは世捨て村の、そのまた世捨て人じゃよ。ウッヒッヒッヒ」

「財閥の将来を背負う孫世代。既に全滅の危機にありますが？」

「ウム、由々《ゆゆ》しき事態じゃて。ワシがくたばるまでは、財閥もしゃんとしてくれんとな」

……こりゃ駄目だ。見事なまでの腐りっぷり。

「そもそも、あの猟銃はどこから出てきたんでしょう？」

「つまらん。それなら嘘を吐くまでもないわい。文渡村の者にとっては常識じゃからな」

「というと？」

「佐吉家には猟銃のコレクションがある。兄の佐吉が、野駆《のが》け山駆《やまが》け、大好きじゃったからの。その遺品として飾ってあるんじゃ。それこそ腐るほどある。実弾もある」

「佐吉邸のどこにあるのです？」

「地下倉庫じゃ。おっと先んじて言っておくと、無施錠・無警戒・無監視。文渡村には警察の立入検査もなければ、実際上、銃刀法の適用もありはせんからの。ウッヒッヒッヒ」

「誰が使っていたのですか？」

「サテ、この十五年でいえば……おお、章一郎と章佐じゃのう。

英佐は一八歳から東京じゃろ？　紗江子様と慶佐と美佐は、まさか野駆けなどできん。九美子サンは、ソリャ武器は欲しかろうが使い方を知らん。そもそも章吉家が教えはせん。

ああ、ワシはああいう不風流《ぶふうりゅう》なモノは好かんぞ」

「肝腎《かんじん》の、信佐くんは？」

「ホラ、章一郎が信佐にちょっかい掛けとったろう。後継者として育てるだの、養子にするだのと。あんな感じで、猟《りょう》に誘ってはおったな。ここでのレクリエーションとしては、マア健康的じゃや。

若い信佐にとっても、銃は魅力的だったんじゃろ。これについては、章一郎どもの言うことを、よう聴いておったわい」

「すなわち信佐くんは、保管場所も取扱方法も知っていた」

「当然じゃな」

「確認ですが、銃のコレクションなり実弾なりの存在は、文渡村総員の常識」

「まさしく。ここは十五年変わらん世界じゃからの。ウッヒッヒッヒ」

「手入れは？」

「章一郎どもがやっておったはずじゃが、興味がないのう。

ただワシが若い頃は、よう佐吉兄サンに怒られたもんじゃ。素人は絶対に触るなと。手入れを怠《おこた》っておれば当然じゃが、しっかり手入れをしておっても、取扱いひとつ、姿勢ひとつ――イヤ撃ち方ひとつで暴発するもんじゃと。少なくともアッサリ脱臼《だっきゅう》すると。

それもあって、紗江子様は、信佐にあれだけ警告したんじゃろうな……

紗江子様と佐吉兄サンは、そりゃもう仲睦《なかむつ》まじい鴛鴦《おしどり》夫婦じゃったからの。いや、佐吉兄サンが尻に敷《し》かれておったほどじゃ。紗江子様は、家政《かせい》でも経営でも、すばらしき伴侶《はんりょ》でありすさまじきパートナーでの……マアそうでなければ、いきなり財閥の総帥になど就任できはせん」

「仲睦まじいというと、夫婦喧嘩《げんか》などもなく？」

「もちろんじゃ」

「ウ、ウソです」

「ウッヒッヒッヒ、ウッヒッヒッヒッヒ——こりゃ愉快だわい。アンタどうやらホンモノらしいの？」

「光栄ですわ。禎吉様は、何故そのような嘘を吐くのです？」

「そりゃもちろん暇潰《ひまつぶ》しのためじゃよ。穀潰しの暇潰しじゃ」

「暇潰し以外にも、ヒトが嘘を吐く理由はありますわ。特に死活的な、命懸けの嘘なら」

「ハテ、とんと記憶にないが」

「ウソです」

「ウッヒッヒッヒ——ならばいおうか。ワシゃ紗江子様にこの命、捧げとるんじゃよ。紗江子様の御為《おんため》ならばこの禎吉、命に代えても大嘘を吐くし、夫婦喧嘩の仲裁もするわいウッヒッヒッヒ」

「了解しました。それで仲裁というと、どのような夫婦喧嘩があったのです？」

「妾《めかけ》じゃよ」

「妾」

「愛人じゃ。浮気じゃな」

「誰と？」

「マア、もう鬼籍《きせき》に入っておるからええじゃろ。一五、いやもっと年の離れた使用人じゃ」

「どんな?」

「そりゃ知らん」

「ウソです」

「……フーム、思ったよりやりよる、手強《てごわ》いの。

ただ死んだ兄の醜聞《しゅうぶん》じゃ。ワシが喋ったなんてことがバレたら、紗江子様も激怒されようて。だから、これ以上は絶対に言わんぞ――

文渡家の、大阪邸の使用人じゃ。

マア愛人じゃから、秘書のような位置付けでもあった。

紗江子様はのう、ホラ、ああいう御性格じゃから、マアやりにくい所はあるわな」

「なるほど。佐吉翁としては、最近でいう癒《いや》しなり安らぎなりを、愛人に求めたと」

「陳腐《ちんぷ》な話だわな。ただまさに、昔ながらの尽くすタイプの女でのう。ふてぶてしい感じは全然、なかったと聴く。マア九美子の真逆じゃな、ウッヒッヒッヒ――

いってみりゃあ、紗江子様には死んでお詫《わ》びしたいが、この恋だけはどうにもならぬ。イザとなりゃ自分が首括《くびく》って始末をつけるが、それまでは佐吉兄サンと、兄サンの大切な財閥の御為《おんため》に全身全霊を――むろん躯《からだ》もじゃがの、ウッヒッヒ――捧《ささ》げて命果てるまでお仕えする。マアそんな感じの女じゃ。覚悟の定まった、自己犠牲の女じゃったそうな」

「それだけ壮絶な献身《けんしん》ぶりなら、すぐバレそうな気もしますが?」

「イヤそうでもない。文渡財閥は巨大じゃ。松山邸と大阪邸のスタッフは別々。行き来も異動もありゃせん。紗江子様御自身も、東京にはよう行っておったが、マア大阪とは、縁が薄かった。だから大阪邸のスタッフも、まさか総帥の秘め事をバラそうとはせん。佐吉兄サンは誰にも慕《した》われておったし、カネ配りも豪勢《ごうせい》じゃったからの。ワシがいうからには間違いない」

(変な自慢もあったもんだ)

「なるほど。つまり大阪は穴場だったし、使用人の処遇《しょぐう》もよかった。だから大阪邸から、愛人の存在が漏れる確率は低い――

ならば何故、紗江子様はそれを察知したのです？」

「そりゃワシが喋ったからじゃよ、ウッヒッヒッヒ」

「……さすがは御兄弟ですね。心温まる話ですわ」

「当たり前じゃろ。当時ワシはまだ六三歳。佐吉兄サンは六八歳――正統なる後継者・佐一郎《さいちろう》は三一歳」

「佐吉翁《おう》の御長男の、佐一郎さんですね――英佐くんの御父様の」

「まさしく。その英佐ならまだ六歳じゃや。

さて、その時点で、ワシら四兄弟は、もうふたりきりじゃった」

「文渡四家の祖、文渡四兄弟。もう章吉翁と信吉翁は、亡くなっていた」

「しかり。すると佐一郎は壮健《そうけん》じゃが、孫たちは幼児か赤子《あかご》。その佐一郎に万一のことがあったなら、ワシとて財閥の後継者になりうるじゃろが？　佐吉兄サンの実弟じゃからの」

「なるほど。またまた心温まる話ですね。要するに、財閥の財産が減ってはマズい」

「あの頃は、ワシもまだまだ俗世に未練があったからの……

佐吉兄サンはせっかく、妻ひとり子ひとり。よう分からん使用人だか秘書だかに、変な遺言でも残されて、財産なり企業なり、ゴッソリ持ってゆかれては敵《かな》わんぞ。

それに、財閥総帥の秘書的な女じゃ。幸か不幸か、財閥の裏も表もよう知っておる」

「ああ、なるほど。ビッグチャンスで禎吉政権が誕生しても、強請《ゆす》るネタには事欠かない」

「ならば、どのみち兄サンの愛して愛してやまぬ財閥が、馬の骨に揺すぶられることになるじゃろが？　紗江子様もそれはそれは、それはそれは深くお悲しみになるであろう——

と、いうわけで。

ワシは文渡家なかんずくワシ自身の正当な権利を守るべく、紗江子様に真実をありのままお伝え申し上げた——とマア、こういう聴くも涙語るも涙の物語じゃて」

「……当時の年齢をお聴きしていると、鼓膜《こまく》を使うも涙の御注進《ごちゅうしん》をなさったのは、あの飛行機事故の直前ですね？」

「オヤ計算に聡《さと》い。そのとおりじゃ。十五年前、二〇〇〇年のことじゃて」

「それが紗江子様と佐吉翁の、夫婦喧嘩になったと」

「しかり」

「紗江子様の制裁は？　その使用人なり秘書なりは当然、苛烈《かれつ》な罰を受けるはずですが？」

「それはそうじゃ。紗江子様のあの御性格じゃからの。ただし」

「ただし？」

「お嬢さんが言ったとおりじゃ。時まさに飛行機事故の直前。兄サンは平謝りの土下座《どげざ》で全面降伏しとったし、さて妾《めかけ》をどうイビり殺そうかというそのとき——飛行機がドカン」

「イビり殺す暇《ひま》もなかったと？」

「もうそれどころじゃなかろう？　佐吉兄サン自身、死んでしもたんじゃから」

「文渡家がここへ閉じこもったのも、その愛人問題の影響があるのですか？」

「どうじゃろな。紗江子様は御経験から、英佐ら孫世代に蟲《ムシ》がつくのは避けたかろうが」

「その愛人はどうなったのです？」

「ひっそりと消えた。世間の誰も末路《まつろ》を知らん。この文渡村へのアプローチもない」

「結果として、禎吉様は、紗江子様に忠誠心を評価されたでしょうね」

「ワシみたいな能無しを飼っていただけるのも、そりゃすべて紗江子様のお陰《かげ》じゃて」

「なら紗江子様の御長寿《ごちょうじゅ》を、願っていらっしゃる」

「もちろんじゃ。ただ、もうお歳もお歳。紗江子様に万一のことあらば……イヤイヤ、ワシャ絶対に、英佐に生き残ってもらいたいのう。

お嬢さん、お前サンら英佐の友達じゃろ？　あれの心根《こころね》、よう知っておろうが。

ワシにも無論優しい。紗江子様の直系じゃし、総帥になってもワシに無下《むげ》なことはせん。あれは素直で純粋な奴じゃ、真《ま》っ直《す》ぐじゃ。ワシと違ってな。まあ他人様を信じすぎる悪癖《あくへき》はあるがの、ウッヒッヒッヒ」

「裏から言えば章吉家と信吉家には家督《かとく》を継いでほしくないと？」

「当然じゃ。章一郎と章佐は五菱《ごりょう》銀行と組んどる。財閥を売り渡すかも知れん。しかも無類の改革好きじゃ。合理化、リストラ、コストカット。なら当然ワシの敵じゃろ？」

「その五菱銀行のお話。紗江子総帥はお怒りでしょうね？」

「怒るも怒らんも。愛する財閥と愛する佐吉兄サンへの、最大の裏切り行為じゃからの」

「ただ章吉家ふたりは無類の改革好きだから、面従腹背《めんじゅうふくはい》なのですね？」

「マアあのふたりなら、紗江子様を害するか、紗江子様を廃する悪謀《あくぼう》を練《ね》っておってもワシャ驚かんよ、ウッヒッヒッヒ――」

「惣領孫《そうりょうまご》の、英佐くんが黙ってはいないでしょうに」

「ありゃ東京の大学に行っておるしの。ただ仮に英佐がおったとして、章吉家の増上慢《ぞうじょうまん》は変わらんよ。章一郎に章佐。あれらがどれだけ英佐について悪口雑言《あっこうぞうごん》を吐いておるか」

「禎吉様。禎吉様のお話、大変興味深いですわ――

するとと結論として、禎吉様には犯人の心当たりがある。そうですね？」

「ウッヒッヒッヒ。そう聴こえたなら、そりゃワシの人徳のなさじゃのう。

ただし。

ワシとて開祖・佐之輔《さのすけ》翁の孫にして後継者世代の大叔父《おおおじ》。長老格じゃ。お嬢さんがウソを見破るというなら解ろうが、ワシは今の文渡家を愛しておる。ワシなりのやり方でな。

そして、紗江子様とワシは同世代。ワシらこそが、この没落《ぼつらく》財閥の生き字引《じびき》じゃて。

その生き字引として、これだけは言うておく――

慶佐殺しなら慶佐殺しでいいが、家政面でも経営面でも、佐吉兄サンをあれほど恐れさせたあの文渡紗江子がおるかぎり、その犯人は一族ではありえんのじゃ、絶対に」

唯花はここでポニーテイルに触れた。

左右の人差指が、自然な時間差でクッキリ立つ。1－1。

（真－ホント。すなわち禎吉老の今の文は客観的な真実で、主観的なホントだ）

「それほどまでに、紗江子様は絶対的なカリスマだと？」

「さもなくば、こんな一族を統率《とうそつ》できてはおらん。そもそも十五年前に諦《あきら》めとる」

「章吉家の態度を踏まえてもそうですか？」

「陰謀や計略はあるかも知れんが、章吉家には社会的なメンツがあるでの。殺人となると、ハテサテ」

そして僕らは、とうとう信吉家の邸宅に着いた。

そう。死んでしまった信佐の妹――重病の美佐さんがいる御屋敷だ。

V

「こんにちは、美佐《みさ》さん。具合はどうですか？」

「本多唯花さま、でしたね!!　よくいらしてくださいました。すぐに起きますから」

「いえいいの、そのままで」

唯花は病気の人に優しい。声まで違う。

そりゃセラピストだし、自分も障害をもってる。それは、理由になる。

けど、きっともっとつらい、もっと切実な事情がある。唯花の声は、そんな悲しい声だ。

（いつか僕に、それを打ち明けてくれるだろうか？　その壁を、越えさせてくれるだろうか？）

「無理しないで、楽にして。それに唯花でいいわ。歳も全然違わないし」

重い腎臓《じんぞう》病だという美佐さんは、やはりベッドに臥《ふ》せてた。

激しい運動は禁止——どころか、できるならずっと動かない方がいいとか。悲しいことだ。それでも車椅子が用意してあるし、今、信吉家のメイドも美佐さんを移そうとしてた。ずっと寝たきりってわけでもなさそうだ。

（確か、紗江子様がいってたな。信佐の誕生祝いには、美佐さんも無理して出席したって。でも慶佐くんと一緒に退席したほど、病状は悪い……)

「それに、禎吉大叔父《おじ》さまも!!　わざわざ遠い所をすみません」

「なに、徒歩一〇分じゃ。孫世代でもお前は特別なのに、ワシこそ無沙汰《ぶさた》してすまん」

「私が悪いんです。大叔父さまに失礼ばかり……せっかくのお客様だって、歓迎することも、お話しすることもままならずに。本当に申《もう》し訳《わけ》ありません。それに、きのうの晩餐《ばんさん》に出ることも……」

晩餐のくだりで、美佐さんの顔が翳《かげ》った。当然、兄の信佐《しんすけ》によく似た、線の細い顔立ちだ。とてもよく似てる。さすがにハトコの英佐や章佐さんとは、かなり違ってるけど。

そして信佐の場合、線の細さが鬱屈《うっくつ》と陰湿さにつながってた。けど美佐さんの場合、それが擁《かば》ってあげたい儚《はかな》さにつながってる。

(病気だからかな、透《す》けるように白い肌。きれいな黒髪。日本人形みたいだ)

肌と髪なら唯花も負けてないし、事実、唯花はミス井《い》の頭《かしら》大学の声がたかい。

けど、僕は唯花に匹敵《ひってき》するほどの娘《こ》を、昨夕の挨拶回りで初めて見た。初めて……

……何故か強烈な違和感に襲われた。

(いや、おかしい)

初めて会ったときの衝撃。それとは違う何かを、いま突然、パッと感じたのだ。

けれど、僕は今何を感じたんだろう？　この違和感の正体は？

「どうしたの、晴彦？」

「あ、いや何でもないよ」

「顔に出てるわよ。美佐さんに一目惚《ぼ》れしてるって」

「ふっ不謹慎だよ。ホントに、本当にそんなんじゃなくって……いやもちろん美佐さんはとても魅力的だけど、僕が考えてたのはさ」

僕が直前に考えてたのは、確か……美佐さんの顔、信佐の顔、唯花の顔、晩餐。

「あっそうだ、晩餐!!

美佐さん、美佐さん昨夜、佐吉邸の晩餐に来てなかった?」

「えっ」

美佐さんは絶句した。おろおろと続ける。

「い、いいえ……御免《ごめん》なさい、せっかくの集《つど》いだったのに。躯《からだ》の調子がよくなかったものですから、紗江子様のお許しをいただいて、欠席してしまいました」

「晴彦、あなた何訊いてるの? 晩餐の最初から最後まで、メンバーは固定だったでしょ? それにそんなことは、この信吉家のメイドに訊いてみればすぐ分かる。美佐さんの御様子、何度も何度も見に来てたんだから。それに美佐さんは移動が不自由なんだから」

「そ、それはそうだけど……いやそうだった。変なこと訊いて、こちらこそゴメン」

「いえ全然」

美佐さんは微笑んだ。そこには透きとおった諦《あきら》めがあった。

「初めてお会いしたんですから、誰にも勘違いはあります。文渡家は、大家族ですし。

「……それに、あんなことがあったら。お客様もビックリしちゃいますよね」

「それでのう、美佐。ワシらが来たのはな、実はその、信佐のことで……信佐が倒れたっちゅうことは、お前の耳にも入っておるとは思うが」

「ええ、すぐに佐吉邸から報《しら》せがありましたわ。ただ昨夜のうちに、峠は越したと」

「それが……おお美佐、なんということじゃ……ワシゃもう、どう言えばええのか!!」

禎吉老は激しく躊躇《ちゅうちょ》した。僕は意外に思った。いま禎吉老は、皮肉屋の世捨て人でも混ぜっ返し好きの穀《ごく》つぶしでも何でもなかった。あえていうなら。

（お姫様を眼《め》の前《まえ》にした忠臣、いや違う、天使をまえにしたヒトだ）

そして美佐さんは、やっぱり天使だった。どこまでも清澄《せいちょう》な瞳のまま、禎吉老を思いやるような微笑みのまま、なんと自分でいった。それも諦めだった。

「兄は、死んだのですね」

「ああ美佐!!　どうか、どうか気を強くもっておくれ!!　お前はワシらの希望、ワシらのたからものなんじゃ……

信佐が、そうじゃ、信佐がこんなことになった今、お前に万一のことがあったなら!!

ワシゃ冥土《めいど》で佐吉兄サンにどう詫びたらええか、おお美佐や!!」

「大丈夫です、禎吉大叔父《おじ》さま」

美佐さんは、禎吉老の顔をそっと撫《な》でた。

「大叔父さまの方がどれだけお辛いか……紗江子様がどれだけお嘆《なげ》きか。いえ、文渡家のみんながどれだけ苦しんでいるか……

それを考えれば、御迷惑をおかけしたのは信吉家。いえ信佐兄さんと私でした。そして私は、昨夜の報せを聴いたときから」

ここで美佐さんの瞳が唯花をみた。

それは湖のようだった。鏡のようで、静かで、強い。

そして唯花の瞳も美佐さんをみた。

そこには、残酷な真剣さがあった。唯花はきっと、興奮してる。尊敬と憤りと、恐怖でだ。

「いえ唯花さまがいらしたときから、その覚悟をしておりました。だから大叔父さま、お嘆《なげ》きにならないで。そして今こそ、この文渡村と文渡家のことを」

「そ、そうじゃのう、ワシらがオタオタしておったらいかんのう!!

ワシらにはまだお前もおる。英佐は予断を許さん状態じゃが、あの佐吉兄サンの孫じゃ。きっと恢復《かいふく》してくれるじゃろう。それに章一郎も章佐も健在——いやいや、ワシもそろそろ現役復帰じゃ!! 文渡家のエースがまた口出しし始めるとなれば、マア章吉家は愉快でなかろうが、可愛い美佐のため、孫世代のためじゃ。

……安心せえ美佐。ワシゃ覚悟を決めた。一〇〇歳いや一二〇歳まで生きて、美佐の子や孫の顔を見るとな。だから養生せえ。長生きさせえ。それが信佐の魂のため。何よりも紗江子様の悲願のためじゃ……

信佐のことは、本当にすまなんだ‼　ただ、頼む、ここは気を強くもつんじゃぞ。一二〇歳まで生きながらえる覚悟をしたクソジジイの願いじゃ美佐‼」

「大叔父さま。もう文渡家の一族は、充分に苦しみました……私たち孫世代のせいで。私は……大叔父さま私は……その、もし、紗江子様や大叔父さまが御決断をなさるのなら、この文渡村を開いて」

「な、なにをいうておる美佐？」

「いえ、あの、その……もしこのお苦しみが、孫世代を思ってのことなら私は」

「美佐」

「はい」

「紗江子様はお前の大伯母、ワシゃお前の大叔父じゃぞ」

「はい」

「ハトコの英佐は惣領孫《そうりょうまご》でまだ健在。従伯父《イトコチガイ》の章一郎は健在すぎる辣腕家《らつわんか》じゃ」

「はい」

「これらの後釜《あとがま》にも、ちゃあんとハトコの章佐がおる」

「はい」

「なら文渡家の一族はまだまだ安泰《あんたい》じゃ。この悲しみも苦しみもいつの日か消える。何を誤解しておるのか知らんが、バカなことを考えてはならんぞ。お前は文渡家のたから。

貴《とうと》い者にとってはな、生きておること、血を継ぐこと即《すなわ》ち義務なんじゃ。ワシらはそのためなら何でもする。よいか美佐、バカなことを考えてはならんぞ」

「……大叔父さま、ひとつ、お願いがあります」

「おう、なんでもゆうてみぃ!!」

「唯花さまと晴彦さまから、外の世界のお話を聴きたいのです」

「おうおう、そうかそうか!! そりゃあええ。せっかくの客人、十五年ぶりの客人じゃ。しかも一六のお前と歳も変わらん。あんなことがあった後……イヤそれはええ。とにかく訊きたいことは山ほどあろう。ワシゃ退散するから、気の紛《まぎ》れる、イヤ違った、楽しい話に花を咲かせておくれ。のうお嬢さん、ええじゃろ?」

「もちろんですわ。でしょ晴彦?」

「うんもちろん。よろこんで」

——禎吉老は美佐さんに何度も何度も繰り返して慰《なぐさ》めの言葉をかけながら、そして、何度も何度も繰り返して美佐さんの方を顧《ふりかえ》りながら、信吉邸を去っていった。

美佐さんの部屋というか病室には、僕ら三人が残される。

そして口火を切ったのは、美佐さんだった。

「信佐兄さん……兄のことでは、とんでもない御迷惑をおかけしてしまいました」

「迷惑なんてないわ。あなたにとって悲しすぎる、残酷《ざんこく》すぎる事態だと思っている」

「唯花さんは、嘘を見破る専門家だと聴きました」

「美佐さんの前では、そんな専門家である必要はないとも思っている」

「……もう、御存知なのですか？」

「たぶん。でもあなたは？」

美佐さんは寂《さみ》しく微笑んだ。直接の返事は、しなかった。そしていった。

「私はこの文渡村で、何不自由ない人生を過ごしてきました。外の世界ではきっと、考えられないほど恵まれた人生を……私にとっては、それがすべてです」

「でもあなたはさっき、禎吉老に叛《さか》らおうとしたわ」

「この十五年の御恩《ごおん》を考えれば、出過ぎたことでした。私は、紗江子様たちの御意志にしたがいます。兄が死んで、不覚悟《ふかくご》が出てきたのかも知れません。恥ずかしいことです」

「……ねえ美佐さん。ヒトは何故、嘘を吐くのかしらね。とりわけ、そう、悲しい嘘を」

「呪《のろ》いです」美佐さんは不思議なほど断言した。「頑《かたく》なまでに、取り憑《つ》かれるから」

「何に？」

「きっと、自分の役割に……役割だと、信じこんでしまったものに。

兄もまた、そうした妄執《もうしゅう》のなかで、苦しんでいましたから。嘘は、人を鎖で縛ります」

「そのお兄さんの話、してもいいかしら？　無理はしないで、お願い」

「かまいません」美佐さんには衒《てら》いも気負《きお》いもなかった。「それは覚悟しておりました」

「……気分が優れなくなったらすぐ言って。実は、その信佐くんは」

ここで唯花は、信佐の死について説明した。すなわち信佐はトリカブトで死んだのではなく、猟銃の暴発で事故死したのだと——

さすがの美佐さんもビックリしてた。そりゃそうだ。ただ、それはどうも『手段が違った』ことへのビックリ。『死んでしまった』ことについては、依然として平静だ。

（いくら覚悟してたっていっても、ちょっと不思議に感じる。美佐さんは、どうしてここまで……）

「という事故なんだけど、美佐さんはどう思う？　信佐くんは、いきなり銃をふりまわすような人？」

「もちろん違います。

兄は、その、能動的な人ではありません。内向的な人、思索的な人です。よほどのことがないかぎり激昂《げっこう》はしません。衝動的にも動きません。というか、その、それだけのしなやかさがないんです。そこまでの弾力がありません。

実際に起こってしまったことですから、何を御説明しても仕方ありませんが、私は、兄らしくない行動だと思います。ですから、そうですね……

兄であれば、そして殺される恐怖を感じていたのであれば、ベッドの下に猟銃を隠すでしょう。それはします。ただ、大勢の人の前で猟銃をかざしたり、銃口をみんなに向けたり、お話にあったような絶叫をしたり口論をしたり……それは、兄らしくありません」

「慶佐くんのことがある。そしてもちろん、昨晩のトリカブトのことも。

だから率直に訊くわ。信佐くんを殺したい人、文渡村にいる？」

「いません」

「……そう」

「動機がありませんから」

「それは継承権のことね？」

「はい。兄の継承権は、最後から二番目。信吉家そのものも、三男筋《さんなんすじ》の家——その兄を殺したいなどと考える人が、文渡村にいるはずがありません。ありえません」

唯花の瞳は微妙に翳《かげ》った。唯花は判別したのだ。ただ、唯花はサインを出さなかった。

「あなたはそれを熟知している。確信している」

「はい」

（しかし現実に、信佐に毒を盛った奴がいる……）

「もう少し、信佐くんについて教えて。信佐くんは確か、紗江子様のお気に入りね？」

「ええと、言葉にはちょっと問題がありますが、紗江子様が兄を贔屓《ひいき》していたのは、文渡村の誰もが知っています」

「あなたについては？」

「私は……私は人形のようなものです。人形は可愛がられます。それだけです」

「信佐くんと競《くら》べてどう？　紗江子様に贔屓されていると感じる？」

「自分では解りません。ただきっと、そうなのでしょう。英佐さま、章佐さんからは、確かに嫉《うらや》ましがられたことがありました。何度も。

ただそれは、たぶん、信吉家が財閥の実務といちばん遠いからです。後継者でない孫を、厳しく育てる必要はありませんから」

「あなたと信佐くんは、紗江子様のお気に入りだった。そうすると、お母様の九美子さんは嬉しいでしょうね――そこに希望があるわけだから」

「そうでもないんです」

「というと?」

「母は、その……実の親のことをこう言うのは問題ですが、その、被害者意識の強いところがあって。

母は血族ではありません。母のしていた仕事のことも、よくは思われていません。まして、この信吉家は三男筋。それなりの肩書きなり株式なりは与えられていますが、信吉家は財閥に口の挟《はさ》める家ではありません……」

「つまり、鬱憤《うっぷん》がある。そして紗江子様とは、いわば嫁 姑《よめしゅうとめ》」

「そうしたこともあって、紗江子様にも無礼な言動を……ただ母は、正直で率直なだけなんです。私たち兄妹《きょうだい》を、絶対に守ってゆかねばと。たったひとりの、実の親として」

「そのことが、具体的には、文渡百貨店その他の株式を売る云々にも」

「私たちを溺愛《できあい》するあまりのことです。ただ、紗江子様に対するあからさまな敵対行動でもあります。それは他家にも分かってしまいます。母はとても危険なことをしています」

「他家にも分かってしまう、というところだけど。

九美子さんの、あなたたち兄妹に対する溺愛ぶり。あまり派手にやると、むしろ身を滅ぼすんじゃない？　自分の子だけが可愛いなんて、家のなかで言ってればいいわけだし」

「そこは、文渡家のDNA……いえ文化というか……

例えば章一郎従伯父《おじ》さんと章佐さんも、親子の仲の良さを隠そうとしません。あの理性的な、章吉家のおふたりがです。まして正直で率直な母は、もっとやってしまいます。

どれだけ自分が子供たちを愛しているか。それを公言したり態度に出さないと、もう気がすまない感じで。ひょっとしたら、章吉家に対抗しているのかも知れません。ひょっとしたら、紗江子様の気を曳《ひ》こうとしているのかも知れません。でも娘として言えば」

「それもやはり、自分しか我が子の庇護者《ひごしゃ》はいないという危機感」

「……母はそれを、生涯の役目だと思っていた、いえ思っているでしょう」

「よく解ったわ。ありがとう。

次に、英佐くんとの関係について教えて。英佐くんは惣領孫《そうりょうまご》、後継者第一位。そうすると、下世話《げせわ》な想像だけど、九美子さんとしては愉快じゃないはずよね？」

「御想像のとおりです。隠しても仕方ありません。いま兄は後継者第五位。こんな私については意味がありませんが、でも第六位ではあります。もし仮に、継承権が全然なかったとしたら、母の心はもっと安らかだったでしょう。騒いでも無意味ですから。でも……」

「失礼な言い方になったら御免《ごめん》なさい。勝手に言葉を継ぐわね。

ところが、なまじカードをもっていて、しかもその手札が弱い。勝負の舞台には上がれるのに、その手札では勝負しても勝ち目がない」

「まさにそうです。

　ハッキリいって信吉家にはワンペアの役もありません。病気の私は事実上、捨て札ですから。そして兄は第五位。エースでもキングでもクイーンでもありません。ところが、宗家にはエースのワンペアがあった。章吉家なら、キングのワンペアが今もある。

　唯花さんのおっしゃるとおりです。勝ち目はありません」

「だからいっそう、フラストレーションが貯《た》まる」

「だからいっそう、母は英佐さまを激しく嫌い、激しく攻撃するようになります。もう御存知でしょうが、例えば兄の大学進学問題です」

「英佐くんが東京の大学に行けてるのに、信佐くんは差別されてるってアレね？」

「それもまた母に、すごくガソリンを注いでしまって……」

「紗江子様の懲罰《ちょうばつ》は、恐くないのかしら？」

「あの、その、正直で率直ですので、そこまで考えて喋る性格では……

　そして紗江子様はさかしまです。あれほど自他に厳格な方はおられません。

　ですから母の、その、なんというか戯言《たわごと》など、紗江子様からすれば蠅《はえ》の寝言ほどにも感じておられません」

「懲罰どころか、怒る価値もないと？」

「母にとっては、悲しいことです」

「根掘り葉掘り、人のお家《うち》のデリケートなことばかり訊いて、御免なさいね」

「いえ、紗江子様から御命令がありましたから。唯花さんたちは、慶佐さまのこと、お調べにきてくださったと。お尋《たず》ねがあったら、何事も隠すことなくお答えするようにと。私の方こそ、唯花さんたちのお力になれたら、嬉しいと思っています……慶佐さまは、私と一緒で、いえ宗家《そうけ》のお孫さんなのに、重い障害にお苦しみになって……だから私にもとても優しくて、よくふたりで」

（ふたりとも、文渡家では特別だ。重い病人だから。ふたりには、強い絆《きずな》もあったろう）

「ですから、私にできることがあれば何でも。それが私の望みで、祈りです」

「ありがとう。甘えて訊く」

唯花はストレートに質問した。つまり仕掛けた。

「慶佐くんを殺したのは、誰だと思う？」

「想像もできません。そして、想像すべきではないと思います。ごめんなさい」

「では訊き方を改める。そして紗江子様の命令と、私が救《たす》けを求めていること、よく考えて答えてほしい。もう一度だけ訊いて、あなたがどう答えても、それで引き下がるわ――慶佐くんを殺していないのは、誰だと思う？」

「……飽くまでも、私の直感です。それでいいですか？」

「もちろん」

「一族のなかに犯人はいません。少なくとも、章吉家のおふたりが慶佐さまを殺すなんて、ありえないと思っています」

「質問じゃないから、補充と補足を許して頂戴《ちょうだい》」

唯花はフレーズを判別する。それは、できるだけ整っていた方がいい。

「少なくとも、というニュアンスからして――美佐さん、あなたはこう考えている。第一、一族のなかに犯人はいないと思うが、そうでない可能性も捨て切れない」

「……はい」

「第二、章吉家にも犯人はいないと思うが、そうでない可能性も捨て切れない」

「そのとおりです。ですから、その第一を証明していただければ嬉しいですし、私はそれを望んでいますが、少なくとも、第二の方は証明していただけると思います」

「今のをまとめると、そうね、一族に――」

「一族に犯人がいないことか、章吉家に犯人がいないことは、あきらかになるはずです」

唯花はポニーテイルをそっと整えた。髪元《かみもと》の指が、自然な流れで動く。1－1――

「ありがとう美佐さん。質問を終わります」

「あの、唯花さん」

「どうしたの？」

「……そしたら、あの、私からも、いろいろ訊いていいですか？」

「もちろんよ」

「よかった!!」

美佐さんは、大学ノートを何と一〇冊以上、採り出した。いそいそと唯花に見せる。

唯花は途惑《とまど》ったように受けとり、パラパラとそれを繰った。そして、僕を見凝《みつ》める。

彼女の瞳には、あきらかなドン引きがあった――

「外の世界のこと、解らなかったこと、ずっとずっと、書き貯めておいたんです‼

私コンピュータの使い方って、よく解らなくて……誰も教えてくれないことも、いっぱいあって……ええと、まずは、そうだわ、『作家編』から」

綾辻行人って、まだ生きてますよね？　結婚してますか？

有栖川有栖って、どうしてカッコいい長髪なんでしょう？

青崎有吾って、実はおんなだってホントですか？

円居挽って、マドィヴァンと発音しなきゃ怒られますか？　ラーメン好きなんですか？

（そういえばこの村、立派な図書館があったな……

しかし誰だよ、財閥令嬢にインターネットの使い方、教えない奴は）

結局、唯花は壮絶な口頭試問《こうとうしもん》に耐え――

美佐さんの外出用の車椅子を借りながら、信吉邸をあとにした。

VI

――文渡村、村境。

僕は唯花の車椅子を押してここへ来た。

現代的な街区から、テクテクと主《しゅ》街道を外れると、ゆったりとした丘陵《きゅうりょう》になる。なだらかな高原。

樹林に浮いた文渡村は、実は、ゆるやかに下がる緑の草原に繞《かこ》まれてるのだ。

樹林をとりこんでる箇所もあるらしいが、少なくとも、僕らがいま下ってるエリアは草原だ。そして、その果てに村境《そんきょう》がある。

壁が。

僕らはそれをもう見てる。このコースを使って実査《じっさ》してる。だから案内なしで来られた。そして今、案内も第三者もいらない。というかそれが、唯花の命令だ。

——僕は唯花の車椅子を止めた。立つかい、と訊くと、少し休む、という。

顔色も悪い。

「第一の壁だね」

「でも、第三までよく見える」

緑の丘をわたる高原の風。その先に流れる雲。まるで、空に浮いてるよう。

ここは、天空の村だ。

そして三つの壁によって、ほぼ完全に、外の世界と切り離されてる。正確には、ふたつの壁とひとつの堀だけど。

眼の前には、一定間隔で、巨大な柱が立ってる。それ自身は、オベリスクみたいに無害だ。けれど、その巨柱《きょちゅう》を結ぶラインを越えることはできない。柱のすべてが、超音波を発してるからだ。もしヒトに超音波が見えたなら、まさにそれが壁を成してると分かるだろう。そして、もしヒトがこれを越えようとしたなら、まさか破裂はしないけど（医師と弁護士はそう脅したが、英佐は笑って否定した）、生理機能や脳機能にダメージを負うことは間違いない。そりゃそうだ。イノシシだの熊だのにやすやすと侵入されては、天空の村だの閉ざされた世界だのいってられない。むしろ動物の狩り場になってしまう――

それが、第一の壁。

そして列柱《れっちゅう》の先には、第二の壁＝堀がある。微《かす》かにその上側を見ることができる。ヒトが落ちたら、登ってこられないどころか、墜落死してもおかしくない深さがあるとか。

それが、第二の壁。

そのまた先には、文渡村から見て最後の、外界から見て最初の壁がある。これはまさに壁だ。重々しいアイボリーの、荘厳《そうごん》な壁。美観を考えているのか、刑務所みたいじゃない。むしろ古代ローマの、コロッセウムみたいな感じだ。雲海の近くにあるから、遠近感とたかさが狂う。だから規模は分からない。英佐によれば、とてもクライミングする気にはならない設計だとか。

それが、第三の壁。

そしてついにその先は、石鎚《いしづち》山脈と樹海だ。道もなく、川もなく、村もなければ平地もない。要するに、自殺覚悟のサバイバル・トレッキングをしないかぎり、そもそも第三のコロッセウムにすら、到《たど》り着けはしない――

(唯花はそれを、真っ先に確認した。英佐たちガイドの発言も、判別した)

五感による観察も、すぐデータベースに書きこまれる。だから結論は出る――

文渡村は侵入・脱出に対して閉じているか?

閉じている。これは確実に真－ホント。

仮にそうでないのなら、紗江子総帥が直ちにそうするからだ。これも真－ホント――

「ああ、ノイズがないのは気分がいいわ」

「疲れが出てる」

さっきの講義が響いたのかな。大学ノート攻め。

「顔、真っ青だよ」

「理想的なフィールドというのは、研究者への負荷《ふか》もたかいということよ」

「……使い過ぎたのかい、能力、いや障害を」

無茶しちゃダメだよ。僕はその言葉を飲みこんだ。唯花は、瑠璃色《るりいろ》の火だ。凍てつきながら燃えてる。誰にも解らない。唯花がホントは、どれだけ情熱的か。

(その激しすぎる炎は、誰にも消せない……僕が、もう少し壁を越えられたなら……)

「もう少しセーブする予定だったんだけどね」唯花は顳《こめかみ》を押さえた。「すさまじすぎて」

「何が?」

「情報量、そして嘘」

唯花は車椅子に座ったまま、見事な雲海《うんかい》を眺《なが》めた。そしていった。たぶん、理由を。

「舞台だからよ」

「舞台？」

「まさに、コロッセウムでしょう？」

「それはまあ」

「そしてこれほど異様なコロッセウム、異様な舞台、異様なフィールドを私は知らない」

「どういうこと？」

「異様さの第一、情報量が多すぎる。文渡家一族に関する情報は多すぎる。これほど自分語り自分たち語りが好きな人々というのは、私の経験からいえば、心理査定《しんりさてい》を受けるべきよ。すぐパーソナリティ検査のテスト・バッテリーを組みたくなるわ」

「まあ確かに、部外者の僕らによくもまあペラペラと――っていう印象はあるな」

「第二、真の情報が多すぎる。例えば親族関係よ。私にイトコチガイだのハトコだのがいたとして、それもうじゃうじゃいたとして、そのライフヒストリーに興味なんてないわ。ましてや年齢なんて知ったことじゃない。晴彦だってそうでしょ？」

「おっと、それもそうだ」

僕自身、大学だの市役所だので、両親の生年月日を書くのにも困るタイプだ。

「第三、そればかりか、偽の情報も多すぎる」

「例えば？」

「多すぎて難しいわ。でも私は紗江子総帥の謁見《えっけん》を終えたとき、それをもう指摘してる」

「あのとき、君は笑ってたね」

——泣きたくなるほどにね。寂しく苦笑しながら唯花は、また顳《こめかみ》を押さえた。

「第四、親族のことばかり話している。最後に第五、断定的なことばかり話している。アイツはこうだ。ソイツはこうだ。事実はこうだエトセトラ」

「うーん、確かに昼ドラ攻撃にはまいったけど、でも断定的な事ばっかってのは、そんなに異様なことなのかい？　むしろ情報がクリアで正確で、いいことのような気が」

「マージンが無さすぎるのは、それ自身異様よ。受け手への負荷が大きすぎるもの。

学生言葉を考えてみて。『みたいな感じで』『ヤバい』『ていうか』『じゃね？』『超ウケるんですけど』——人間関係の摩擦《まさつ》を考えるとき、あいまいさは必要不可欠なの」

「ああなるほど。だからマージンがないと、受け手に摩擦とか、負荷がかかると」

「この文渡村では、私の研究史上最大級の負荷を感じた。すごくソリッドで遊びがない」

「結論《だく》として、文渡村は、異様なコミュニケーションの舞台である。こういうこと？」

「諾、すばらしく諾。

そして特に注目すべきは第二の点。すなわち『真の文が過剰である』こと」

「ていうと？」

「友崎《ともさき》論理よ。もう教えたわね、憶《おぼ》えてる？」

唯花が初めて英佐と話した日。先客は、警視庁の友崎警視だった。そういえば講義してもらったな、友崎論理。

「ハイ先生、あれは確か——」

「あ、ちょっとまって。そのテストの前に言っておくと——私は気持ち悪い」

「もう、頑晴《がんば》りすぎだってば。唯花はいったん乗り気になると、食べるのも寝るのも、自分の脳のことも忘れちゃうから」

「お風呂《ふろ》のこと指摘しないでくれてありがとう。でも気持ち悪いっていうのは、この文脈では、私の気分とか体調のことじゃないわ」

「え」

「このフィールドにいる人々は、『気持ち悪い』ことばかりしている。それが気持ち悪い」

「うーん、確かに心温まる家族じゃないけど、不快感はないよ。お金持ち一族の奇行だよ」

「いいえ、気持ち悪い。だって自ら、好き好んで、人間関係を気持ち悪くしているもの。それもどんどん、気持ちが悪くなる方へ、悪くなる方へと」

「例えば？」

「敵対関係はどんどん深めてゆく。宗家と他家の関係がそうね。溺愛関係もどんどんアピールしてゆく。各家の親子関係がそうだわ。どう思う？」

「……ハイ先生、まあ、確かに過剰です」

唯花が美佐さんに言ってたっけ。家のなかでやってればいいのに、みたいなことを。そうぃわれて思い出すと、文渡四家、様々な組み合わせで、おかしな態度がみられた。

(そうだ――悪い関係をより悪くし、良い関係をより良くする、しつこいほどの態度)

前者はもちろん気持ち悪い。見てる方も、やってる方も。

ところが後者だって、あまりに公然すぎると、見てる方はもちろん気持ち悪い。そしてやってる方も、反発や敵意を買うから結局、気持ち悪いはずだ。

実際、僕らはそんな証言を腐るほど聴いてきた。これを要するに――

「過剰なほど、人間関係を極端にしてる。それは、気持ち悪いことのはずです先生」

「そうなるわね。文渡村で極端でないのは、そう、あなたの美佐くらいのものよ」

「……それは著《いちじる》しく極端で過剰で気持ち悪い意見だと思うよ。ていうか誤解だよ」

「ならあなたのるりでもいいわ」

どうしてだろう。唯花は時々僕に、変な絡《から》み方をする。生徒をからかうことないのに。

「なんでるりさんが出てくるのさ!!」

「もう気付いていいはずなのに、なかなか鈍感だからよ」

「いやですからですね先生」

「美佐とるり以外は、結論としてどう？　気持ち悪いでしょ？　過剰で極端なんだから」

「ハイ先生、結論として……」

まさしくそうなるね。だって人間関係を改善する気も、バランスをとろうって気も、いや、自分が気持ちよくいたいって気すら、ないみたいだから」

「お見事。関係の固定化。これこそが文渡村ミステリのコア」

「関係の、固定化……」

でもさ唯花。ぶっちゃけ、それがどうしてコアなのか、全然解らないよ。だってさ、唯花が依頼されたのは、慶佐くん殺しの犯人捜《さが》しだろ？」

「違うわ。この文渡村における嘘吐き捜しよ」

「あっゴメン、確かにそうだ」

唯花は探偵扱いされると怒る。自分は心理学者だと。

「そうだけど、でもさ。その文渡村ミステリのコア？　それは、その嘘吐き捜しには、ちょっとつながらないような。いや全然つながらないような」

「否《いな》、おぞましく否よ。最大級に、超越的《ちょうえつてき》に否だわ」

「えっ」

「そんな嘘吐きだったら、さっき美佐さんのお家《うち》で解明されている。解らなかったの？」

「ええっ」

ここで唯花は、まじまじと僕を見た。そして本当に、意外な顔をした。

ああ、僕はこの顔を大学で、無数に見たことがある——何度も何度も繰り返して。

これは、〈あれだけ教えたのに、まだ解らないの？〉の顔だ……

「補講《ほこう》ね」

「スミマセン」

「私はあなたにサインを出してきたわね？」

「ハイ先生」

「晴彦、それはあえて出したのよ？

　そもそも私がこれだけ疲労して、車椅子なんて使ってるのは、障害をフル活用してきたから。実はサインを出したとき以外も、かなりのスキャンをしていたの。

　と、いうことは。

　私があなたにサインを見せつけたときは、『必ず記録してほしかったフレーズ』『必ず教えたかった判別結果』があったとき――

　裏から言えば、それをすべて解析したとき、私たちが求める嘘吐きはすぐ解る。一瞬で」

「先生、確認していいですか？」

「許可はいらないわ。義務よ。生徒兼《けん》記録者のね」

「ええと、クリップボード、クリップボード」

……生徒兼記録者の僕は、これまでのメモというか、議事録を読み返した。

　唯花のサインが出たところ、そしてその判別結果は赤で特記してある。探し出すのは難しくない。

（慶佐くん殺しについては――

　　紗江子総帥が発言してる。謁見《えっけん》で。

　　九美子が発言してる、晩餐で。

るりさんが発言してる、応接間で。

章一郎常務が発言してる、猟銃の病室で。

章佐が発言してる、猟銃の病室で。

禎吉老が発言してる、街路で。

美佐さんが発言してる、ベッドで。

文は七つだな。しかもぜんぶ『真−ホント』だ）

そしてさっき唯花はいった。嘘吐きはすぐに解ると。一瞬で解ると——

「唯花、僕には正直ぜんぜん」

「本多さま——!!　鈴木さま——!!」

そのとき、この村境の丘に、女の子の声が響いた。

(あっ、これはメイドのるりさんだ）

唯花の車椅子ごと、一八〇度ふりかえる。間違いない。るりさんが駆けてくる。それも
ふつうじゃない。必死で、がむしゃらに、死に物狂いにって感じだ。

「いいタイミングだわ」

「え？」

「おみやげをもってきたのよ」

「おみやげですか先生？」

「そうでしょ？　だって当然プレゼントされるはずのものが、まだ到《とど》いてないんだもの」

「プレゼントされるもの？　ピクニックのランチとか？」

「ああ、はあ、ふう、すみません、息が、もう、すごく、走っちゃった、ので」

るりさんは転がりこむような勢いで、僕らの所に駆けこんで、僕らの膝元《ひざもと》にしゃがんでしまった。

（るりさんは佐吉邸のメイドだ。佐吉邸から村境まで駆けてきたなら、そりゃ喋るのも苦しいよなあ）

なにせここは、電動二輪が交通手段の、豪邸が建ちならぶ現代街区だから。街だったら、何ブロック駆けたことになるだろう。僕だったらイヤだ。

「ああ、でもよかった、お会いできて、もう、あちこち、お捜しして」

「ありがとう。ではメモを頂戴」

「め、メモ？」

「あるでしょう？　信佐くんの近くから――猟銃の惨劇《さんげき》の近くから見つかったメモ」

「あっメモ!!　はい確かに。でもどうしてそれを!!」

「必然だから」

あっけにとられながら、るりさんはしゃがんだままメモ用紙を出した。震える手のまま唯花に手渡す。呼吸は少し整ってきたようだ。そして、唯花と目線がおなじことに、初めて気付いたみたい。

「あっ失礼しました本多さま。しゃがんだままで。でも……御体調を崩されましたか？」

「ああ車椅子。いいのよこれは。職業病みたいなもの。獲《え》られたものも大きかったしね」

唯花は淡々《たんたん》と誤魔化《ごまか》しながら、僕にそのメモを渡してくれた。

数式だ。

メモ、って言葉が出た時点で、ぼんやり予測はしてたけど……

9−2＝3−1

「唯花これって」

「メッセージよ、恒例のね」唯花は立ち上がった。「嘘吐きからの」

「嘘吐き」僕は絶句した。「でもこれは……るりさん、これはどこで見つかったの？」

「あ、はい鈴木さま。先ほど本多さまがおっしゃったとおりです。信佐さまの……慶佐さまの御病室の、ベッドの下から出てきたんです。伊集院先生が発見なさって」

「信佐くんの、現場から……それがメッセージ？　ありえないよ唯花。だってこれ、信佐くんの現場から見つかってるんだもの。だから犯人なんていない。信佐くんは事故死――」

「――なわけないでしょ。信佐は殺されたの。だから数式のメッセージがあるのよ」

慶佐くんが殺され、英佐と信佐がトリカブトを盛られ……

そしてその信佐は、事故死させられたってことか？

にしても、メモがあるから殺人だなんて、そりゃ無茶苦茶だ。何かが逆立《さかだ》ちしてる。

「理屈にもなってないよ唯花」

「議論の価値がないものに論理はいらない。

ありがとうるりさん。こんなメモ一枚のために、それほど疾駆《しっく》してもらって」

「あっ、ち、違うんです!!　メモもありますけど、違うんです!!」

私が駆けてきたのは。

彼女の呼吸が止まった。まるで心臓が止まったように。

そして彼女が続けた言葉で、今度は僕の心臓が止まった——

「さ、紗江子様が、紗江子様がお亡くなりに!!　コーヒーに毒が!!」

「……ならば」唯花の心臓は、止まったのかどうか。「数式はもうひとつあるはずよ」

「ご、5引く1が……5引く5になるとかならないとか」

「現場に数式があったのね?」

「あったといえば、あったんですが……」

「あったんですが、とは」

「数式の最後に、はてなマークが」

読者への挑戦状

本格ミステリには、伝統的な型があります。
そのひとつがこの、読者への挑戦状です。
すなわち、物語時間を止め、物語世界を離れる。作者が読者に直面し、挑戦をする。

出題編は終わりました。
本多唯花と読者は、物語時間が止まった時点で、文渡家の一族、すなわち文渡村の
一、文渡慶佐を殺したのは誰か？
二、文渡英佐と信佐に毒を盛ったのは誰か？
三、文渡信佐を殺したのは誰か？
四、文渡紗江子を殺したのは誰か？
を指摘するため必要なピースを、すべて手に入れました。今、その犯人を『証言パズル』『家系図パズル』『数式パズル』を解くことによって、論理的に当てることができます。これは、確定できます。

あわせて、本多唯花は、文渡家の一族で

五、いちばん大きな嘘を吐いたのは誰か？を指摘するため必要な情報を、手に入れました。これは、本多唯花の価値観に基づくものです。すなわちその嘘は『ヒトを家畜にする』嘘。これは彼女の主観ですから、論理的には当てられません。しかし、合理的に当てることはできます。彼女が語った考え方から、推定できます。

あなたの手で、嘘吐きを当て、この嘘吐き村の悲しい嘘を終わらせてください。
それでは物語世界に帰って、物語時間を動かしましょう。
読者への挑戦状でした。

第4章　文渡家の崩壊

PまたはQ

「私は、ヒトの嘘を判別することができます」

――文渡宗家《そうけ》・佐吉邸サロン。

前衛的な応接間とは違った、セピアとライムの大正浪漫《ろまん》あふれる空間。マントルピースにシャンデリア。財閥一族が勢ぞろいするのに、これ以上の雰囲気はないだろう。

もちろん、唯花に探偵趣味なんてない。

ここが最終講義の講堂にえらばれたのは、唯花が求めた学生たち総員が入れるスペースだから。そして英佐のベッドを搬《はこ》び入れるのに、距離的にも構造的にも都合がよかったから。それだけだ。

そう、トリカブトを盛られ死線をさまよってた英佐は、どうにか意識を恢復《かいふく》したのだ。そして伊集院さんの強烈な反対にもかかわらず、絶対に出席するといって聴かなかった。いや、紗江子総帥亡《な》きいま、事実上、英佐こそが絶対君主。ここに財閥一族が集まったのも、唯花が求めただけでなく、絶対君主の命令があったからだ。

集《つど》った人々は、僕らをのぞき十人。

すなわち英佐、章一郎、章佐、九美子、美佐、禎吉の文渡一族側。

そして御法川、伊集院、さわ、るりの使用人側だ。

（るりさんにとっては、とばっちりというか、針の筵《むしろ》だろうな……）

メイドのるりさんは、むしろ軟禁《なんきん》されてるのだ。

何故なら、紗江子様殺しの第一発見者だったから。知ってしまったから。

まして日々、紗江子総帥に給仕をする子でもある。

紗江子様が執務室で死んでた、しかも卓上のコーヒーを飲んで死んでた――となれば、るりさんの立場は恐ろしく微妙なものとなる。

まして文渡村では、現場検証も科学捜査もへったくれもないのだ。

紗江子様がいつコーヒーを飲んだか。誰かがいたのか。誰かを執務室に入れたのか。そんなの絶対に分かりはしない。分かるのは、素人でも言えることだけ――

（すなわち、紗江子様はトリカブトを盛られたこと）

これは昨晩、英佐と信佐の様子をみてたから分かる。素人でも言える。

（そして、紗江子総帥は自殺ではないこと）

これは今、メモ用紙を見れば分かる。メモ用紙の数式を見れば。

すなわち、紗江子様の執務卓に残されてたメモ……


5－1＝5－5？

（いよいよ間違いない。犯人からのメッセージだ。また〈5〉も出てきてる。けどしかし……なんなんだこの〈?〉って。バカにしてるんだろうか。数式にハテナなんてどういう意味だよ）

――僕がゲンナリと物思いしてるあいだも、唯花の演説、いや講義は続いてる。

「そう、私にはヒトのウソが判別できる。

そんなバカな――というのが健全なリアクションです。むしろ、私の発言を信じる方がおかしい。

ですからまず、何故私がヒトの嘘を判別することができるか、心理学的に説明します。シンプルにいえば、私が巫女《みこ》でもテレパスでもないことを説明します」

（さすがは博士課程の研究者。声のハリといい文のテンポといい、いつも見事なもんだ）

「まず社会心理学の発展により。

私たち心理学者は、嘘の手掛かりなる概念を手に入れています。

私が現在、活用しているのはうち一七九種類。すなわち言いよどみ、言い間違い、声の音程、発話スピード、レスポンスタイム、瞬《まばた》き、視線、手の動き、指の動き――」

僕は一〇項目ごと『正』の字でカウントした。なんと唯花は、ギャラリーの辟易《へきえき》した顔をガン無視して、本当に一七九のポイントを列挙してしまった。

「――無論これらの嘘の手掛かりには効果量《こうかりょう》がありましてそれをコーエンのdといいますがシンプルには測定感度です。嘘の手掛かりごとコーエンのdの絶対値が大きければ大きいほど測定感度がよい。そこで私はこれら一七九の嘘の手掛かりについてデパウロ、シュポーラー、シュワント、ザッカーマン、エクマンの先行研究に基づき嘘判別アルゴリズムを言語的非言語的行動ごと感情と認知的負荷《ふか》と行動統制の各ベクトルにつき経験的に」

「あ、いや、本多さん」

章一郎常務がたまらず発言した。

「要点と結論を、お願いできるだろうか？　事態が事態なので」

「ですから私はサマリーのサマリーを御説明しています」

唯花は学者っぽい、無邪気なムッとした顔をした。

「御安心を。再開させていただければ概算《がいさん》で一七分三〇秒後には終わります。私が何故嘘を判別できるかということも、確実に御理解いただけます」

「ど、どうか一分七秒三〇でお願いしたい」

「……それが皆様の御要望とあらば」

唯花は引き続き仏頂面《ぶっちょうづら》だ。

「すなわち嘘判別というのは、既に学問的に確立された分野でして、私が使用する一七九の嘘手掛かりというのも、科学的に検証され実証されたものなのです。ただし、これらを総合的にアルゴリズム化し、実際のコミュニケーションにおいて適用あるいは試用可能な段階にした心理学者はまだおりません――

いいい私以外には。

それこそ、あの紗江子総師が私に、文渡村入りを依頼なさった理由。そしてもう噂《うわさ》で御存知のとおり、私は様々な都道府県警察と科学捜査研究所のカウンセラーでもあります。よって結論。

私は、私がそう決意したなら、ヒトの嘘を判別することができます。よろしいですか？」

「本多さん」

英佐が、背を上げたベッドの上でいった。

「正直、僕にはそんなことが可能だとは思えません。

しかし、僕は一緒の大学に行ってますから、本多さんの研究者としての評価を知っています。そして、あのお祖母《ばあ》さまが人を見誤ることはない。それについては、ここにいる誰もが認めざるをえないこと。十五年、徹底して部外者を拒《こば》み続けてきた祖母が依頼した、嘘のプロフェッショナル――

僕はそれだけで、本多さんの今の結論を信じます。改めて信じることにします」

「理解しました。御列席の皆様は？」

ギャラリーから異議はなかった。英佐の言葉は道理だ。むろん、煙《けむ》に巻《ま》かれたというのも、これ以上の意味不明な心理学講義は敵《かな》わん、というのもあったろう。

つまり、唯花は前提を置けた――

自分がウソと判別したものは、ここではウソなのだと。

（しかしまあ、よくもこれだけ平然と、いけしゃあしゃあと、大嘘が吐けるもんだ）

唯花の嘘の手掛かり講義。嘘判別アルゴリズム。ベラベラと列《なら》べ立てた専門知識。そしてあの仏頂面に、講義を中断されたときの膨《ふく》れっ面《つら》——

すべてウソだ。演技だ。

唯花は日頃から言ってる。嘘研究の華々《はなばな》しい成果とは何かを。

そう、実は、嘘の手掛かりの測定感度なり判別率なりは、平均すれば五〇％なんだと。

それらをどう組み合わせても、やはり五〇％前後にしかならないと——

要は、当てずっぽうと一緒になる。

ヒトにはピノキオの鼻なんてない。それが科学だ。

（ただまあ、唯花の障害のことを説明するわけにはゆかないからなあ）

つまり、必要な儀式だってことだ。

そして儀式は終わり、いよいよ舞台は動き始める——

「では私に依頼された仕事を果たします。

私が紗江子様に依頼された仕事。それは『慶佐くんを殺してはいない』と言う嘘吐きを判別することです。それが結果的には、殺人犯を判別することにもなるでしょう。

ただ後者は、私の仕事ではない。

言い換えれば、私の仕事は捜査ではなく、ウソ判別です。したがって、私の採るアプローチも、嘘を捜して嘘吐きを発見する——こういうものになります。

晴彦、準備はいい？」

「バッチリ」

僕はＩＣレコーダを採り出した。これもまた、記録係の必需品だ。そして唯花に頼まれたとおり、音源の必要な箇所が頭出しできるよう、設定してある。

「これからまず、『慶佐くん殺しの嘘吐きは誰か』に関する、三の証言を聴いていただきます。お望みであれば、第一の殺人に関する証言でもかまいません。それらは、この文渡村における、私たちのインタビュー結果から抽出したものです――

じゃあ晴彦、第一の文から連続して三、流して」

僕はＩＣレコーダの音源を再生した。

まず故・紗江子総帥の声が流れる。

どちらかをすぐ立証できるでしょう……佐吉家の血筋に犯人などいないことか、信吉家の血筋に犯人がいることよ
次に章一郎常務の声。

犯人が文渡家の一族であるということ。その犯人は章吉家にはいないということ……このどちらかは絶対に真実だ
そして美佐さんの声。

一族に犯人がいないことか、章吉家に犯人がいないことは、あきらかになるはずです

「では章一郎常務と美佐さんに確認します。今のおふたりの発言。嘘を吐きましたか？」

「いいや。私は嘘を吐いていない」

「……私もです」

「そのとおり。おふたりはホントのことを語った。私はそれを、眼の前で判別していた。そして英佐くん、後継者のあなたに訊く。紗江子総帥が私に嘘を吐く理由がある？」

「ありません。お祖母さまは犯人を――嘘吐きを解明するために本多さんを呼びました。それだけで祖母の真剣さは解ります。

しかも祖母は、本多さんの実力を知っていた。嘘を吐けば見破られることを知っていた。知っていた祖母があえて発したメッセージ――嘘を吐く動機も合理性もありません。祖母はそんな不合理なことをしません」

「結構。実は私の判別結果も『ホント』でした。すなわち紗江子総帥も、嘘を吐いてはいなかった――

したがって、この三つの文はホントです。

ではここから何が導けるか？

ここで、この三つの文を言い換えて整理してみましょう。これらはつまり、

文1『犯人は佐吉家にはいない、または、犯人は信吉家にいる』はホント

文2『犯人は章吉家にはいない、または、犯人は一族にいる』はホント

文3『犯人は章吉家にはいない、または、犯人は一族にはいない』はホント

ということになりますね。

　つまり文1〜文3は、それぞれ2の要素から成立しています。すべて、

　『AまたはBはホント』

という形だからです」

「本多さん、それは、文1〜文3の」英佐がいった。「要素AとBのどちらかがホント、という形ですね……あっ違う、ABどっちもホントである可能性は捨て切れないのか」

「諾《だく》、すばらしく諾。

　よって文1〜文3がホントということはすなわち、2の要素ABのうち少なくとも1はホントだということ。言い換えれば、どちらもホントかも知れないし、どちらかは誤りかも知れない。ABともにホントかも知れないし、AとBのどちらかはウソかも知れない。

　そしてそれが、文のトータルとして『ホント』なんです。それが私の判別結果です」

「アタクシさっきから黙って御講義を拝聴しておりますけどね!!」

　九美子がさっそく嚙《か》み付《つ》いた。

「その文1ですか、それアタクシどもに対するひどい侮辱じゃあござんせんか!!」

「否《いな》、おそろしく否」

　唯花はバッサリ斬った。

「よく解っておられませんね。繰り返しますが、文1は信吉家の誰かが犯人だ——などと断定してはいませんよ。

〈犯人が信吉家にいる〉というのは、文1の要素ABの片方に過ぎない。そして要素の一つ一つは、まだ誤りである可能性があります。充分に、当然にあります。

繰り返しましょう。

私が指摘したのは、各文の要素ABのうち少なくともどちらかがホント——これは確実だ、ということですわ」

「で、でもおかしいじゃありませんか。犯人が一族にいるって言ったりいないって言ったり。信吉家にいるって言ったり一族にいないって言ったり。矛盾してるわ」

「いやだから九美子さん」

章一郎常務が目蓋《まぶた》を押さえた。

「すべてがホントというわけじゃないし、すべてがウソというわけでもない。文1〜文3には6の要素があって、そのうち最低で3の要素がホントだってことだ。それだけだ。ウソホントが分からないんだから、それは、それぞれに矛盾が出るだろう。

そこまではいい。

だが言い換えれば本多さん、これでは何も証明できないのではないか？　何故といって、6の要素のうちどの3がホントなのか、立証することができないのだから」

「否です」

「なんですと？」

「御指摘は誤りです。確実に立証できるホントがありますから」

「ど、どうやって」

「シンプルな論理的操作によって――

では文1から検討してみましょう。

文1はトータルとしてホントです。これは紗江子様の証言でしたね？　ではさかしまに、紗江子様が自家・佐吉家のため、嘘を吐いたと仮定してみましょう。

より単純には、実は佐吉家に犯人がいると仮定してみる。

すると、おかしなことになります。まず一目瞭然《いちもくりょうぜん》ですが、文1の最初の要素Aがウソになりますね？　だって犯人は佐吉家にいるのに、いないと断言しているのですから」

……総員がうなずいた。

「ところが次の要素Bもおかしくなるのです」

「あっ!!　次の要素は――」章佐が思わず大声を上げた。「――犯人は信吉家にいるって断言してるわけだから、これまたウソになる!!　だって仮定は、犯人＝佐吉家の者だから」

「そのとおりです章佐さん」唯花は章佐の瞳を射た。「そこから何が導けますか？」

「その仮定、つまり『犯人＝佐吉家の者』って仮定がホントなら、紗江子様の証言、いや紗江子様が証言した2要素は、どっちもウソってことになる。けどそれはありえない」

「どうしてありえないのです？」

「文1の要素ABは、ウソ判別の結果から、どっちかはホントでなきゃいけないからだ」

「諾《だく》、すばらしく諾。

どちらもウソになってしまう。これはありえない。どうしてそうなったか？　佐吉家に犯人がいるという仮定を置いたからです。ならば、その仮定が誤っている。よって**結論1、犯人は佐吉家にはいません**。これはホントでなければなりません」

「ウッヒッヒッヒ——」禎吉老が不敵に笑った。「——なら章吉家か、信吉家か」

「次に、文2と文3を検討してみましょう。

これも一目瞭然ですが、それぞれの最初の要素Aは、おなじことを指摘しています。全く一緒のことを——『犯人は章吉家にはいない』ことを。

全く一緒の内容ですから、これらは運命をともにします。

すなわち、章一郎常務の最初の要素と美佐さんの最初の要素。①どちらもウソか、②どちらもホントか。これは二者択一になる。ここまでよろしいですか？」

……総員がまたうなずく。これは否定しようがない。

「では①から検討してみましょう。

すなわち要素A『犯人は章吉家にはいない』。これはウソだ。章一郎さんと美佐さんはこの要素については嘘を吐いている——こう仮定してみましょう。

ところが、これまた即座におかしなことになります」

「即座に、おかしな……」

英佐はベッドの上で熟考した。

「……ええと、まずその仮定だと、章一郎大伯父《おじ》さんの文『A＋B』は、『ウソ＋？』の文になる。当然、美佐の文も『ウソ＋？』の文になるな。

でも本多さん、『？』の方のウソホントは分からないんだから、それ以上の結論は」

「英佐くんがいう『？』の要素とは何かしら？」

「それは文2と文3の要素Bですよ。

大叔父さんの『犯人は一族にいる』と、美佐の『犯人は一族にはいない』です」

「まるで正反対の証言ですね？」

「そうですね」

「まるで正反対ということは、どちらかがウソで、どちらかがホントですよね？」

「そりゃそうです。僕は男だ。男じゃない。どっちかがウソでどっちかがホントだ、必ず」

「なら文2と文3の要素Bの、どちらかが必ずウソですね？」

「それは、単純な言い換えをしただけじゃ……

うっ!! な、なんてこったまさか!!」

「まさか？」

「そういうことか……

決めなくていいんだ。『ウソ＋？』の『？』なんて、決めなくていい……

僕らはさっき仮定した。①の仮定だ。文2と文3の要素Aはどちらもウソだと。おかしい。要素Aをウソだと固定させたのに、要素Bのどっちかも必ずウソだなんて」

「どうおかしいか、まとめてみましょう」

「①の仮定を置いたとき、文2と文3の前段は、ウソです。

ところが、文2と文3の後段も、必ずどっちかがウソになる。決めなくていい。どっちでもいい。どっちにしたところで、文2と文3、片方は『ウソ＋ウソ』になってしまう。

でもそれは」

「でもそれは？」

「ありえません。文2でも文3でも、『ウソ＋ウソ』の組み合わせはありえません。もしそうなってしまったら。文2か文3は、トータルでウソになってしまい、判別結果と異なる。文2も文3も、トータルではホントなんだから。それは確認されてるから」

「すると矛盾が出るわね。英佐くん、そのときは？」

「仮定が間違っています」

「私たちが置いた①の仮定——

章一郎常務と美佐さんの前段部分はどちらもウソだ、という仮定ですね。

これが誤りということは、つまり？」

「大叔父さんと美佐の前段Aは、残る仮定の『②どちらもホント』になります。

いや仮定じゃない。そっちが正解なんだ。①か②の二者択一しかないって外堀は、もう埋められてるから」

「諾、すばらしく諾。

いま英佐くんが言ったのは、言い換えれば、文2の前段と文3の前段はホントだ——ということです。また一目瞭然ですが、これらは一緒の文です。すなわち**結論2、犯人は章吉家にはいません**。これもホントでなければなりません。

——結論1、佐吉家に犯人はいない。結論2、章吉家に犯人はいない。

したがって**結論3、犯人は信吉家の者か、使用人のいずれかである**」

偽ならばX

「そっそれじゃああなたは!!」

九美子が立ち上がって絶叫した。

「まさかアタクシどもが慶佐さんを殺したと⁉　バカも休み休みおっしゃい!!」

「否《いな》、おぞましく否」唯花はむしろ哀れんでた。「あらゆる意味において否です」

「だってあなたは今!!」

「それがどのような意味において否か？

　第一、私が指摘したのは、犯人なり嘘吐きが少なくとも①九美子さんか、②信佐くんか、③美佐さんか、④文渡家の使用人かのいずれかである——ということだから。

　第二、犯人は③の美佐さんではありえないから」

「ど、どうして」

「慶佐くんの殺害当夜は、恐ろしい雷雨でした。そして美佐さんは、車椅子でなければ移動できません。手動であれば傘など差せませんし、電動であってもレインコートのフル装備が欠かせません。そして文渡村には、自動車がありません。

美佐さんは当夜、晩餐を中座して御自宅に帰りました。そのとき慶佐くんは生きていた。

なら美佐さんが犯人のとき、美佐さんは御自宅からまた車椅子で出撃したことになります。メイドの救《たす》けは求めないでしょう。事が事ですから。仮に呼んだとして、傘を差せてもらえたとして、ずぶ濡《ぬ》れになるのは確実。車椅子でずぶ濡れ……恐ろしい目撃リスク。

しかも。

慶佐くんの病室は発見時クリーンで、特異な事項といえばあのメモがあっただけ。裏から言えば、メモ風情《ふぜい》を超える異常はなかったんです。濡《ぬ》れて汚れた轍《わだち》の跡《あと》もなければ、レインコートその他からの雫《しずく》の跡もない。これは客観証拠。

ちなみに、美佐さんはネットどころかパソコンの使い方も知らない。慶佐くん殺しで行われたような、医療機器のデリケートな細工など発想の埒外《らちがい》――ただこれは主観証拠ですから、傍証《ぼうしょう》に止《とど》めますが」

「美佐が犯人でないのは当たり前です!!　そしてアタクシたちでもないわよ!!　なら使用人に決まってるわ!!」

「……否である点の第三。嘘吐きは、④文渡家の使用人ではありえません」

「どうしてよッ!!」

「それについては説明が長くなります。しかし確実に証明します。しばらくの忍耐を――じゃあ晴彦。次の四証言、流して」

「インタビュー結果だね、了解」

僕はまたICレコーダの音源を再生した。そう、唯花が使う証言はぜんぶで七だ。

まず九美子の声が流れる。

章吉家のお血筋《ちすじ》が御健在とあらば、信吉家に犯人がいるはずございませんよ
次にるりさんの声。

実のお母様がおられないならともかく、信佐さまが慶佐さまを殺した犯人だなんてこと、ありえません。美佐さまについても、一緒の理由でありえません
続いて章佐の声。

文渡家の一族が八人もいればさ、それを使用人が殺すことはないよ
最後に、禎吉老の声が流れた。

佐吉兄サンをあれほど恐れさせたあの文渡紗江子がおるかぎり、その犯人は一族ではありえんのじゃ
「ではこれらの御発言。嘘を吐いた方は?」

無言。

「まさしく。私の判別結果も『ホント』です。よってこれらの文はホント。これも言い換えて整理してみましょう。これらはつまり、

文4　章吉家の血筋が存在するのなら、信吉家に犯人はいない
文5　実母である九美子がいるのなら、信佐および美佐は犯人ではない
文6　八人の文渡一族が存在するのなら、使用人は犯人ではない
文7　佐吉の妻である紗江子が存在するのなら、一族は犯人ではない

ということになります。そうなります。何故なら、これらの証言はすべて『Xが存在するならYだ』という文ですから。

そして文4～文7はホントでした。よいですか、すべてホントです」

「本多さん」英佐が首を傾《かし》げた。「それはおかしい」

「何故？」

「矛盾しますから。

だって僕らはもう、『犯人は信吉家か使用人かだ』って結論を出してます。さっきの結論3です。

ところが文4～文7によれば、ですよ。その前段『X』は無意味ですから――アタリマエの事実しか言ってないんで――結局、『信吉家に犯人はいない』もホント、『使用人は犯人ではない』もホント、とまとめられますよね？」

「後段『Y』の意味する所なら、そのまとめのとおりね」

「なら矛盾しますよ。結論3と、文4〜文7は両立しませんから。

けど本多さんは、すべてホントと強調した。文4〜文7もホントだと。だからそれはおかしい。ありえません。僕が男であり、かつ男でない——ということはありえないから」

「偽ならば偽は、真」

「え」

「文渡英佐がバルタン星人ならば、文渡英佐は安倍《あべ》総理だ。これは、ホントと判別される。論理学によっても、私の嘘判別アルゴリズムにおいても。

違う例を挙げる。

『XならばY』の文が、ウソと判別されるのは——

× 文渡英佐が男であれば、文渡英佐はバルタン星人だ（ホント‐ウソ）

× 1＋1が2であれば、文渡英佐はバルタン星人だ（ホント‐ウソ）

つまり『ホントならば、ウソだ』という文のみ。これだけがトータルとして、ウソになる。

言い換えれば、
○ 文渡英佐が女であれば、文渡英佐は井の頭大学の学生だ（ウソ‐ホント）
○ 1＋1が3であれば、文渡英佐はバルタン星人だ（ウソ‐ウソ）
こうした『ウソならば、Xだ』という文は、Xがホントであれウソであれ、トータルとしてホントになるのよ」

（そうだ、これは友崎論理だ）

唯花はもう、僕にこの前提とルールを、しつこいほど講義してくれている。

それはこの物語の序盤において開示された、彼女の基本性能だ。彼女のアルゴリズム。

「要するにさっきの四証言、『Xが存在するならYだ』のXとYは、

（X、Y）＝（ホント、ウソ）

以外のときは、すべてホントになるの。

だってそうでしょ？

前提Xがデタラメだったなら、結論Yに何をくっつけても誤りにはなりえない。それはマチガイでもウソでもない。デタラメワールドでは、何を喋ってもホントよ」

「で、でも。そこから何が言えるんです」

「あなたが指摘したとおりのことよ、英佐くん。

結論3はホント。文4～文7もホント。

ところがこれらは一見、両立しない。矛盾する。何故、矛盾するように見えるのか？

文のYだけを切り取っているからよ。つまり結論3とYが矛盾している。それだけよ。

そしてさっきいったわね？

（X、Y）＝（ウソ、ウソ）（ウソ、ホント）はすべてホント
――ならあとはカンタンでしょ？

結論3は証明されている。犯人は信吉家の者か使用人。重ねて言うわ、これは証明され

ている。

さすれば、文4〜文7のYはすべてウソよね？　この証明結果と矛盾するもの。

ところが、文4〜文7はトータルとしてすべてホント――

これすなわち、具体的には、文4〜文7のすべてについて、

（X、Y）＝（?、ウソ）

これがホント、ってことよね？

なら文4〜文7のXって、ホントかしら、ウソかしら？」

「……まさか」

「私は答えを訊いている」

「Xはウソだ。それしかない。Xがホントなら、文全体がウソになってしまうから――

けどそれは!!」

「よって結論4、章吉家の血筋は存在しない。

さらに結論5、九美子さんは信佐くんと美佐さんの実母ではない。

さらに結論6、八人の文渡家一族は存在しない。

さらに結論7、あの文渡紗江子は佐吉の妻ではない。

さらに結論5から結論8、信吉家には信佐くんと美佐さんしかいない。

さらに結論3から結論9、犯人は信佐くんか、使用人である」

「ちょ、ちょっと待ってください本多さん!!　言ってることが滅茶苦茶《めちゃくちゃ》ですよ!!」

「結論1~結論9は」

唯花は英佐を黙殺《もくさつ》し、ギャラリーにいった。

彼女には徹底的な自信があった。彼女は凛々《りり》しかった。けれど、とてもつらそうだった。

「ウソホントから判別され、ウソホントの操作から導かれる確定的な結論です。

それはそうですよね？　誰も嘘を吐いていないことは、既に何度も確認しているのですから。私はそれを機械的に操作しただけです」

「よろしいかな、本多嬢」

コホン、と御法川《みのりかわ》弁護士が立ち上がった。

「あなたの議論には大きな誤りがある」

「興味ぶかいですわ」

「なるほどあなたはウソホントを判別できるのかも知れん。

ただそれは絶対的な真実ではない。客観的な事実とは違う。人間の認識の問題に過ぎない。もしこれまでの証言とやらがすべてホントだとしても、例えば勘違いなり思い込みという説明ができる。カンタンにできる。いやむしろそう考えるのが常識的だろう。

主観的な思い込みに基づく証言を、どう機械的に操作したところで、客観的な真実など導かれようがない。ハッキリ申し上げれば本多嬢、あなたの議論は砂上《さじょう》の楼閣《ろうかく》そのものだ」

（……御法川さんは鋭いポイントを突いてきた。さすが弁護士）

そうだ。

唯花はあえて誤魔化《ごまか》してきた。主観的なウソ／ホントと、客観的な真／偽のズレを。

もちろん唯花はあの障害で、どっちも判別できる。

（ただ、『自分には客観的な真偽を判別できる』だなんて、それこそ巫女《みこ》かテレパス、いや神か悪魔の物言いだ。そんなことは）

……『主観的なウソホントを判別できる』ことよりいっそう、信じてもらうのが難しい。というか無理だ。だから唯花は、嘘判別アルゴリズムなんてデタラメは説明したけど、真偽の問題には一切、触れてこなかったのだ。

これは、唯花がいつも直面する問題でもある。

つまり、『自分には正解があきらかだけど、それを他人に信用してもらう術《すべ》がない』という問題。臨床真実士のオラクルなりマジックを、いざプレゼンするときには使えず、むしろ探偵としての組み立てをしなければならない、という隘路《あいろ》。

けれど——

僕には解ってた。教えてもらってはいないけど、彼女はその組み立ても終えてる。

（じゃなきゃ唯花は、最終講義なんて始めようとはしない。絶対に）

――そして唯花はしばし御法川さんを見凝《みつ》めた。その美しい顔にあるのは、やはり哀れみだった。哀れみながら、彼女はいった。

「それがお望みならば、これから客観的な真偽も証明しましょう――それがお望みなら」

「でも現に……何を言ってるんだ……」

英佐がベッドから立ち上がる。

「章一郎大伯父《おじ》さんも章佐もここに!!　九美子さんも……文渡家は十五年前からここに!!　そして今も!!」

「十五年前からここにいる、文渡家の一族とは？」

「文渡四家の総員ですよ!!

お祖母さま、僕、死んだ慶佐、章一郎大伯父《おじ》さん、章佐、九美子さん、信佐、美佐、禎吉様――」

「私の仕事は、嘘吐きを判別すること。

そしてその九人は、論理的にも常識的にもたやすく判別可能――嘘吐きと正直者とに」

「意味が解らない!!」

「ヒトは記憶のないことについて嘘は吐けないということよ。

この文渡村が誕生したのは十五年前、西暦二〇〇〇年のこと。このとき慶佐くんは二歳、信佐くんは三歳、美佐さんは一歳。文渡村へ引っ越しした記憶すらない。そのときの親族についての記憶もね。

他方で当時、紗江子様は六〇歳、章一郎常務は四〇歳、章佐さんは一二歳、九美子さんは二九歳、禎吉様は六三歳ですわね？　舞台俳優の設定を説明するように繰り返していただいたので、すっかり暗記してしまいましたわ。そしてこの五人が、文渡村の誕生とその閉鎖に関する記憶をもっていない――ということは絶対にありえない。

そう、この五人」

唯花はあのメモを四枚出した。最初の一枚を呈示《ていじ》する。慶佐くん殺しのときの奴だ――

5－0＝0－0
「これは、慶佐くん殺害についてのメッセージと考えざるをえません。

何故といって、殺人あるいは殺人未遂が発生するたび、同様のメッセージが残されているから。また何故といって、誰もこれを書いた／残したと証言する方がいないから。

すなわちこの書き手は、自分が誰なのかを認識されたくない者。

しかも、文渡村の人々に意志を伝えたい者――

そう、嘘吐きです。皆さんが望むなら、犯人といいましょう。殺人者です。

では、このメッセージで殺人者は何を言いたかったのか？」

「そりゃ殺人者のメッセージだから」章佐さんがいった。「慶佐を殺したぞ、という宣言」

「と、考えたくなりますね。ところが。

もしこれが『慶佐を殺したぞ』というメッセージなら、必ず〈1〉が出てくるはずです。削除された人数は1ですから。ところが1はない。ならば、ここに慶佐くんは記載されていないのです。

　そしてこれは『誰かを殺した』というメッセージでもありえない。ロジックは一緒です。〈1〉がないから。いえ〈0〉だから。殺人者のメッセージで、0を引くとはどういうことか？　何も引かない、何も欠けていない、何も害されてはいない——誰も殺されてはいない、ということでしょう？

　ところがこれは『お前たちに言っておく』というメッセージなんです。それはそうです。慶佐くんの病室に一族が集うことは、誰にも予測できること。事実そうだった。そこで見せつけた。知らしめた。しかも例えば、部外者の私たちなどには解読不可能な形で。そう、解る人間だけに解ればいいという形で——

　このメッセージは、慶佐くん殺しとは無関係。人殺しとも無関係。一族には関係がある。それも一族の秘密に関係がある。

　その一族の秘密とは？

　この数式の〈5〉とは何か？

　5が誰も害されていないのに、それはそもそも0だったとはどういう事か？

　思い出してください。

　機械的に導かれた、結論4から結論7を。

　文渡家の一族なるものは、存在しないのです。

そしてそれを確実に知っている者は、五人。文渡村の誕生に関与した、五人の親族。

そうです。

十五年前のあの悲劇。財閥崩壊の危機をまねいた、あの航空機事故。

5－0というのは、実は0－0だった——

つまり、五人の記憶ある親族が生き残ったというのは嘘。5－0というのは嘘。

それは、ホントは0－0だった。ホントは無だった。当然、事故死した者もまた無。

——ここで合わせて、第二のメモについても検討してしまいましょう」

唯花はあの、晩餐のトリカブト騒ぎのとき見つかったメモを呈示した。

5－5＝0＋5

「この意味も、もう明白です。

五人の記憶ある親族が全滅し、無から役者五人が生じた——

同工異曲《どうこういきょく》です。事実上、一緒の内容です。使用している数字も一緒なら、使用している数字の意味も熟知《じゅくち》している。よって第一のメモを書いた殺人者と、第二のメモを書いた殺人未遂者はおなじ人物。そしてそれは、この直後の説明によっても補強されます。

——このメッセージの秘密は、五人の秘密。

全滅してしまった記憶ある五人が、まるで赤の他人である五人によって、生きているように偽装された。あなたがた記憶ある世代の五人はすべてニセモノ、役者である——

これは、そう告発しているメモなんです」

犯人――慶佐殺し

「さて、お待たせしました九美子さん、いえ九美子さんを演じている女優さん」

「……なによ」

「先ほど約束したこと。やっと、使用人が慶佐くん殺しの犯人でない理由を説明できます。

この五人は謀議体《ぼうぎたい》。悪い言葉をつかえば陰謀結社。

そしてその秘密は、絶対にバレてはならない。それこそがこの文渡村の生まれた本当の理由。どれだけ死者に似ていても、どれだけ演技達者でも、どれだけ整形を重ねても、どれだけ財閥の事情に通じていても――そう、外界との接触は徹底的に避けるべきですから。

そんな絶対の秘密、財閥の生死にかかわる秘密を、大学入学までには出てゆくメイドたち――釈放と交代が予定されているメイドたちに、教えるはずもない。絶対にない。

なおこの論点については補足説明がありますが、それをしないで証明を続けた方が、結論までの展開がよりクリアになります。よって、今はそれを省略し、最適のタイミングでご説明しましょう。もちろん正解までにお示ししますので、これはプレゼンテーションの問題に過ぎません。私が保留にしたことがある。それだけ憶えておいてください――

そして、御法川先生」

「何か？」

「先生は、先に述べた五人の謀議体、陰謀結社のひとりです」

「そうかね」

「伊集院先生も、奥之内さんもそう」

「……理由を訊いておこうか」

「文渡財閥は、明治から続く老舗《しにせ》。文渡村誕生の際も、それまで佐吉翁《おう》をすぐ傍《そば》で支えてきた弁護士と主治医はいたはず。また文渡村がそれほど大事であれば、それまで松山邸を取り仕切ってきた女中頭を、そのまま連れてくるはず。

財閥の脳髄《のうずい》をそっくり動かすというのに、そうした譜代《ふだい》の忠臣を用いない。十五年前に突如《とつじょ》、弁護士なり主治医なり女中頭なりをいっせいに切り換える。そんなことを、合理的な文渡紗江子がするはずもない――

いわゆる三奉行《さんぶぎょう》は、役者ではありませんが、劇団関係者には違いありません。

すなわち秘密を守りたい者であって、秘密を利用する者ではない。

またすなわち脅される側であって、脅す側ではない」

「脅す、とは？」

「数式ですわ。すなわち文渡劇場の秘密をバラす、警察には訴えるな、口をつぐんでおけという殺人者の脅し。バラす側の脅し。あなたたちはそれに屈した。

だからこそあなたたちは、大事な大事な財閥後継者、宗家《そうけ》の孫が殺されたというのに、私のような胡散臭《うさんくさ》いアマチュアに人殺し捜《さが》しを頼んだ。そうでしょ？」

「なら結論は？」

「使用人のうち、メイドには脅すことができない。そして三奉行は脅される側。よって**結論10、使用人は慶佐くん殺しの犯人ではない**。

またここで御法川先生の反論に反論して、仕上げとゆきましょう」

「主観的なウソホントと、客観的な真偽の問題かね？」

「まさしく。

五人の役者と三人の劇団関係者は、自分たちが舞台を演じていることを客観的に知っている。それはそうです、芝居なんですから。そしてあなたたちは予測していた。誰が犯人かということを。望んでいたのは確証だけ。それを私に判別させたかっただけ。

それもそうでしょ？

殺人当時、文渡村にいたのは十五人。ひとりが殺されて十四人。陰謀結社がこのメモを書くはずもない。メイドにはメモが書けはしない。残るのは誰かしら？

――あなたたちの証言、あなたたちの確信。

それは何らかの客観的事実に基づいている。だからホントなのよ。何かを目撃したか、何かを入手したか、何かの告白を聴いたか――あなたたちはそれぞれ、それを黙っている。あなたたちはそれぞれ、それを隠している。

しかしそれはどうでもいい。私は探偵じゃないもの。私はそれを解明しようとも思わない。私に必要なのはあなたたちのホントであり、確信であり、それに基づく抽象的なフレーズだけだから。

　そしてそれは舞台役者のフレーズ。舞台役者が私に聴かせる台詞《セリフ》。そこに勘違いも思い込みもないわ。そんなアドリブを入れれば、特に私に対して入れれば、この舞台そのものが壊れるもの。そしてもちろん、望む確証が獲《え》られなくなるもの。そんなことは、文渡紗江子の厳命によって、できるはずのないことだもの。

　よって結論11、陰謀結社八人がホントと確信して喋ったことは、客観的に真である。

　結論9、結論10、結論11から解答、慶佐くんを殺したのは、文渡信佐である」

——私の仕事は、終わりましたね。

犯人——英佐殺し未遂

「どうかしら英佐くん。紗江子様からの依頼は、果たしたけど」

「到底信じられません」

「では美佐さん、美佐さんはどうかしら？」

「えっ」

「当然、紗江子総師から聴いているはずよ。紗江子様に万一の事があれば、あなたが私の依頼人になると。私に指示をするのはあなたになると。紗江子総師と私はそう約束した」

「……はい、そのとおりです。紗江子様から堅く命じられています」

「私の結論を、どう考える？」

「……すべて、真実です。私が恐れていたとおりの」

「おお、美佐や!!」禎吉老が絶叫した。「いや美佐様!!　やはりあなたは!!」

「ありがとう禎吉様、いえ文渡家に十五年を捧げてくれたすべての皆様——

けれど、終わりにしましょう。

兄が慶佐さんを殺《あや》め、そして英佐さんをも殺めようとした……だから私は決意しました。もう皆様を自由にするときだと。文渡村を開き、むごい舞台の幕を下ろすときだと」

「美佐……いえ美佐様」

章佐さんが目を閉じた。そこには万感の思いがあった。

「あなたは……あなたはもう、疑っていらしたのですね。僕たちが皆、影法師《かげぼうし》だと」

「もちろんただの想像でした。何の確証もない、妄想ともいえる疑いに過ぎません。あまりに突飛なことですし、私には、唯花さんのように証明する力がありませんから……

ただ私は皆様の、そう演技から最も遠いところにいました。私だけは、誰からも愛されている中立者・観察者という設定でしたから……」

「なるほどなあ。僕たちの熱演の度合いが、低くなる。美佐の、いえ美佐様の前では」

「そうです、皆様は、文渡村のどこでも、御自分の役割を熱演しなければならなかった。

総師の座を狙ったり、後継者になる野望を剝《む》き出《だ》しにしたり、実の子を溺愛《できあい》したり、紗江子様の死を願ったり、他家といがみあったり……

それもすべては紗江子様、いえ、ときさんの命令で」

「そこまで御存知だったとは!!」章一郎常務が顔をおおった。「飛んだ大根役者だ、ああ」

「文渡家の一族の皆様。私たちのため、そして真の紗江子様の……そう呪いによって、人生を賭《と》して文渡財閥に尽くしてくださった皆様。

もう嘘を吐く必要はありません。唯花さんは、すべて御存知のはずです。

だから、あえて命令させてください、文渡家の血を継ぐ者として――

唯花さんにすべての真実を語ってください。この文渡家の悲劇は、ここで終わります」

「美佐さん」

「はい、唯花さん」

「あなたは私の依頼人。私を動かすも動かさないも自由。そしてあの紗江子総師の依頼は終わっている。私は仕事を終えた。だから訊く。

美佐さん、あなたの今の言葉。

私にすべての嘘を――あるいは真実を証明しろ。そういう依頼と考えていいの？」

「そのとおりです。文渡家として依頼します。文渡家殺人事件。すべての嘘吐きを判別してください。そうしなければ私たちも、大伯母《おおおば》の妄執《もうしゅう》の犠牲となった皆様も救われません、絶対に」

「私は了解しました。その依頼を受けます。御列席の皆様はよろしいですか？」

……異議は出なかった。ここはもう舞台じゃない。ここは楽屋《がくや》だ。

「ではさわさん」

「はい」

「私が既に獲《え》ている事実からして、紗江子総師を演じていた女性は、あなたの姉ですね？」

「それは……」さわさんは苦悶《くもん》した。「美佐様、それは……」

「もう一度だけ言わせてください。あえて命令させてください。真実を語ってください」

「……解りました、美佐様。

そうです本多さん。紗江子様役を務めていたのは私の姉。真の紗江子様を裏切り、佐吉様と道ならぬ愛に溺《おぼ》れた、奥之内ときでございます」

（……だから、僕らが知る紗江子様は、とても七五歳には見えなかったんだ）

年齢そのものが違うから。佐吉翁の愛人。文渡家大阪邸の使用人。飛行機事故の後ひっそりと消え、世間にその末路《まつろ》を知られていない秘書。

「恐らくは瀕死《ひんし》の紗江子様の命令で、影武者《かげむしゃ》を務めることとなった。そうですね？」

「そのとおりでございます本多さん。このような事情の因果でございましょう。ともに佐吉様が愛された女性。その容姿と雰囲気が酷似《こくじ》するのも、無理からぬこと。

そして姉に、選択の余地などありませんでした。仮にあったとして、姉は必ずこの道を選んだはず」

「佐吉翁を愛していたから。佐吉翁の愛した文渡家と文渡財閥、またしかり」

「まさしく。そしてそれは無論、裏切りを重ねてきた紗江子様への贖罪《しょくざい》でございました。紗江子様に対し恐るべき罪を犯した姉を、紗江子様は……

紗江子様はなんと『許す』と。

まして『あなたの愛と献身《けんしん》を、今こそ文渡家に捧《ささ》げてほしい』と……ああ紗江子様」

「紗江子総帥は影武者。その正体は奥之内とき。では御法川先生、あなたは？」

「私はときの弟だ。この、さわの弟でもある。それが真の紗江子様に選ばれた理由」

「とすれば、伊集院先生も？」

「私は紗江子様の……いえ奥之内ときの、従弟《いとこ》です」

「ときさんは、家政《かせい》の中枢となる顧問たちを親族で固めた」

「それは必然だった」

御法川さんは瞑目《めいもく》した。

「内と外との要《かなめ》。外界との接点も数多《あまた》ある。そして三奉行は、人生まで偽る必要がない。それは死活的に大きいメリットだった」

「他の皆さんは？　文渡家の一族を演じてきた他の役者さんは？」

「私たちは皆」

章一郎常務が静かにいった。

「文渡家と文渡家財閥、恩顧《おんこ》の者だ。譜代《ふだい》の忠臣といってもいい。もちろん容姿と風貌《ふうぼう》の問題が大きかった。そもそも似ていなければ、整形もできないからね。

だがとりわけ絶対の忠誠心を評価され、生涯と家族の絶対安泰《あんたい》——それと引き換えに、人生を捧げた者だ」

「事故後の大手術、容貌《ようぼう》の変化、記憶の混乱。療養と闘病による、コミュニケーションの最小化——そうした口実を、最大限に利用したのですね？」

「そのとおりだが、重ねて譜代の忠臣だ。財閥の経営と家政を熟知していたのが大きい」

「なんてこった」英佐はベッドに沈んでしまった。「まったくのフィクションだったとは」

「そのフィクションは、十五年続いた……」御法川さんが続ける。「……そして永遠に続くと信じていた。我々八人が死ぬまでは。真実を知る者が、真実とともに死ぬまでは」

「しかし、恐るべき変事《へんじ》が発生した」

「そうだ本多嬢。慶佐君殺しだ。それですべてが狂った。むろん、それに引き続く英佐君のことも、信佐君のことも……そしてまさか、姉までが殺されるとは!!

本多嬢。慶佐君殺しの犯人が信佐君だということは、ここで認めねばならんだろう。

だがそれ以外はどうなる？　それも信佐君なのか？　だがその信佐君も、死んでいる」

「美佐さんからの依頼により、私はすべての嘘吐きを解明する義務を負いました。

よってまず第二の事件、すなわち英佐くん・信佐くん殺人未遂について考えます。

これについても、嘘吐き＝犯人からのメッセージが残されていました。数式です。私は先刻、『第一の数式と第二の数式を書いた者は同一である』と述べた。それは、内容の解釈からそうなると。

今度はそれを、論理的に展開してみます。これは難しくない。

すなわち、我々は既にメモ理論というべき武器を手に入れています」

「本多嬢、それはあれだな。メイドは劇団の秘密を知らない、メモは書けない。役者八人は脅される側、メモは書かない――」

「そのとおりです、御法川先生。

第二の事件、あの晩餐のときは英佐くんが帰省していましたから、犯人候補は再び十五人。そこからメイド四人と役者八人が引かれる。残るは三人――

英佐くん、信佐くん、美佐さんです。

ここで、美佐さんはあの夜の晩餐に出席すらしていません。御自宅の信吉邸を離れてはいない。私はその嘘判別もしましたし、信吉家のメイドにも確認をとりました」

（……やっぱりあのとき、そう美佐さんを訪れたとき、自分で確認してたのか）

ということはもう、美佐さんに会ったとき、最終講義の絵が描けてたってことだ。

「そもそもこのメイドはあの夜、何度も何度も美佐さんの様子を確認しています。それもランダムにです。美佐さんにはそのタイミングが読めない。なら御病気のことを別にしても、信吉邸は出られません。

以上から、美佐さんは犯人ではない。残るは英佐くんと信佐くんのみ。よって**結論12、トリカブトを盛ったのは文渡英佐または文渡信佐である**」

「し、しかし本多さん」章佐さんが思わず挙手した。「そのふたりは、被害者だけど」

「毒を飲んだからといって、犯人ではないということにはなりません」

「じゃあ、どっちかは、その、つまり狂言《きょうげん》だと」

「実際に飲んではいます。伊集院先生は有能な救急救命医。その眼は誤魔化《ごまか》せませんから。また実際に飲んでしまえば、今の章佐さんの発言どおり、被害者としてのポジションを獲《え》ることもできる――

ここで御列席の皆様、特に七人の役者の方。

英佐くんは、文渡家の秘密を知っていますか？　言い換えれば、劇団側は英佐くんに、文渡一族の真の姿を教えましたか？」

「いいや、教えてはいない」

御法川さんが断言した。

「それは紗江子様役の、そう姉の、厳命《げんめい》が上にも厳命だった――

美佐さんが疑いを持ってしまったように、英佐くんが自分で気付いたのなら別論だ。だが我々がまさか姉に叛《さか》らい、筆頭後継者にそんなことを告白するはずもない。『あなたの家族は赤の他人です、文渡家の一族などでっち上げです』などとね」

「では英佐くん、あなたはこの秘密を知っていた？」

「……まさかです。あまりの突拍子《とっぴょうし》のなさに言葉もありません」

「なら**結論13、英佐くんは毒を飲む時点で、数式のメモを書くことはできなかった。**これはメモ理論のうち、メイドとおなじ論法です。一族の秘密を知らないのに、あの数式が書けるはずもない。

したがって解答2、英佐くんと信佐くんに毒を盛ったのは、文渡信佐である」

犯人――信佐殺し

「信佐さまが……」

九美子はクソババアの絶叫芝居《ぜっきょうしばい》を止めていた。そこにいるのは、どこまでも理知的で冷静な、自分自身を完全にコントロールしている女優だった。

「……そうね。私たち劇団側もそれは予測していた。まさか証明は、できなかったけど。

でも本多唯花さん。

どうして信佐さまはそんなことを。慶佐さまを殺《あや》め、今度は英佐さまを。

この文渡村は十五年、自分を閉ざし、動かない時を刻んできた。変化のない時を。十五年の固定。十五年の演劇――それはもう演劇じゃない。私たちにとっての真実よ。

どうして信佐さまは突然、その十五年の静寂《しじま》を破って人殺しなどをしたの？」

「それもメモ理論から展開できます」

「というと？」

「既に指摘しました。

この数式の本質は、①秘密の暗示であり、②脅迫です。すなわち、『僕は知ってるぞ』というメッセージであり、『騒ぐな、動くな、黙れ』というメッセージ。そう、信佐くんは知ってしまった。文渡劇場の真実を。これは立証されている。すると、信佐くんにとってどのような効果が生じるか？」

「継承権よね」

九美子は嘆息《ためいき》を吐いた。

「文渡家の一族がフィクションであると解れば。誰が役者なのかを知れば。それはとりわけ信佐さまに、恐ろしいインパクトを与えてしまう」

「そのとおり。継承権順位は公開されています。この十五年間、第一位から、

①英佐→②慶佐→③禎吉→④章一郎→⑤章佐→⑥信佐→⑦美佐

とされてきた。これは家訓《かくん》であり、開祖・佐之輔《さのすけ》以来の決定方法。まず動かせない。だから本来、第六位の信佐くんがどう足掻《あが》こうとも、文渡財閥の総帥になれる確率はおそろしく低い——

はずだった。

しかし信佐くんは知ってしまった。

誰が役者で、誰が影法師で、誰が案山子《かかし》かを知ってしまった。なら無視できるのは？」

「私には継承権がないから」姻族役の九美子がいった。「禎吉様、章一郎サン、章佐サン」

「そうなれば真実の継承順位は、信佐くんにとっては既に、

①英佐↓②慶佐↓③信佐↓④美佐
となる。そうです。これまでは五人、欠けなければならなかった。ただ、五人殺しは非現実的です。仮に試みたところで、紗江子様の制裁・警察の介入を封じるカードもない。

けれど。

知ってしまったこれからは、違う。

たったふたり。たったふたり欠ければ、次期総帥は信佐くんで当確です。何故ならば」

「秘密を知ってしまったから」九美子がいった。「それで、役者たちを脅迫できるから」

「そう、紗江子様こときさんすら脅せる。警察の介入とて、役者たち自身に拒ませることができる。そしてまさかニセモノたちが、知ってしまったホンモノに叛逆《はんぎゃく》することなどできはしない。主君の血筋ですから。

だからです。だから信佐くんは橋を渡った。慶佐くんを殺し、英佐くんに毒を盛った。

これは数式の論理展開からも、継承権パズルからもあきらか」

「しかし本多嬢」御法川さんが手を挙げた。「その信佐君も、死んでしまった」

「そうですね」

「……あれは事故なのか？」

「もちろん違います。何故ならば、また数式が残されていますから」

「自殺――ということもある」

「ありえません。あれは信佐くんのメッセージではないので」

「ほう、何故?」

「御存知《ごぞんじ》のことをお訊きになる?」

「ぜひとも」

唯花はここで、第三のメモを呈示した。信佐の――慶佐くんの病室から発見された奴だ。あの猟銃暴発の後で。

9－2＝3－1

「一目瞭然《いちもくりょうぜん》ですが、ここには〈5〉がありません。禁忌《きんき》の数字である5が。ということは、これは文渡劇団の秘密に関するメッセージではないのです。

では、どんなメッセージなのか?

左辺は〈9－2〉です。この意味は極めて明白。十五年間、文渡家を構成してきたのが9人だから。そしてこの時点、死んでしまったのは慶佐くんと、信佐くんの2人だから。

これは、文渡家の当時の現状と、文渡家殺人事件の結果を表している。

それらが、右辺の〈3－1〉を意味するという。

それらが、右辺の〈3－1〉に展開されるという――

それなら、文渡方程式における〈3〉とは何、美佐さん?」

「……慶佐さま死後の、本物の血族だと思います。すなわち英佐さま、兄、私の3人」

「そのとおり。それは必然です。(総員－メイド－劇団員)＝3ですから。なら美佐さん、そこから〈1〉を引くというのは? この3をどうすれば、1と2に分類できる?」

「……は、犯人と、そうでない者。

ああ、するとやはり紗江子様は、ときさんは‼」

「誰よりも継承権パズルに通じ、誰よりも継承権パズルについて悩んでいたのは、紗江子様こと奥之内とき。だから、第一・第二の数式展開と継承権パズルの結論を、すぐさま見《み》出《いだ》した。

もちろん慶佐くん殺しのときから、ここの劇団員が疑っていたように、信佐くんを疑ってはいた。だから私に依頼をした。確実な立証のために。

けれど、信佐くんはやり過ぎた。英佐くんに仕掛けてしまった時点で、ときの疑惑は確信に変わった。いえ、もはや証拠を求めている段階ではなくなった。

では何の段階に入ったか――？

制裁です」

「兄はやはり、ときさんに。あの猟銃の暴発というのは、ときさんが」

「ときは、紗江子総帥の影武者。紗江子総帥の意志を、より過激に、より苛烈《かれつ》に実現しなければならない役者。そしてときに、文渡劇団の真実をあきらかにする気は微塵《みじん》もない。

だから、ときの視点に立てば、英佐くん殺人未遂というのは、
後継者第六位の三男筋が、家長《かちょう》に叛逆し、宗家《そうけ》の筆頭後継者を殺そうとした
ということになる。

そうです。

ときは劇団を解散しない。なら後継者はまだ数多い。ニセモノではありますが。そして、信佐くんが劇団の秘密を知ってしまったことこそ、制裁を強く決意した理由だったでしょう。なんとなれば、①どのみち英佐くんを害そうとするでしょうし、②まだ一八歳の子供とあっては、いつ何時《なんどき》その秘密をバラすか解りませんから。①②のリスクがある限り、信佐くんは『命懸けでお守りすべき大事な主君の血筋』以上に、『命懸けでお守りすべき大事な主家の破壊者』となる――

だから家長として、信佐くんに制裁を加えた。死の制裁を。

それが数式の右辺〈3－1〉の意味です。

1は犯人であり、かつ、その罪ゆえに排除された者。そうですよね御法川さん？」

「……信佐君が猟銃を持ち出すことなど、誰にも予測できんよ。まして発砲するなど」

「それはそうでしょう。ですから猟銃の他にも、罠《わな》は仕掛けられていたはずです――

もちろん、信佐くんに演技指導をした人間はいますが」

「え、演技指導とな？」

「ここで**解答3、信佐くんを殺したのは、文渡紗江子こと奥之内ときである**」

犯人――文渡紗江子殺し

「しかしだ」御法川さんはいった。「その姉すら、殺されてしまった」

「まだ犯人はいる」伊集院さんが頭を抱《かか》えた。「まだこのなかに、嘘吐きがいる」

「そして今度は」英佐が首をふった。「もうそれが誰だか、見当もつかない……

慶佐を殺したのは信佐だ。僕を殺そうとしたのも信佐。その信佐を殺したのはお祖母さま……いや奥之内ときさん。

なんなんだこの連鎖《れんさ》は。そして何故、ときさんを殺さなきゃならない？」

「けれど英佐様、第四のメモがあります」

章一郎常務が沈鬱《ちんうつ》にいった。

「本多さんの、あの数式展開論理を適用すれば……ここには禁忌《きんき》の数字である〈5〉もある。英佐様、この式は」

「……ちょっと待って。大きな疑問があるわ」

九美子が立ち上がった。

「まさにその禁忌というか、私たち役者側の秘密のこと――いえとりわけ信佐さまのことよ。

英佐さまと一緒。信佐さまに文渡家の真実を教えることは、ときさんから絶対的に、この上なく禁じられてきた。もちろん私たち役者側は確認している――誰も信佐さまに喋ってなどいないと。そうよね？」

禎吉老、章一郎常務、章佐さんが直ちに頷《うなず》く。もちろん弁護士・医師・女中頭もだ。

「だったらどうして……いったいどうして、信佐さまはその事実を知ったのかしら？」

ここで唯花は断言した。

「教えた者がいるから」

「え」

「それは先刻述べた、演技指導をした者でもありますが——

まずは、紗江子総帥こと奥之内とき殺しの犯人を指摘しておきましょう」

「じゃ、じゃあ本多さん」章佐さんが瞳《め》を剝《む》いた。「あなたにはもう、それすらも」

「誰だって、漠《ばく》とした予測なら立てているのでは？　特に劇団側の皆様にあっては。

だってそうでしょう？　この第四にして最後の数式——」


5－1＝5－5？


「——まさに章一郎常務が指摘したとおり、ここには禁忌の〈5〉がある。この5はこれまでの5と一緒なのか？　すなわち記憶のある一族、認識ある役者五人を示す5なのか？」

「そ、それは、そう考えざるをえません。だって殺されたのが、まさに役者ですから」

「そうよね章佐さん。これは紗江子様殺し。すなわち役者殺しであり座長《ざちょう》殺し——

その役者は5。被害者は1。なら左辺の意味は極めてシンプルよね？」

ギャラリーも頷《うなず》く。

「ならそれが〈5－5〉になるぞっていうのは？　正確にいえば、〈5－5〉になるかも知れないぞハテナ、っていうのは？」

……重い沈黙が下りた。特に劇団側に。意を決して発言したのは、美佐さんだった。

「み、皆殺しにするぞ……という脅迫。役者の皆様に、対する」

「そのとおり。とりあえず『破滅させるぞという脅迫』とひろく解釈しておくけど」

「唯花さん、破滅というと、例えば、皆様が役者であることを漏らす……とかですか？」

「それもあるでしょうし、文字どおり総員毒殺みたいなシナリオもあれば、総員軟禁《なんきん》というシナリオも考えられる。あるいは家族への保障を止めるぞという脅迫もあれば、文渡村から追放するぞという脅迫も考えられる」

「けれど唯花さん、そんなことをすれば……文渡家も文渡村も、そして文渡財閥も崩壊してしまいます。それは犯人がする脅迫としては、変です。自分自身だって、とても危険ですもの……」

そんな脅迫のできる人は、ここには誰もいないはずです」

「それは違う」

「何故ですか」

「演劇の当事者でなければ。そして財閥が維持できる自信があるのなら――秘密がバレてもかまわない。むしろ騙《だま》され続けた被害者となることができるわ」

「なるほどな。法律的にはともかくとして」御法川さんがいった。「文渡劇団がやってきたことは、まさに詐欺《さぎ》だからな……我々役者の主観は、もちろん違うが」

「その主観は理解できます、御法川先生。しかし客観的には、こういえなくもない――

役者たちは、財閥を好き勝手にするため、後継者を幼い頃から幽閉してきたと。そしてもちろん文渡家は財閥だから、法律的にも、無数の犯罪が行われたでしょう。十五年身分を偽って商行為を行ってきたなら、少なくとも無数の文書が偽造されたはず。また後継者の幽閉を、誘拐だの監禁だの、物騒《ぶっそう》な犯罪とみることもできる。よって再論するわ。

演劇の当事者でなく、財閥維持に自信があるのなら、この脅迫は可能。言い換えれば、劇団側でなく、正当な権利と能力を有していると考える者が、この数式を書いた者よ」

「でもそれは!!　ああ唯花さん!!」

美佐さんが祈るように訴えた。

「その人物は、そうです、これまでの議論で、文渡家の秘密を知らなかったとされてきたはず!!　それが論理の大前提でした!!　なら禁忌の〈5〉は書けません、そんな卑劣な脅迫をすることも」

「カンタンな仮説で反論できるわ。紗江子様殺し直前の段階で、その人物の属性が変わったの。『知らない組』から『知っている組』にね」

「それはあまりにも恣意的《しいてき》な仮説――」

「――でもないわ。むしろ必然的ですらあるの。

思い出して。文渡村には、謎《なぞ》の伝道師《でんどうし》がいるのよ。劇団側でないのに、文渡家の秘密を知っていて、それを信佐くんに吹きこんだ蛇《へび》がね。

この蛇は何故、信佐くんに知恵の実を与えたか？

結果からあきらか。文渡家連続殺人のためよ。蛇はそのための傀儡《くぐつ》を必要としていた。

だから教えた――でもその信佐くんは死んだ。繰《あやつ》り人形は消えた。

その時点で。

手駒《てごま》の信佐くんを失った伝道師＝演技指導者はどうすると思う？」

「……もしまだ殺人を望むのなら、ああ、新たな繰り人形を探すでしょう!! ああ!!」

「だから秘密を教えたのよ。だから紗江子様殺しの直前、その人物の属性が急変したの。

では最後の数式展開論理、まとめましょう――

確認で**結論14、第四のメモはニセモノらに対する脅迫である。**

よって**結論15、第四のメモが書けたのは財閥の後継者である。**

さらに**結論16、第四のメモが書けたのは財閥が運営できると考えている者である。**

そして**結論17、財閥の正統な後継者は今、英佐くんと美佐さんのふたりとなっている。**

美佐さんが重い病気であることは、改めて指摘するまでもない」

「なら犯人は明白だ」

「そうね。

解答4、文渡紗江子を殺した犯人は文渡英佐、あなたよ」

嘘吐き――文渡家の後継者

「おお……なんということ……英佐さん、あなたはなんということを……」

女中頭のさわさんが顔をおおい、号泣《ごうきゅう》し始めた。

「あなたのしたことは……おお美佐さま……英佐さん、あなたは間違っています!!」

「いいえ、間違ってはいませんよ」

英佐はサラリといった。それは、僕の親友の英佐じゃなかった。もう違うモノだった。

「お祖母《ばあ》さまの――いや違ったか、奥之内ときの寵愛《ちょうあい》していた慶佐と信佐は死んだ。誰がやったのかは知らなかったが、今こそ世代交代のチャンスだと思ったね。僕はかねてから決意していたんですよ。二〇歳になり、自分の名前で法律行為ができるようになったら、いつかは行動を起こすとね。ただ、それは大学を出てからのことだと思っていた。

だがどうだい?

誰かがトチ狂って慶佐を殺した。お祖母サマはあわてて僕を文渡村に呼び返した。二一歳の夏に。チャンスですよこれ。すごいチャンス。そうでもなきゃ、お祖母さまの厳命で、そうそう帰省できやしないんだから。

そうこうしているうちに、今度はあのトリカブト騒ぎだ。もちろん僕は被害者だ。それは事実だ――しかしねえ。誰かが自分を殺そうとしたってのは、そりゃあ大きかったですよ。

慶佐は殺された。僕も殺されかけた。死んでいてもおかしくない。

今やらずに何時《いつ》やるというんです？」

「そしてあなたは潔白だったんだから、真犯人はきっと臨床真実士とかいう小娘が捜し出すと」

「そうなんですよ本多嬢。最善のシナリオではね、ソイツに紗江子サマ殺しの罪もおっ被《かぶ》せて、キレイに後継襲名披露《ひろう》とゆきたかったんですが……

ああ、まさか信佐とはねぇ。アイツさえもうちょっと生きてりゃあ、僕を殺そうとしたのも信佐、我が最愛のお祖母さまを手に掛けたのも信佐――って感じで、すっごいハッピーエンドだったんですけどね？」

「英佐さん」さわさんが、代表するようにいった。「あなたは間違っている」

「くどいですねえ。全然正解ですよ全然。

まさか真っ赤なニセモノ軍団だったとは、そりゃ僕の想像を絶してましたが、章吉家も信吉家も邪魔でしたしね。文渡家のビジネスを好き放題に取り仕切って、五菱《ごりょう》銀行だのファミーユマートだの、身売り話ばかり考えて。紗江子サマもやけに大人しいと思ったら、何の事はない、陰謀軍団のお仲間だったわけだ。

ただ僕は危機感を憶《おぼ》えましたし、どっちみち、総帥になるしか両家を黙らせる方法はない」

「なら正解はシンプルね」

「ええ本多嬢、とってもシンプル。七五歳のしぶとい婆《ばあ》さんには、御引退いただく――後継者として総帥に即位すれば、あとはどうとでもなりますよ。総帥は文渡村の、そして文渡財閥の絶対君主。叛逆《はんぎゃく》できる者はいない。そう、いささか乱暴で、いささか血の流れる手段を使ってもね。

ああ、本多嬢、わざわざの嘘鑑定、ホントにありがとう。

犯人と嘘吐きどもが解って、僕は本当に嬉しいよ。これからこのニセモノ軍団を、どうとでも料理できるからねアッハッハ――そしてここは文渡村。どの真実をどう確定するかは、総帥である僕の勝手気儘《かってきまま》ですよアッハッハ――」

「偽《ぎ》－ホント」

「なんだと？」

唯花の言葉は零度《れいど》を感じさせた。瑠璃色の炎が、鋭い刃になった。恐いほど残酷な刃に。

唯花は怒ってる。唯花は憤ってる。そして何より……唯花は、哀れんでいる。

「あなたは確定的に、最終的に、おぞましく間違っている。あなたの発言は、偽。美佐さん。頼んでいた遺言状、持ってきてくれましたか？」

「……はい、ここに」

「それは、いつ作成されたものですか？」

「兄の死後に。すなわち信佐兄さんの事件後、新たに書き改められたことになります」

「古い遺言状は？」

「これと引き換えに、ときさんがすぐ燃やしました。私もそれを確認しました、御命令で」

そうか。紗江子総師――奥之内ときは死んだ。なら遺言状の問題がある。そしてときさんはいっていた。遺言状は美佐さんに保管させてあると。

(唯花はこの最終講義のまえに、それを持ってくるよう頼んでおいたんだ)

「どうして美佐が持ってるんだ」英佐は真実、ビックリしていた。「御法川じゃないのか」

「やっぱり知らなかったのね」

唯花の瞳は残酷《ざんこく》だった。

「そう、遺言状の保管者は美佐さん。紗江子総師の厳命でね。でも――あなた、おかしいと思わないの？」

「何がだ」

「私には最初から違和感があったわ。

第一の違和感。文渡英佐は惣領孫《そうりょうまご》、財閥後継者第一位よ。そして、文渡紗江子は一族を絶対に防衛するため、文渡村を生みそして閉じた。ならどうして、あなただけを東京の大学に通わせるの？　信佐くんがあれだけ頼んでも、絶対に認めてもらえなかったのに」

「それは財閥の後継者として、識見《しきけん》を」

「次に紗江子総帥の態度よ、第二の違和感。

これまでの証言を総合すると、紗江子総帥は孫世代五人——英佐、慶佐、章佐、信佐、美佐のうち、あきらかに慶佐くんと信佐くんを贔屓《ひいき》していたとか。溺愛《できあい》していたとか。どうしてかしら？　いちばん大事でいちばん可愛いのは、あなたのはずでしょ？」

「筆頭後継者には、そりゃ態度も厳しくなるさ。それにそもそも、そりゃニセモノのロールプレイだぜ？　文渡紗江子なんて女は存在しないんだからな」

「そのとおり。これは奥之内ときによるロールプレイよ。

けれどね。

だったならなおのこと奇妙だわ。だってこれが舞台なら、『いちばん大事でいちばん可愛い』態度を最も真剣に、最も熱烈に演技しなきゃいけないはずでしょ？　変な依怙贔屓《えこひいき》はキャラクタ設定からもシナリオからも逸脱《いつだつ》するわ。けれどときさんはバカじゃない。極めて理性的で合理的よ。そんな逸脱を個人的感情でするはず、絶対にないわ」

「何が言いたい‼」

「引き続き私の違和感について。第三になるわね。

思い出せるかしら。トリカブト騒ぎのときのこと。真っ先に救護されたのは誰？　信佐くんでしょ？　あなたはその次だった。そしてその信佐くんは、かつて慶佐くんが使っていた病室に搬《はこ》ばれた。あなたは？　二階の自分の部屋よ。どうしてかしら？

慶佐くんが使っていたベッドには、ヒト四人が寝られる。慶佐くんが使っていた病室には、最高水準の医療機器がそなわっていた。なのにどうして、あなたを一緒にしないの？ どうして物領孫で筆頭後継者で大事な大事なあなたを、いわばＩＣＵに入れずに自室へ搬んでしまうの？」

「そんなこと!!」

「第四の違和感。

あなた自分で言ってて変だと思わない？　あなた二一歳のはずでしょ？

文渡村が誕生したのはいつ？　十五年前でしょ？

あなたそのとき幾つ？　六歳でしょ、小学一年生でしょ？

そのときの記憶がないはずないじゃない。これまで黙ってきたけど、あなたが『記憶がない組』に入るってのは、それだけで御伽噺《おとぎばなし》だわ。試しに訊くけど、あなた文渡村以外の記憶はある？」

「そ、それは――だけどそれは」

「ないのね。だったらあなたは二一歳じゃないわ。ちなみにこれは、二重の意味で哀れな間違いよ。成年に達していなければ、単独で法律行為はできないのだから。

第五にして最後の違和感。

これはもう公然となっている。すなわち私の今の依頼人は、美佐さんよ。紗江子総師の厳命によって。家長の遺言状を保管しているのも美佐さん。紗江子総師の厳命によって。

おかしいでしょ？

どうしてあなたじゃないの?」

「―――――」

「ではさわさん。あなたがずっと言おうとしていたこと。いまここで発言してください」

「それは」

「美佐さんの命令を忘れましたか?」

(美佐さんは、文渡家の一族に命令してた。二度、命令した。唯花に真実を語れと……)

……さわさんは、涙を零《こぼ》した。

それは苦悶《くもん》であり、後悔であり、そして何よりも、同情だった。

「英佐さん。あなたは本物の英佐さんではありません。本物の英佐さんは、あの飛行機事故で……しかし姉と紗江子様は、どうしても惣領孫の死を、隠したかった……

あなたは実は一八歳。三歳のとき私と姉が選んだ孤児《みなしご》……ずっと黙っていて、本当に」

さわさんの嗚咽《おえつ》は、たちまち舞台役者たちに広がっていった。

嘘吐き―――シンデレラ

「そんなバカなッ!! 僕は、僕は文渡英佐だ!! 文渡財閥の後継者……みんな嘘だッ!!」

「証明が必要ですか?」

「そんなもの必要ないッ!!」

「なにいってるの。馬の骨には訊いてないわ。私は私の依頼人に訊いているの。美佐さん、証明をしてもいいですか？」

「はい」美佐さんも泣いていた。「終わらせます、ここで」

「では、遺言状の開封を。御法川先生、やむをえませんわね？」

「……私としては異議がある。弁護士として当然の異議がな。

まして、それに加うるに、その遺言状は書き換えられたものだ。書き換えたのは奥之内とき。紗江子様ではない。厳密には、それは総帥・文渡紗江子の遺命《いめい》とはいえんよ」

「しかし総帥・文渡紗江子役の遺命ではあります。外界ではいざ知らず、この文渡家では、それこそが絶対君主の意志でしょう？

ましてそれは、極めて誠実かつ忠実な、ロールプレイの結果です」

「御法川先生、私は遵《したが》います、唯花さんの言葉に。どうか先生も」

「……美佐様の御命令とあらば是非《ぜひ》もない」

「御列席の皆様」唯花は遺言状を借り、ギャラリーに確乎《しっか》とかざした。「御異議は？」

英佐は無言で震えている。怒りか怨《うら》みか、諦《あきら》めか……微《かす》かな期待か……

そして他の人々から異議はない。唯花は、翳《かざ》していた封筒を美佐さんに返す。

美佐さんは遺言状を開封した。

そしてそのまま、涙を零しながら読み上げた。

「遺言書。

遺言者文渡紗江子は、この遺言により次のとおり遺言する——
一、財閥の後継者および一族の家長を、文渡美佐とする」
「えっ‼」

突然上がった声。美佐さんが読み上げを中断する。

ところが声を上げたのは、問題の英佐ではなく——

「るりさん」唯花がきょとんと問いかける。「どうしたの？」

「いえ、その」るりさんは一座を見渡した。「どこか、おかしいような」

「例えば？」

「……ちょっとよろしいでしょうか、美佐さま」

「どうぞ、いいわ」

美佐さんは、遺言状とその封筒をるりさんに手渡した。

るりさんが、それらをまじまじと見凝《みつ》める——

「あの、美佐さま、本多さま……ああ、こんなこと」

「どうしたの、るり？」

「はい美佐さま。私の記憶が確かなら……これは……これは本物ではございません‼」

「えっどうして⁉」唖然《あぜん》とする美佐さん。「どういうことなの。るり、説明してくれる？」

「はい美佐さま。

私、去年でしょうか、奥様にお茶をお搬《はこ》びしたとき、一度だけ、この封筒だけ、見た憶《おぼ》えがございます。そのときは、確か……裁判所がどうこう、という記載があったような」

「遺言状の封筒に？」

「はい美佐さま。封筒の左下に、ただし書きが」

「封筒が違うということなの、るり？」

「ああ、このようなことを申し上げてしまって……

ですが、はい美佐さま。それは奥様の封筒ではございません!!」

「けれどるり、これは兄が死んですぐ書き改められたものよ？　あなたが去年みた遺言状は、もう燃えてしまっているわ」

「はい美佐さま。確かにそうです。私が見たものとは、違って当然です。ですが」

するとここで、唯花が言葉を発した。

唯花は、美佐さんから遺言状を受けとって――

「ですが？　ですが、とは？」

「こ、これは、御法川先生にお尋《たず》ねしなければならないことですが……私が勉強したところでは、遺言状は、裁判所で開かなければならないと……み、御法川先生？」

「そのとおりだ。遺言状は勝手に開封してはならない。家庭裁判所に提出し、そこで開封の上検認《けんにん》を受けるものだ。だから私は先刻、『私としては異議がある』といったのだ」

「御法川先生」唯花が訊いた。「紗江子様――ときさんはそのことを？」

「もちろん熟知していた。だから必ず、封筒には『開封せず家庭裁判所に提出すること』

という但《ただ》し書きを記載したはずだ」

「しかしこの封筒には但し書きなどない」

「どうみてもそうだね」

「もし勝手に開封したらどうなります？」

「この場合は美佐様が五万円以下の過料《アヤマチリョウ》となる」

「有効性については？　むろん入れ代わりの問題を無視して、法律論一般としてですが」

「いや、開いてしまっても無効になどなりはしない。ただ誰もその真正性《しんせい》を立証できん」

「つまり、法的に争おうと思えばできる」

「もちろん。そしてこの場合、当然記載してあったはずの但し書きがない。すると逆に、その真正性は強く疑われるだろうな。すなわち、遺言状がむしろ法的紛争を呼んでしまうことになる」

「だから御法川先生は、異議を述べられた」

「そうだ。しかしこの場合、当面の問題は英佐くんが何者かという証明だったから……」

「い、い、けれど」

唯花は凍《い》てつく口調でいった。

「どうしてあなたは開封前に、異議を述べなかったの、るりさん？」

「そ、それは」

「あなたは知っていた。御法川先生と一緒のことを。あなたは確認した。私がわざと翳したこの遺言状を。封筒を。だからすぐさま解ったはず――あるべき記載がないと。この遺言状はおかしいと。御法川先生はそれを指摘した。あなたは知っていたのに黙っていた。そして遺言内容があきらかになってから、突然異議を申し立てた。それは何故？」

「それは」

「どうして遺言内容の読み上げを待っていたの？」

「それは」

「ではあなたのボスに訊きましょう――

奥之内さわさん。

昨晩のことです。あなたは私と晴彦が、るりさんと応接間で喋っているのを見つけた。憶《おぼ》えておられますか？」

「……はい」

「あのとき、照明は暗かった。応接間は廊下を折れたところにある」

「はい」

「すなわち、あなたも私たちも、直近になるまで、お互いが認識できなかった」

「それは……」

「できなかった」

「そう、かも知れません」

「だからあなたは応接間に進んできた。恭《うやうや》しく進んできた。そしてしっとりとした声で、こう言った――

ああ、こちらにおられましたか
お捜《さが》ししましたよ。紗江子様もそれはもう……

そうですね？」

「……はい、そう申し上げました」

「そしてそのあと、私たち三人の方を睨《にら》みつけた――いったい誰を睨んだのです？」

「るりです。厳しく叱《しか》らなければなりませんから。お客様と無駄話をするなど」

「美佐さんの命令を忘れましたか？」

「――――」

「質問を変えましょう。あなたはいったい、誰を捜しに来たのです？」

「それはお客様です。本多様と鈴木様」

「そのあと何の用事も質問もなかったのに？　私がインタビューのお願いをするまでは、私たちを置いて仮眠しようとしていたのに？

もう、いいでしょう。

あなたはるりさんを捜しに来た。恭しく、しっとりと。敬語を遣いながら」

「唯花さん」美佐さんが瞳《め》を見開いた。「遺言状を使ったのは、まさか、るりを」

「偽《にせ》の遺言状なんかでお芝居を頼んで、御免《ごめん》なさいね」

なんとまあ。美佐さんと遺言状を使って、そんな罠《わな》まで仕掛けてたとは。唯花は悪辣《あくらつ》だ。

「でもお陰で仮説は実証されたわ。私の仮説は、たったふたつの根拠しかなかったから。すなわちさわさんの奇妙な態度と、るりさんの名前よ」

「るりの名前、ですか……伊奈江《いなえ》、るり……あっそんな、まさか‼」

「文渡財閥の後継者。なかんずく孫世代五人。英佐－慶佐－章佐－信佐－美佐。誰もが一族の証《あかし》として『佐』の字を受け継いでいる。佐。

分解すれば一目瞭然《りょうぜん》――〈佐＝イ＋ナ＋エ〉よ」

「それじゃあ、るりは」

「佐の文字を受け継いだ後継者。奈の文字を守ってきた後継者。じき二〇歳の成人年齢に達する後継者。遺言状での後継指名を確信していた後継者。るりの靴をはいた使用人――そうガラスの靴をはいたシンデレラ。そう。

この娘こそ、十五年前の飛行機事故で死んだとされた文渡宗家《そうけ》の長女、文渡佐奈《さな》よ」

嘘吐き――文渡家殺人事件

「そんなことが」愕然《がくぜん》とする章一郎常務。「私たちでさえ、知らなかったのに!!」

「そうでしょうね」

唯花は締めに入った。

「文渡紗江子と奥之内とき。本物と影武者。このふたりが最後に用意した保険であり隠し球《だま》だったのだから。そうでしょう、さわさん？」

「……紗江子様は、姉に命じました。飛行機事故を忘れるなと。全滅の危機は避けろと」

「合理的です」

「そこで私と姉は……ああ英佐さん、恐ろしい嘘を……

孤児《みなしご》の英佐さんを本物と偽り、本物の佐奈さまを偽物に仕立て上げ、英佐さんを文渡村に、佐奈さまを外の世界に置いたのでございます……

そして、そうです、これは紗江子様と姉が掛けた保険。弟にも従弟にも、一族を演ずる誰にも、秘密にし続けてまいりました」

「そしてもちろん、最初から劇場の秘密を知らない本物たちは、それを知る由《よし》もない」

「そのとおりです。慶佐さま、信佐さま、美佐さまの御存知でないこと」

「その佐奈さんをメイドとして文渡村に入れたのは、英佐くんが外へ出たからですね？」

「ああ本多さん、あなたはなんという人……まるで紗江子様のような……」

「英佐を入れて佐奈を出した。英佐が出れば佐奈を入れる。文渡紗江子が保険を掛けるというのなら、必ずその措置をとる。紗江子の完全な影武者であるとき、またしかり。

どう、佐奈さん？」

「どう、とは」

「終幕に当たって、何か決め台詞《ゼリフ》はないの？」

「そうね。文渡家の家長《かちょう》・文渡財閥の総帥として、あなたへの依頼を解くわ。お疲れ様」

（そうか。正統なる後継者は、佐奈になるんだ。それが、継承権のルール）

佐奈は文渡紗江子の、本当の孫だ。宗家《そうけ》の孫。宗家だから、他のどの家より継承権が強い。しかも宗家には、文渡英佐など存在しないのだ。そして、慶佐くんは死んだ。

（僕のデジャヴュ。美佐さんと、るり。そういうことだったのか）

東京で会ったのは、慶佐くんの写真。

そして僕は晩餐で、給仕するるりと会った。ここでデジャヴュ。

さらに僕は信吉邸で、美佐さんと会った。ここでデジャヴュ。

（それはそうだ。るりと美佐さんは、真の血族。そういうことだったのか）

――その美佐さんが。

なんと車椅子から立ち上がった。よろめきながら。しかし確乎《しっか》として。そして佐奈と対峙《たいじ》した。その瞳は激しく燃えていた。

「るり、いえ佐奈さま。お認めにならないのですか？」

「何を？」

「あなたの恐ろしい嘘について」

「どうでもいいわ」

「よくありません。総帥からの命令で、依頼人の地位を引き継いだのは私です。

最後に残された謎……

誰が兄の信佐に、文渡一族の秘密を教えたか。

誰が兄の信佐に、猟銃を使った演技指導をしたか。

誰が英佐さまに、兄の代わりをさせようと、文渡一族の秘密を教えたか。

その傀儡師《くぐつし》は、論理的に考えて、あなたしかいません」

「何故？」

「演技をしてきた八人は、絶対に口外しない。これは立証されました。

メイドはそもそも知らない。それがほんとうにメイドなら。これも立証されました」

「あなた自身は？　劇団の秘密を察知してたんでしょ？　知ってたら喋れるわよね？」

「私は誰にも教えていません。それは今、立証します。

第一に、私はその秘密を、確信できていませんでした。それは、何度も証言しました。

第二に、確信できていたとして、教えたのが私なら、唯花さんは今ここにはいません。

絶対に私の嘘を見破るから。私が傀儡師なら、すぐに依頼を打ち切り、唯花さんを文渡村から追い出します。私にだけは、それができました。そして、私はそれをしていません」

（それもそうだ。行動そのものが証明だ。すると残るのは、英佐と信佐と佐奈。けれど）

英佐と信佐も、教えられる側だ。あやつられた傀儡《くぐつ》だから。教えた側ではありえない。

「残るのは佐奈さま、あなたしかいません。

あなたは。

御自身が文渡村に帰れたことを奇貨《きか》として。兄の鬱屈《うっくつ》した野心をずっと見透《みす》かして。

兄に囁《ささや》いたんです。

本当はたったふたり。たったふたり殺せば、次期総師はあなたですと。

どこまでも使用人のふりをして。それはそうですよね？」

そりゃそうだ。佐奈だとバレてしまえば、今度は信佐に命を狙われる。本末転倒だ。

「あなたはシンデレラじゃない、魔女だわ。

あなたは誰も殺してはいない。あなたは嘘を吐いただけ。

あなたは嘘を吐いて、本当は自分がしたかったことを、兄にさせた。

その兄も殺せば、次期総師はあなたなのだから。

……私は病《やまい》です。長くは生きられない。継承権も弱い」

美佐さん以外全滅となれば、ときさんは、保険だった佐奈をシンデレラにするしかない。

「そして兄はあやつられた。あなたの望むことをした。それは恐ろしい連鎖を呼んだ。あなたの演技指導に過ぎなかったものが、ときさんによる兄の処刑となってしまった。兄は死んだ。けれど今度は英佐さまが焚《た》きつけられた。そこにあなたの陰謀と脚本があったとしても不思議はありません。いずれにしても、とうとう『紗江子様』までが亡くなった」

「私の名誉のために言っておくけど、私は文渡財閥の令嬢よ。信佐ならともかく、どこの馬の骨とも知れぬ使用人以下のゴミになど、殺人を任せられるわけないでしょ。

この馬の骨ときたら。

ニセモノ劇団を脅し、ニセ紗江子に総帥位を譲《ゆず》らせる。今はそれだけでよかったのに。ちょっと秘密を囁いただけで、このタイミングですぐ祖母殺し。バカなの、死ぬの？」

（なんてこった……）

英佐に秘密を教えたのは、確かに佐奈だ。

けど英佐は、紗江子様殺しを、独断でやってしまったんだ。そう狂喜乱舞《きょうきらんぶ》して……

それでも。

佐奈のいうことは嘘だ。たとえ、秘密を教えただけってのがホントでもだ。

この女は、手を汚さない女。

そして『文渡紗江子』と『文渡英佐』を葬ることが、この女の最終目的。ならば。

（どのみちいつか、英佐を誑《たぶら》かすつもりだったに違いない。そしてその英佐をも――

この女は、アダムを唆《そそのか》したイヴだ。ああ、世界最初の嘘を吐いたのは、イヴ）

美佐さんは、ずっと佐奈と対峙《たいじ》してる。

そして覚悟した瞳で、佐奈に問いかける。

「では佐奈さま。お尋ねします。佐奈さまは御自分のなさったこと、悔いておられますか?」

「全然」

「ほんとうに、ですか?」

「当然でしょ。私は何ひとつ犯罪を犯してはいない。あなたたちは私を嘘吐き嘘吐きというけれど、正確には違うでしょ?　私は『ホントのことを教えてしまいました』ってことを黙ってた嘘吐き。それだけよ。

真実を喋るのは罪なの?　私の主観では違うわね」

「三人が殺され、ひとりが死にかけました。それでも一切、後悔がないと?」

「くどい。破廉恥《はれんち》なニセモノ軍団の殺人合戦に、後悔も興味もあるはずがない」

「今後、文渡一族はどうなります?」

「そうね、とりあえず英佐に家督《かとく》を継いでもらうわ。もう文渡村から出すわけにはゆかないし、さすがに財閥総帥と筆頭後継者がバタバタ死んだとなるとスキャンダルだしね。もちろんこの馬の骨さんは、誰が御主人様かを日々、調教されることになるでしょうけど」

「つまり、佐奈さまの奴隷として生きろと」

「これまでだってニセ紗江子の奴隷だったでしょ?」

「では十五年を文渡家に捧げてきた皆様はどうなります?」

「真の総帥・真の家長に忠誠を誓うというのなら、別段これまでどおりで結構よ」

「誓わないのなら?」

「馬の骨がした脅迫〈5－5〉が、現実のものとなるわね。邪魔であれば排除するだけ。極論、劇団を解散し、文渡村を開いてもいいわ。そうしたらこの誘拐犯、監禁犯、詐欺犯、文書偽造犯どもは――ああ、殺人犯もいたっけ――どうなるかしら?

純然たる被害者の私は痛くも痒《かゆ》くもない。どう決断してくれても歓迎よ。残りの人生、文渡監獄をえらぶか、文字どおりの監獄をえらぶか――あはは」

「つまり、佐奈さまの家畜として生きろと」

「これまでだってニセ紗江子の家畜だったじゃないの。それによろこびなさいな。もう下らない三文芝居《さんもんしばい》の昼ドラ、演じなくてもいいのよ? 秘密がバレた以上、観客がひとりもいなくなったんだから。

私に叛逆しないかぎり、ニセ紗江子の時代より正直な人生を過ごせるはずよ。嘘吐きさんを卒業してね、あはは」

「本多唯花さんと鈴木晴彦さんもまた、すべての真実を知ってしまいましたが？」

「御心配なく。ファンタスティックな処理を考えてあるわ」

「というと？」

「慶佐は重い障害を負っていた。これは世間でも周知の事実。障害が悪化して死んだ。まったく不自然ではない。文渡家として、その死は認めることができる。

そして総帥婆さんは七五歳という設定。慶佐の死にショックを受け、ポックリ逝《い》っても不思議はないわ。これまた、文渡家としてその死を隠す必要はない。

ところが信佐はべつよ。

信佐が突然死するというのには無理がある。どうにか理由をつけたとして、三人がバタバタと死にましたなんて、今度はその数がスキャンダルになる。なら信佐の死は、文渡家として隠す必要がある。そして死を隠すことこそ、文渡家のお家芸だったでしょ？」

「佐奈さまあなたはまさか」

「歳の近い、絶好の役者候補がいるじゃない、ここに」

「す、鈴木晴彦さんを、信佐兄さんの代わりに⁉」

なんだって⁉

「文渡家と無縁の方に、そんな非道が許されますか‼」

「何を勘違いしてるの。これは恩赦《おんしゃ》よ。

もし文渡家を維持しようと思ったら、そう、ここにお列《なら》びの文渡劇団を被告人だの受刑者だのにしたくないと思ったら――本多と鈴木には直ちに死んでもらうか、未来永劫《みらいえいごう》監禁しておくしかないじゃないの。

けど私は犯罪者になどなりたくないし、こうみえて慈悲《じひ》ぶかいのよ。文渡家の秘密を守る。文渡家殺人事件を隠す。それが目的なのだから、死か終身刑かという極論をとる必要はない。生かしてもいい。解放してもいい――ただし、ひとりはね」

そうか。僕が文渡村にいるかぎり、唯花を解放したって、どうとでも脅すことができる。僕の家族にだって、唯花と僕を使って、どうとでも説明させることができる。

「真実を喋らせないため、人質をとるということですね？」

「正解よ。人質を確保しておけば、リスクは最小化できる。ましてその人質が、信佐の影武者を生涯務《つと》めるというのなら、それこそ方程式の解。私たちの最大幸福じゃない？」

「鈴木晴彦さんをも、家畜にすると」

「財閥令息にしてあげるというのよ。これまたどこの馬の骨とも知れぬ、下賤《げせん》の輩《やから》をね」

美佐さんは質問を終えた。そして悲しそうに唯花をみた。とても悲しそうだった。

「……唯花さん。今までの佐奈さまのお返事は」

「すべてホントよ、判別したわ。

けれど大事なことだから、私からひとつだけ再確認する。

佐奈さん、あなたは晴彦を家畜にするといった。それはホント？」

「あら、あなたのような論理機械でもそんなに怒るのね？　そうでなくっちゃ、おもしろくないわ――

ええ、もちろんホントよ。立派なベルボーイに育ててあげるわ。感謝なさい」

……唯花は黙った。僕には解った。ポニーテイルの震えだけで。ほんのひとつの、嘆息《ためいき》だけで。

唯花は、激怒した。

「美佐さん、私はこの侮辱だけは、容赦することができない」

「大丈夫です、唯花さん。よく解りました」

そして残念です、佐奈さま。私は今、決意しました。

文渡劇場の幕を閉じます。そして、新しい舞台の幕を開けます」

「いわれなくてもそうするわ。まだ解らないの？　その主演女優は私よ？」

「もちろん私もそのつもりです」

「……率然《そつぜん》と素直になったわね？」

「御列席の皆様。文渡家にその人生を捧げてくださった皆様。

私には文渡家の大事な家族を守る、絶対の義務がある。それがせめてもの贖《つぐな》いです。

もちろん罪のない、本多唯花さんと鈴木晴彦さんに指一本触れることを許さない。

また殺人者である兄信佐と、英佐さんはその罪を償《つぐな》う必要がある。

これが私の、今の目的です。短いものであろう、私の命を懸《か》けた目的です。

そこで。

文渡家の家長、文渡財閥の総帥として問います。

皆様は、佐奈さまの今の脚本に賛成ですか？

佐奈さまの奴隷として、家畜として生きてゆくことを望みますか？

それとも……

皆様は、私の目的を果たせる脚本に、賛成してくれますか？」

「ちょっと美佐なにを偉そうに」

「お黙りなさい、るり。メイドの分際《ぶんざい》でそのような言葉遣い、許しませんよ」

「なんですって……!?」

「それが新しい主演女優の役割。

そして私の脚本は、こうです。

宗家のメイドのるりは、文渡家の財産と文渡財閥を意のままにしようと謀《くわだ》てた。そこで、兄信佐を誑《たぶら》かした。籠絡《ろうらく》された兄は、るりの命ずるまま殺人を始めた。慶佐さまを殺し、英佐さまに毒を盛り、紗江子様を毒殺して、英佐さまを猟銃で襲った。ところが英佐さまと乱闘になり、猟銃は暴発した。兄は死んだ――

そう。

すべての犯人は、兄信佐。

メイドのるりは、その黒幕」

「バッ……バカいってんじゃないわよ!!　そもそも死んだ順番が違うじゃないのよ!!」

「問題ありません。久万高原署《くまこうげん》も捜査一課も、どうとでもしてくれる。それが文渡財閥家。犯人と死者の帳尻《ちょうじり》さえ合えばいい。これは、紗江子様のおっしゃっていたことです」

「英佐が全然懲罰《ちょうばつ》されてないじゃないの。英佐は人殺しよ？　ああ、可哀想《かわいそう》な信佐!!」

「……ある意味で兄より残酷でしょう。ニセモノと知った絶望をかかえたまま、生涯をこの文渡村で終えるのですから。

英佐さんには、残酷な嘘を生きてもらいます。それは贖罪《しょくざい》として、重すぎるほどです」

「警察を入れたら、文渡家の秘密がバレるわよ⁉」

「いいえ。少なくともあなたが黙れば大丈夫」

「ニセ英佐が喋るわ」

「殺人者なのにですか？」

「……喋る喋らない以前に、シンデレラである私が、またメイドだなんて脚本を受け入れると思ってるの？両目剔りぬかれたいの？」

「まだ解らないのですか？　あなたは黙ります。いえ、喋ることができなくなる」

「喋ることが、できない……まさか美佐あなた⁉」

「英佐さんと兄は、乱闘したことになりましたね？　その猟銃は暴発しましたね？

その、暴発した猟銃の弾丸は──」

「ちょっ、ちょっと美佐、あなた本気で」

「──メイドのるりを直撃した。

御列席の皆様。文渡家の家族の皆様。
これが私の脚本で、これが私の考える主演女優です。
もう一度だけ、問いましょう――
皆様は、私の目的を果たせる脚本に、賛成してくれますか？」
文渡家の一族は、メイドのるりを見凝《みつ》めた。
それは、十五年にわたる文渡家のウソが、終わった瞬間であり。
文渡家殺人事件の嘘が、確定した瞬間であり。
連続殺人、最後の死者が決まった瞬間であり――
そしてなにより、文渡家の一族が、ホントの家族となった瞬間だった。

終　章

――井《い》の頭《かしら》大学、文学部研究棟、六〇七ゼミ室。

唯花の城だ。

文渡家の家族に見送られ、僕らはヘリで文渡村を離れた。

東京に帰ってきて、そのまま大学に直行だ。唯花先生の研究資料を、すぐ搬《はこ》び入れなきゃならなかったから。もちろん先生の御命令だ。

「晴彦、解ってると思うけど」

「ハイ先生。ＩＣレコーダの録音起こし。速記録の浄書《じょうしょ》」

「このバカンスの時系列もお願いね。あと家系図もキレイなの作成して」

「了解っ」

「……ありがとう」

「え？」いつもどおりの奴隷労働なんだけど。「どうしたの、急に御礼《おれい》だなんて」

「とてもいい研究ができた。そうやって、晴彦が手伝ってくれるから」

「全然役に立ってないよ。教えてもらってばっかりだ」

「偽－ホント」

「……僕の方こそ、ありがとう」嬉しかった。「でも、僕のどこが」

「あなたは、美佐さんと一緒だから」

「え？」

「……美佐さんは、演技を超えて、誰からも愛されていた。だから最後の最後で、佐奈に勝った。ならば何故、誰からも愛されたか？

あなたと一緒よ。嘘を吐かないから。

ちなみにあなたは、ここ半年の観察では、月曜から金曜の五日に一回、嘘を吐くか吐かないかの人——一日平均〇・二回未満。これがどれだけ脅威的な数字かは、もう説明したわね？

嘘は防衛《ぼうえい》機制《きせい》よ、ディフェンスよ。それを象徴していたのが、文渡村の三重の壁」

「僕だって嘘くらい吐くさ。それに美佐さんも……やむをえなかったとはいえ、あんな恐ろしい嘘を」

「それは自分を防衛する嘘じゃない。すべて他人を守るための嘘。あなたもそう。

バカ正直な人ってのはね、自分のためには壁を作らない。その煉瓦《れんが》はひたすら、他者を守るために積み上げられる。それも一所懸命《いっしょけんめい》に、必死に。真実に背《そむ》く罪も感じながら——

ヒトにはそれが解るのよ、本能的に。

だからバカ正直なヒトには、安心できる。だから守ってほしいと思う。だからお返しをしたいと思う」

「……それが、僕にかまってくれる理由かい？」

「真実への鍵《かぎ》でも、ある」

「どういうこと？」

「バカ正直な人は、鎧《よろい》もまとわない。だから、解らないことを解らないという。あなたがまさにそう。理解したか、していないか。絶対に嘘を吐かない。これはとてもありがたいことなの――

結論は仮説から生まれる。

仮説は疑問から生まれる。

だからいちばん大事なのは、素直な疑問よ。そしてそれを出してくれると、私は考え始めることができる。だから、仮説を立てることもできる」

「そんなもんなの？」

「そんなものなのよ。

このフィールドワークでも、バンバン私にインスピレーションを与えてくれたわ」

「えっ例えば？」

「出発前の、友崎論理。あのバルタン星人の話」

「あれは、まさに疑問を出しただけ……うっ、疑問だ」

「ほらね。それからヘリコプターでの、家族法のクイズ」

「そんなのもあったなあ。でもあれ、僕まだ全然わから……うっ」

「ほらね。あなたは解らないことを解らないといえる人。鎧をまとわない人よ」

「唯花は正解、わかったの？」

「『男性が彼の未亡人の姉妹に当たる女性と結婚することができるか』云々《うんぬん》って……どうやって死んだ男がまた結婚できるのよ？」

「あっこの男もう死んでる!!

そうか、それが文渡家の一族に関する、君の洞察に」

「そう、エレファントな直感につながった。

こうやってあなたは、文渡村入りする前だけでも、私にインスピレーションを与えてくれたわ。それも理由よ」

「それが仮説につながり、実験と検証につながり、そして研究成果が出た」

「そのとおり」

「……君は確か言ってたね。

君がいちばん関心をいだくのは、ええと、『この世で最も病理であり、かつ悪である嘘』だと。合ってる？」

「諾《だく》。そして私は言った。それはヒトを家畜にする嘘だと。私はその事例を集めていると」

「それを知りたかったからこそ、君は急にアクティブになった。現地入りもすぐ決めた」

「まさしく」

「どうしてそれにこだわるの？」

「それが私の生きている理由だからよ、何の誇張《こちょう》もなく。すなわち私が、私自身が……」

唯花はためらった。それこそ半年に一度、あるかないかだ。

「……その嘘の」

「その嘘の？」

「今はこれで許して。私は家畜だった。人為的に用意された、恐ろしい嘘のフィールドの。その支配者の。だから私はそれにこだわる。そして私は……

実は文渡村というフィールドが、その支配者が、それと一緒の人物かも知れないって思ったの」

「……一緒の人だったの？　違うよね。奥之内ときでも、文渡佐奈でもないだろうし」

「そう否《いな》。幸か不幸か、否よ……でも、事例収集としては成功だわ」

「そうだね。確かに文渡村は嘘だらけ。文渡家の一族も嘘だらけだった。けど、とりわけ総帥役のときさんと、メイドを演じてた佐奈の嘘は強烈で、支配的だったなあ。唯花の言葉を借りるなら、『ヒトを家畜にする嘘』の最大級の奴だ」

「それだけ？」

「えっ」

「晴彦、あなたこの物語でいちばんの嘘は何だと思う？」

「もちろんヒトを家畜にする嘘のなかで、ってことだよね……

でもこのふたりの奴が、同率一位なんじゃないかなあ、ツートップ。

十五年間、ヒトを奴隷にしてきた嘘。

三人を殺させ、ひとりを破滅させた嘘。

それ以上の嘘は、なかったと思うよ？」

「否、おそろしく否」

「じゃあ何さ？　まさか最後の、美佐さんの脚本なんて言わないだろうね？」

「文渡紗江子が吐いた嘘よ」

「文渡紗江子って、影武者《かげむしゃ》の、奥之内ときさんのこと？」

「ホンモノの方」

「十五年前に死んじゃってるよ」

「十五年前に吐いた嘘よ。そしてこれこそが、この物語でいちばん邪悪な嘘だわ――すなわち夫を奪われた妻が、愛人に吐いた恐るべき嘘。紗江子がときにかけた呪詛《じゅそ》。これでときの人生は終わった。ときは奴隷となり、また、文渡一族のすべてを奴隷とした。

すごい嘘だわ。たった一言だもの」

「すなわち？」

「許す、よ」

唯花は立ち上がった。

「さあ葡萄屋《ぶどうや》でステーキにしましょう。実費出たからおごるわ。ただし食後には」

「隣のセブン－イレブンで買い物だね。ハーゲンダッツのストロベリー、おごるよ」
「諾《だく》、はてしなく諾」

――――――終幕《カーテンフォール》

この作品は、書き下ろしです。

講談社
タイガ

〈著者紹介〉

古野まほろ（ふるの・まほろ）
東京大学法学部卒業。リヨン第三大学法学部第三段階「Droit et Politique de la Sécurité」専攻修士課程修了。なお学位授与機構より学士（文学）。『天帝のはしたなき果実』で第35回メフィスト賞を受賞しデビュー。以降、長編推理小説を次々に発表。近著に『その孤島の名は、虚』『身元不明』『ぐるりよざ殺人事件』などがある。

臨床真実士《ヴェリティエ》ユイカの論理《ろんり》
文渡《あやわたり》家《け》の一族《いちぞく》

2016年4月18日　第1刷発行　　定価はカバーに表示してあります

著者……………………古野《ふるの》まほろ

発行者……………………鈴木　哲
発行所……………………株式会社 講談社
〒112-8001 東京都文京区音羽2-12-21
編集03-5395-3506
販売03-5395-5817
業務03-5395-3615

本文データ制作…………講談社デジタル製作部
印刷……………………豊国印刷株式会社
製本……………………株式会社国宝社
カバー印刷………………慶昌堂印刷株式会社
装丁フォーマット………ムシカゴグラフィクス
本文フォーマット………next door design

ISBN978-4-06-294026-9　N.D.C.913　319p　15cm